짝짝이
양말의

연극
이야기

짜짜재기
양말에

연극
이야기

지은이 | 박영욱

발행일 | 초판 1쇄 2014년 12월 8일

발행처 | 멘토프레스

발행인 | 이경숙

교정 | 유인경, 김경아

인쇄·제본 | 한영문화사

등록번호 | 201-12-80347 / 등록일 2006년 5월 2일

주소 | 서울시 중구 충무로 2가 49-30 태광빌딩 302호

전화 | (02)2272-0907   팩스 | (02)2272-0974

E-mail | mentorpress@daum.net

E-mail | memory777@naver.com

홈페이지 | www.mentorpress.co.kr

ISBN 978-89-93442-34-2 03810

목차

1장　돌발적 파격연극

2장　엽기코믹·모독·반전연극

3장 테러·환상·자궁·
웃음보따리 걸작연극

부록

난 어쩌다 연극쟁이가 됐을까?

내가 연극이란 세계를 알게 된 것은 1986년이다. 당시 동국대 연극영화과에 재학중이던 사촌동생 홍성헌의 꼬임에 넘어가 종로의 현대그룹사옥 옆에 있는 '공간사랑'에서 연극 〈관객모독〉을 본 것이다. 청춘의 감각이 번득이던 28년 전 얘기니 아득한 기억의 파편이다.

연극이란 세상이 있다는 걸 스물아홉 살 먹은 그때서야 알게 된 것. 연극도 그런 평범한 것이 아닌 반反연극, 언어연극으로 본 특이한 체험이었다. 그 극장에서 그 연극을 첨 본 뒤로 나는 66번이나 중독성 관극을 했다. 내 주변 친구들이나 지인들에게 보여주고 공감에 공유를 하려……

그 이후로 다른 연극에도 관심을 갖고 1년이면 100~120편씩 무차별로 탐닉했다. 물론 연극에 대한 상식도 지식도 없이 앞 골목 뒷골목 구별 안 하고 무식하게 봤다. 그렇게 4년 동안 연극을 보며 비로소 상식과 지식이 쌓여갔다.

그리하여 지금까지 28년 동안 본 연극이 3000여 편을 넘는다. 그러다보니 자연스레 연극인들과도 알게 됐다. 배우들, 연출가들, 여러 스태프들, 기획자들. 당시만 해도 광고대행사의 디자이너 카피라이터였던 난 그냥 평범한 월급쟁이였는데 직업상 참고가 되는 대사나 공연장면 등이 꽤나 도움이 됐다.

2년이 지나고 난 프랜차이즈 체인사업을 벌였다. '치킨가든'이란 프라이드 양념치킨 전문점을 내주는 본부를 운영하는 일이었다. 인테리어 및 익스테리어 디자인에 비중을 두고 전문적인 프로마케팅을 무기로 사업을 벌여 점포들 지방지사들을 잘 늘려나갔다. 자연 돈도 많이 벌었고, 그때는 연극을 후원하는 데만 치중했다.

그러다 1990년 연극의 울타리 안으로 넘어왔다. 자본주의 돈의 논리에 허덕이며 살아가는 게 지겨웠을 때다. 1년이 지나서 1991년 연극 〈불 좀 꺼주세요〉

에 참여했다. 첨엔 작품과 극장을 예쁘게 장식하는 디자인만 담당했다. 그러다 '공연사진거리전시회'란 걸 작업하게 되면서 관객이 많아졌다. 첨엔 알음알음 도와주는 개념이었지만 나중엔 총기획을 벌이는 경지에까지 이르렀다. 그래 3년 6개월 동안 극장을 찾은 관객은 20여만 명. 200명도 못 들어가는 소극장에서 장기공연으로 입장수입 또한 굉장했다. 이 연극은 서울 정도 600년 타임캡슐에 수장되는 작품도 됐다.

1995년 MBC 드라마 '여자는 무엇으로 사는가'를 연극으로 공연했다. 난 여기서 총기획 아트디렉터를 맡아 흥행에 성공시켰다. 이건 앞서 〈불 좀 꺼주세요〉보다 더한, 3개월여의 단기간에 관객동원과 흥행성공이란 두 가지를 다 기록해냈다. 그 덕분에 '아비뇽페스티벌'에 가는 선물도 받았다.

나는 이 두 번의 기회로 연극계에서 흥행기획자란 명성을 날리게 되었다. 정신없이 바쁘게 보냈던 6년간의 치열함에 행복한 나날……

〈관객모독〉이란 연극 한 편이 날 기획자에 디자이너로, 쓸 만한 연극인으로 만들어냈다. 그때 연극이란 걸 몰랐다면 난 아직까지도 엘리트그룹의 한낱 광고쟁이나 그럭저럭 성공한 프랜차이즈유통업체 중소기업 대표로 돈 걱정 없는 입장일 터.

그러나 인생길 수십 년 여정을 확 바꿔버린 행로에 난 아무런 후회도 걱정도 없다. 내가 진짜 하고 싶은 일, 목표를 찾았기에. 젤 중요한 건 내가 갖고 있던 타고난 재능을 알게 됐고, 그것을 발휘하게 된 계기와 시간이 됐기에 뿌듯하다.

첨에는 연극을 그냥 취미로,
그 담에는 연극에서 소용되는 재능을 특기로,
그리고 결국 그게 발전되어 또 다른 직업으로…….

평범한 사업가가 되고자 했는데 엉뚱하게도 일명 '짝재기양말'이란 인터넷 필명으로 연극얘기를 써온 것 또한 행복이다. '적게 먹고 가는 똥 눈다'는 알뜰하며 근면한 정신세계. 그저 불심들의 수양과 참선과 해탈의 경지만은 아닌 듯하다. 연극을 무진장 많이 보면 거기서 느껴지는 어떤 도道의 행보가 나타나니……. 지금껏 사업을 했다면 분명 돈은 많이 벌었을 테지만 과연 행복할까?

크리스천이나 교회에 안 다니는 난 불자 중에 '한국의 간디'라 보는 법정스님을 존경한다. 돈과 물욕을 초월해 사는 게 얼마나 힘들까. 자본주의란 통속에서 열악하고 궁핍한 세계를 연극을 통해 배웠다. 그래서 난 화려한 뮤지컬보다 소극장 정극만을 고집한다.

또한 연극은 무조건 재밌어야 하고 웃기면 더 좋다. 난 아직도 심각하고 어렵고 현학적이며 난해한 수면제 연극을 저주한다. 유럽처럼 관극이 활성화되지 못한 한국에선 연극이 일단은 웃겨야, 아니면 심도 깊은 최루성 감동으로 베갯잇을 적셔줘야 한다. 그래야 집구석에서 연속극이나 영화 안 보고 애써 소극장을 찾아가는 거다. 답답하고 시루한 일상에서 빗어나 짜릿한 이런 뭘 맛보려…….

연극도 그렇지만 책방에 널린 책도 마찬가지다. 재밌어야 하고 이왕이면 웃겨야 하고 감동까지 때린다면 금상첨화다. '책은 책이야, 읽지 않으면 그냥 종이뭉치'란 말이다.

난 지금껏, 그리고 살다 죽을 때까지 연극을 보며 예술세계를 공부하는 학생입장이다. 이것처럼 재미나고 유쾌한 학습은 없다. 연극영화과 교수들 중 일부는 '연극은 그냥 마냥 많이 봄 된다'고 한다. '학문'으로보다는 '항문'으로 접근하란 얘기다.

〈무통대변〉이란 똥 얘기로 질펀한 '똥구석 연극'이 있었다. 〈時遊어겐〉이란 애잔한 '포장마차 연극'도 있었다. 예술적이지 않고 우리 주변에 평범하게 사는 사람들 얘기다. 예술적 경지에서 품격 있게 노닥거리기보다는 그냥 자연스런 얘기를 하자는 것! 진짜 예술가는 내가 설치는 게 아니라 남들이 인정해주는 것이다.

아직도 짝재기양말을 고집스레 신고 다니는 난 이게 바로 명함이다. 늘 쓰고 다니는 중절모자 위엔 바람개비가 돌기에 시중엔 '바람개비 아저씨'로도 통한다. TV에 8번, 그것도 KBS에 4번 나온 김에 이쪽 일 또한 바람 잘 날 없다.

10년 넘게 연극 글을 써왔고 극본작업도 질펀하게 했으니 작가 어쩌구 하지만 난 '잡가'보다는 세상에 연극을 알리는 '연극운동가'라 자부한다. 기획은 고정관객 동원하는 게 아닌 신규관객 개발차원으로. 연극 고정관객 5만 명도 안 되는 문화후진국 한국을 예술선진국 수준으로 끌어올리려. 한국은 연극의 인적자원이 풍족하고 물적지원도 희망적인 여건에 있다.

책 꼬리에 5년 동안 고생하며 쓴 '돈벌레'란 극본이 붙어 있다. 돈에 관한 한 엽기적인 구두쇠집안 얘기다. 비극적 슬픔을 침울하게 비참하게 얘기하고 싶지 않았다. 비극과 희극의 차이는 백지 한 장 차이란 걸 고집하며.

얘기를 풀어놓다보니 잘난 척을 지나치게 많이 했다는 느낌이다. 극본의 대사에 '지나친 겸손은 경범죄'라는 구절처럼 잘났으면 잘난 척하는 게 당연지사이나 그다지 잘나지 않은 인간들이 너무 잘난 척의 홍수를 이루는 사회다.

우리나라에서 연극을 좋아하는 사람들이 많아지고 예술을 향유하는 사람들이 수백 배 늘어났으면 한다. 그래야 유럽에서도 한국을 연극강국으로 본다.

예술이 만드는 추한 것들은 종종 시간이 흐르면서 아름다워진다.

Art produces ugly things which frequently become beautiful with time.

-장 콕토 Jean Cocteau

난 이 한 줄의 말이 던지는 평범한 메시지를 명심하며 산다.

저녁 재기
양말의

연극

이야기

Chapter 01

돌발적
파격연극

공연시작 10초 만에 관객은 포로가 된다.
개똥철학 생활철학 관객의 영혼을 사로잡는 연극의 진수

골목길 연극패거리

01

2013〈청춘예찬〉

1999년 초연부터 지금까지 청춘예찬을 288번 봤다.
이번 짧은 공연기간 중 두 번을 더 봐 290번이란 관극기록을 경신했다.
봄맞이 앙코르를 또 때린다니까 서너 번은 더 보게 될 것 같다.

   그런데 내가 이 연극을 왜 이리도 무진장 봐왔을까? 대답은 극이 담고
있는 내용 때문이 아니라 내가 자라난 청소년기를 흠뻑 떠올리게 하는
극의 분위기 때문이다. 플롯이 그렇고, 스토리가 그렇고, 메타포가 그렇
기 때문이다. 10년 넘게 줄곧 내지는 띄엄띄엄 공연을 해왔기에 이 연극

김동원(좌), 윤제문(우)

박근형

〈청춘예찬〉의 작가 겸
연출을 맡고 있는
박근형의 연극적 천재성은
〈청춘예찬〉 말들 속
극중 오브제들에
가득 담겨 있다

을 접한 관객이 상당수에 이를 듯한데, 이번에 두 번을 더 보면서 느낀 것은 관객반응이 초연 때와는 사뭇 다르다는 점.

왜 그럴까? 왜 그렇지? 생각을 많이 해봤다. 세대가 바뀌면서 현실적 가치관이 변해서일까? 아님, 뭐든 건성으로 대충 보는 요즘 젊은 세대의 생활습관 때문? 그런 것만도 아닌 듯. 물질만능, 돈 걱정 없음일 듯.

또 하나, 사회적 요소로 야기된 정서적 차이 때문이 아닐까. 스마트폰, 앱, 아이패드로 인한 생활환경의 파격적 변화와 적응력 부재. 이런 모든 테크니컬 시스템이 가져오는 간접체험의 만연? 혹은 범람이 바로 문제인 것이다.

그렇다면 잠시 연극 속으로 들어가보자. 아버지랑 아들 청년이 사는 〈청춘예찬〉의 그 집은 한 달에 5만 원으로 생활하는 엽기빈민층. 말이 되고 이해가 되나? 5백도 아니고 5십도 아니고 5만 원으로?

집에서 놀지 말고 노가다라도 좀 뛰어.
사람이 왜 일을 안 해? 사지육신 멀쩡해 가지구.

아들 청년이 답답하니 아버지에게 쏘아붙이는 불만 섞인 말이다. 이 연극을 초연했던 14년 전에는 그런 집이 꽤 있었다. 기초생활 수급대상자에게 42만 원을 지급하는 그런 복지개념이 전혀 없었을 때다. 그래도 아버지나 아들이나 몸 하나는 건강하니 살 만은 하다. 허나 이러한 설정부터 요즘 관객들로선 이해하기 힘들 터.

작가 겸 연출을 맡고 있는 박근형의 연극적 천재성은 〈청춘예찬〉의 말들 속에, 극중 오브제들에 가득 담겨 있다. 혹시 뭔 말인지 이해가 잘 안 되는가? 그렇다면 그냥 여러 번 보고 또 보면 된다. 288번 이 연극을 본 사람의 충고이니 모르는 척 한번 믿어보시라.

〈청춘예찬〉은 연극명찰이 그러하니 청소년극 같으나 실은 성인극으로, 삶의 궤적을 통찰하는 역사성과 철학적 코드도 함께 담고 있다. 아버지가 아들청년에게 "인생 금방이야."라고 말하는 것처럼. 건성으로 보면 '혜, 뭐 이런 연극이 다 있어!' 하고 곧 잊어버릴 테지만, 집중몰입해서 조목조목 뜯어보면 기막힌 걸작임을 감지할 수 있다.

왜 이 연극이 한국에서 주는 연극상을 모두 휩쓸었는지, 왜 이 연극의 초연출연자 박해일, 윤제문, 고수희가 스타가 됐는지, 왜 이 연극을 10년 넘게 공연해올 수 있었는지 이해할 수 있을 것이다.

여느 연극과는 달리 대사 압축력 또한 심오하다. 극단적으로 농축된 심리적 대사들이 마구 쏟아지는데…… 가히 폭발적. 선생이 청년에게 『그리스인 조르바』란 책을 주고 독후감을 써오라는데 계속 개기며 말을 안 들어먹으니 하는 말. 천하의 청년도 선생 앞에선 꼬랑지를 내린다.

　　책은 책이야, 색꺄!
　　읽지 않으면 그냥 종이뭉치란 말야, 색꺄!

아니, 선생께서 뭔 욕을 그리……? 하긴 맞는 말이다. 희곡 또한 공연되지 않으면 종이뭉치나 매한가지. 이리 툭툭 던지는 말들을 건성으로 보고 듣고 넘겼다간 뒷골목 개그멘트나 연속극 정도로만 볼 터이다.

지금은 많은 부분의 장면들, 설정들, 대사처리까지 리모델링되어 현실정에 맞게 각색되었다. '뚱땡이 못난이 간질'의 배우 고수희 이미지는 '다리병신 간질'의 배우 이봉련으로 둔갑되었고, 청소년 청년패거리들이 무리지어 몰려다니는 불량배 꼬락서니도 그네들의 시쳇말로 많이 바뀌었다.

불량이니 우량이니 하는 말은 사실 노땅들이 지은 개소리다. 극중 청

이봉련(좌), 이호열(우)

김동원

년의 담임인 세계사선생의 수업메뉴도 뒷부분에 가선 '호찌민' 이야기
로 바뀌었고, 현 실정에 맞게 설정도 대폭 수정했으나 관객반응은 여전
히 무덤덤.

그러거나 말거나 〈청춘예찬〉은 뚝심으로 나간다. 배우들 편성이 대체
로 괜찮고, 빛나는 연기를 펼친다. 이번의 청년역은 김동원. 청년다운 신
선한 마스크인데, 어디서 본 듯하다 했더니 지난여름 공연했던 〈뜨거운
바다〉에 나왔던 배우다. 지극히 진지하고 탐구적이고 예의바른 성실 만
점의 배우다. 뭔가 모를 이지적 이미지에다 카리스마도 있어 그만의 캐
릭터로 대성할 예감이 든다. 간질역의 이봉련, 선생역의 김태균, 용필역
의 이호열, 꺼벙역의 박재철, 예쁜이역의 노수잔나. 주인공과 주변 조연
들의 연기궁합이 짱이다.

연극이 끝난 후, 박근형의 '극단골목길'은 시작이든 끝이든 극장무대
바닥에서 파티를 한다. 공연을 본 관객들이 다 물러나가면, 그 무대 바닥
에 라면박스를 깐다. 객석의자를 쭉 불러내와 무대에 쪼로롱 동그랗게.
그리고 내오는 술과 안주들에 먹을거리……. 배우와 스태프, 찬조출연
에 특별관객들까지 동참한다. 대충 20여 명이 모여앉아 8시간 정도 먹
고 마셔댄다.

즐기려면 이게 최고다. 이걸 대학로 어느 술집에서 하면 백만 원 이상

깨질 텐데, 가난한 연극패거리에게 쓸데없는 사치낭비는 있을 수 없는 일. 근면절약의 생활화란 전통이 잔치효율성을 높이는 데는 짱! 8시간 가까이 지극히 자유로운 노가리잔치.

극장이니 음악과 노래도 곁들여 춤추고 흥얼거리는 잔잔한 축제 한 판. 필이 통하면 즉흥적 시상詩想도 휘갈긴다. 이건 박근형 대장이 극장 까만 벽에 백묵으로 써갈긴 시 구절. 의미염통(심장)적으로 가슴을 흔들고 머리통을 빨래시키는 문구다. 잠깐 흩뿌리는 말의 파편들.

나는 누구인가?

내가 왜 살고 있는가?

난 언제까지 살까?

불과 50년만 지나도 난 이 세상에 없겠지?

여기 있는 모든 생명들이…….

2013-01-29

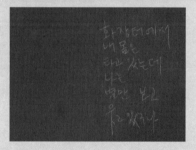

나는 누구인가
내가 왜 살고 있는가
난 언제까지 살까
불과 50년만 지나도
이 세상에 난 없겠지

안중근의 숨겨진 애기

02
〈그대의 봄〉

근 일곱 달 동안이나 연극을 볼 겨를이 없었다. 바람개비아저씨로, 아자아자, 여기저기 일에 휘말려서. 올 1월 초엔 양평 근처 유명산에서 패러글라이딩도 해봤다. 그 덕분에 강원도 독수리가 되어 눈보라치는 하늘을 유유자적 날아다녔다. KBS 생방송프로 '오늘'의 바람개비아저씨 띄워주기에 힘입어 큼직한 바람개비를 양손에 들고서 마치 인간쌍발항공기라도 된 듯.

연극 〈그대의 봄〉에서 그대는 안중근이다. 원작은 현대극단 대표 김의경 선생의 것이나, 환골탈태의 개작으로 되새김질한 건 '극단나비'의 대표 방은미. 작가 겸 연출가인 그녀의 작품은 일단 신뢰감이 있어 믿음이 간다. 그 믿음의 근간은 우리가 알 만한 역사적 인물을 조명하는데 그게 현대적으로 현실적으로 꼭 필요할 뿐더러 타당하다는 점, 그걸 고리타분하지 않고 재미나게 풀어낸다는 점, 가두리양식장 개념이 아닌 자연산 야생의 싱싱한 생동버전으로 연출한다는 점, 관객과의 애드리브 같은 접근법을 필히 염두에 두고 진행한다는 점 때문이다.

대표적으로 내가 16번이나 본 〈정약용 프로젝트〉, 박철민 주연의 〈대한민국 김철식〉, 조선의 최고 과학자 장영실을 국악뮤지컬로 선보인 〈천상시계〉, 청소년 얘기를 풋풋하게 풀어낸 〈첫사랑〉 정도의 명품들을 꼽을 수 있는데 이번엔 인물 '안중근'을 낱낱이 파헤쳤다.

초대를 받고 간 극장은 대학로 '원더스페이스 동그라미극장.' 5월 8일까지 겨우 9일간의 타이트한 공연일정이다. 극장로비와 바깥마당의 관객수가 장난 아니다. 예상대로 매진, 만석이라며 바쁜 기획제작진.

초대받은 내 자리는 맨 뒤에서 두 번째로 가시거리가 꽤 멀어 염려가 됐다. 공연직전 정해진 자리에서 일어나 출입구 쪽에 자리 잡았다. 러닝타임이 90분으로 유동적이란 귀띔에 2시간까지도 갈 수 있겠단 지레짐작으로 비뇨기적 화장실 문제에, 매진관객이 내뿜는 CO_2로 인한 산소결핍 문제에, 조명기 열기로 인한 과격한 온도상승에 따른 졸음유발 문제들을 감안한 처사다. 난 다른 사람들에 비해 온도와 습도에 무진장 예민한 편.

그리하여 출입구 쪽에 섰다 앉았다를 반복하며 관극을 했다. 무대에서 뭐 빠지게 육체노동 하는 배우들에게 경의를 표하는 마음에서. 앞서 언급한 열악한 실내기상 조건도 감안을 해서.

일반인들은 아마 그럴 거다. 안중근이 총각이었나, 유부남이었나? 그가 하얼빈에서 이토를 총으로 쏴 죽였다는 것만 빼곤, 그의 자식이 몇이

연극 〈그대의 봄〉에서
그대는 안중근이다
환골탈태 개작의 귀재
'극단나비'의 대표 방은미
작가 겸 연출가인 그녀의
작품은 일단 신뢰감이
있어 믿음이 간다

있는지 가족관계도 당연히 모를 터.

그의 총 쏘는 솜씨는 특등사수나 명사수를 넘어 일급저격수의 경지였다. 황해도 청계동의 부자였던 그의 집은 해마다 전국의 명포수들이 모여들어 사냥을 떠나는 사랑방 같은 곳이었기에 소년 중근은 내로라하는 포수들에게서 사격을 배웠던 것.

술 마시고 노래하고 춤추는(이거, ♪고래사냥 가사잖아~) 유희적 개념이 탁월했다는 점도 일반인은 물론 송창식도 잘 모를 것이다. 그가 단순무식 알 카에다의 졸개가 아닌 독립군 총사령관이라 자처했다는 점, 이토를 격살할 때 형님이랑 누구랑 같이 연동해 준비했다는 점, 그에게 간택된 종교는 가톨릭이었다는 점 역시.

안중근 의사라 하니 메디컬 쪽 인물로 보는 오류도 심심찮게 많을 터. 나부터도 초등시절에 그런 병 고치는 사람으로 착각했으니. 안중근이 대단한 한국인이란 건 알 만한데 얼마나 대단했는지 뭐가 대단한지는 잘 모른 채, 뜬금없이 막연하고 아련하게 그저 위대한 인물 정도로 여기는 게 일반적인 현실이다.

그리고 그 직접적 원인은 망할 놈의 역사교육 때문이다. 또한 망할 놈의 관제 꽁뭔(본래 발음은 공무원이지만 참으로 적절한 압축 아닌가. 정말로 압축해버리고 싶은) 국가임도 원인이다.

당시 동시대적 혁명가를 꼽으라면 단연 체 게바라일 터인데, 단언컨대 우리는, 우리 국민은, 안중근보다 체 게바라의 일생을 더 잘 알 걸?

잘났는데도 잘났음을 자랑하거나 알리지도 못하는 건 조선시대로부터 물려받은 유교적 겸손의 범죄적 발로이다. 진짜배기 세계적 영웅이 있는데, 그걸 밝히고 알리고 세계에 소문도 못 내는 나라. 지금 우리 사회는 겸손의 지나침이 경범죄 수준을 넘어서 흉악할 지경이다.

역사적으로 그 속이 깊은 이 나라엔 세계적 인물도 영웅도 많았다. 일

일이 열거하자면 글공해랄 수도 있어 생략지만, 지나친 겸손은 분명한 병신들이 벌이는 모호함에, 몽롱한 짓거리다.

안중근의 키는 몇이고 체중은 얼마이고? 거의 80년이 지났지만 그의 시신도 못 찾은 현실. 영웅을 영웅으로 대접할 줄 모르는 나라. 그러니 왜놈들이 이런 우릴 열라 우습게 보고 기고만장해 독도가 자기네 거라 거들먹거리며 방방 뜨는 것. 그들이 독도 갖고 왜 그러는지 심도 있게 생각해보자.

동상 세우고, 기념관 짓고, 생가를 어쩌고저쩌고……. 때 되면 무슨 행사 벌이고. 남산에 안중근 동상과 기념관과 벽화와 돌비석을 버젓하게 세워놓은 시절이 내 초등 때인 4, 50년 전이다. 그리고 최근 몇 년간 업데이트한다며 빛나게 꾸며놨다. 꽁뭔사회는 이에 만족하고 국민은 뭘 모르고 죽은 자의 의식을 탐색한다. 안중근을 두 번 죽이는 이런 행위에 화가 날 수밖에.

서른 즈음, 피 끓고 기개가 창궐하는 나이에 단호하게 해야 할 일을 실천한 혁명적 기상을 우리는 읽어낼 수 없다. 꽁뭔이 암만 돈 들여 무슨 짓을 해봤자 백 퍼센트 꽝이란 것! 말과 행동이 정확히 일치하는 사람이 안중근시대나 지금이나 몇이나 될까.

안중근 연극 〈그대의 봄〉은 그래서 생생한 체험학습인 거다. 거사를 이룩한 위대한 영웅의 상징으로 우러러보기보다 우리들의 오빠로 형으로, 훈남에 쾌남으로, 친구로 친해보자는 것. 이게 연극 〈그대의 봄〉의 공연취지일 것이다.

국가와 민족을 걱정하며 하루하루를 축내는 나다. 100년 전에 비해 지금은 살 만한 나라가 됐으니 별 걱정 안 하는 대신, 요즘은 인류평화와 우주의 안전을 걱정하며 사는 편이다.

80년 전 개떡 같은 시대현실을 산 안중근이 국가와 민족을 얼마나 걱

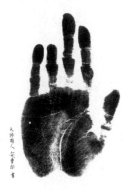

정했을지 연극은 그 디테일을 보여준다. 알콩달콩 재미나게 심도 있고 진지하게, 그리고 통쾌하게.

내가 연극을 보러간 날은 왜인 법관으로 나오는 카메오 3인방 중에 오광록이 나왔다. 그를 연극무대에서 본 지 얼마나 됐나? 뭐, 거의 15년쯤? 얼마나 반가웠던지 소주 한 잔 하고자 했지만 새끼줄 바쁜 척에 할 수 없이 다음을 기약했다. 영화에서 많이 유명해졌으나 늘 변함없이 소박하고 초지일관하는 그.

주인공 안중근역의 장재승. 연기·춤·노래 3박자가 잘 맞는 뮤지컬배우로 내가 참 좋아하는 연우演友 중 하나다. 이 극에서 그는 안중근이라 착각할 정도로 진지한 열정을 품어낸다. 배우로서 예능도 짱이나 인상도 인간성도 짱이다.

가만히 뜯어보면 배우들 하나하나 참 잘 뽑았다. 족집게 캐스팅의 명인연출 방은미니까. 그녀는 개작에서 연출까지, 심지어 안중근 엄마로 출연도 한다. 이토역의 박화진도, 다역의 명수 이계영도, 추송웅 선생의 아들 추상록(안중근의 형)도, 무대를 빛내며(조명도 환상적이니) 객석을 들썩이게 만든다.

주인공 안중근역의 장재승
연기·춤·노래 3박자가
잘 맞는 뮤지컬배우
이 극에서 그는 안중근이라
착각할 정도로 진지한
열정을 품어낸다

안중근 즐겨찾기 바로보기 디테일 파기에 이보다 좋은 체험학습은 없다. 그래, 위대한 영웅을 느껴보고 자부심에 긍지찾기를 당해보자. 수업료가 3만 원이나 그깟 액수에 갈등할 것인가?

특히, 수도권 거주 안씨 명찰을 가진 자 되어 바쁜 척 안 가본다면 안씨 자격 없으니 성을 바꿔야 할 터. 8일에 끝나니 그 전에 가보길 강요하며 협박한다. 안철수연구소 직원들, 정치선수 안상수 패거리들, 축구선수 안정환이네 등등.

8일 끝나면 좀 쉬었다 어디서 또 할 예감이 드니 꼭 챙겨 드시길. 이처럼 영양가 많고 품질 좋은 연극은 상설로 공연해야 마땅하다. 남산 안중근기념관이나 어디쯤에서 연극제작비 전액국비로 지원받아······.

2011-05-04

여전한 국립명품

03

〈피고지고 피고지고〉

배우랑 같이 나이 들어 열다섯 살 중3이 된 연극 〈피고지고 피고지고〉. 때론 지고쉬고. 초연부터 지금까지 남자배우들만 고스란히 늙게 만들어놓은 연극. 배우들은 늙어갔지만 연극은 무럭무럭 자라났다. 배우만은 아닌데, 작가도 연출도 배후들도, 관객까지 늙어버 렸네. 한국의 최고작가 최고연출가 최고배우들 3박자로 명품을 빚어낸 걸작! 이 시대 관객은 이런 작품을 볼 수 있어서 행복하다.

난 이 작품이 그 어떤 세계명작에 비해 하나 손색없다고 자부한다. 이 번 공연자료를 보니 베케트의 〈고도를 기다리며〉에 견주었는데, 맹목적 으로 기다리는 어려움과 지겨움보다야 우리 국산이 훨씬 낫다고 본다.

아일랜드 더블린페스티벌 땜시로 한국은 〈고도〉만 공연하는 나라로 비쳐질 수 있는 현실이 기분 나쁘다. 그러나 우리에겐 그들이 모를 피고 지고 피고지고 또 피고지는 비장의 신무기가 있음에 안도를 한다. 물론 〈피고지고〉 말고도 다른 비장의 무기 또한 만만치 않으니, 언젠가는 서방선진국들 콧대를 납작하게 뭉개버릴 날이 있을 터.

서방 선진제국들 우월감이 지구촌 전체를 껄떡대며 대충 내려다보는 한국연극들. 그 건방진 선입견을 뭉개려면 훌륭한 번역인력을 배양해야 한다. 영어는 물론 독일, 프랑스, 러시아, 스페인어까지 우리네 한국정서를 듬뿍 담아 우리 정서가 물씬 풍기도록 논문 번역수준을 높여야 한다는 말씀. 엄청 마려운 노벨문학상까지 염두에 두자는 포석이다.

이번 공연은 포스터부터 재미나게 웃기는 작품성을 선보인다. 극본, 연출, 배우, 배후들까지 대충 그대론데 신선한 매력만점의 홍일점은 튀는 모습도 확실한 게 역대 '난타'역 배우 중 그 역할과 어울림이 젤 유연하고 자유롭다.

튀는 걸로 둘째가라면 서운한 나는 해오름, 달오름, 별오름까지 국립극장에서 연극을 볼 때 무조건 맨 앞을 선호하는 버릇이 있다. 뭐, 큰 죄지은 것도 없는데 뒤에 숨어 훔쳐볼 이윤 없는 것. 당당하게 맨 앞에서 뻔뻔스럽게 봤더니 배우들이 핀잔을 준다. 후방관객들을 위해 튐 방지 차원에서 바람개비모자도 벗고 봤는데, 연기몰입을 방해한다며 하여간 난 연기에 암적 요소란다. 이 대사를 받고 담부턴 변장하고 볼 것을 천명했다.

〈피고지고〉는 특히 맛깔나는 찬란한 대사들이 춤을 추니 단 한 마디의 말과 표정도 놓치고 싶지 않기에, 또한 관극하는 입장에서 집중몰입이 수월한 맨 앞을 고집하는 거다. 〈피고지고〉 연극은 집중 몰입할수록 감동감화의 농도가 진하다. 아직도 핸드폰관리 못 하는 관객들이 잡소리

〈피고지고〉의 배우 3인 좌로부터
오영수, 김재건, 이문수. 연출 강영걸

로 신경 건드리는 것도 있고 해서.

이번에도 삭제한 대사들을 원상 복원했기에 러닝타임은 2시간 반을
넘어간다. 고정세트에 무대전환이 거의 없는 극인데도 전혀 지루함을
못 느끼는 건 언어연극으로 착각할 만큼 무대를 채우는 말 때문. 이 말들
이 인생을 생각하고, 삶과 죽음을 떠올리게 하고, 자기 정체와 존재를 씹
어보게 하기 때문이다.

공연 3일째가 되어서야 시파티(시작기념파티)를 한다기에 졸지에 저절
로 참석하게 됐다. 이 작품의 궤적에 따라 오랜만에 보는 반가운 얼굴들.
배우 중 특히나 오영수 선생을 가까이서 보는 게 행복했다. 그만의 텁텁
하고 칼칼하고 쓸쓸한 기분이 드는 독특한 목소리는 가히 백만 불짜리
다. 실은 오늘, 맨 앞에서 보며 이 배우 연기 땜에 두 번 눈물이 났다.

〈피고지고〉의 상징적 배우 3인은 15년이 지났건만 건재하고 별 탈이
없는 듯해 보기에 좋다. 우리가 만들고 우리만 보기엔 너무 아까운 보물
같은 연극이고 보석 같은 배우들이다. 세계일주 공연으로 한국문화예술
의 위상을 떨쳤으면 좋겠다.

시파티에서 현재 국립극장 예술감독인 오태석 선생은 배우들의 대사
동작이 노인들인데 너무 빠르지 않나 하는 우려의 뜻을 반복 피력했다.
내가 보기엔 별 문제 없는데. 연극의 속도에 대해 말하려는데 시파티 쫑

을 선언하고 파했기에 이 글을 통해 못 다한 말을 피력하고 마무리짓는
다. 노인배우들의 말과 움직임이 빨라도 상관없는 건 극 속의 그들 입장
때문이다.

남몰래, 아무도 몰래 뭘 해야 하는 도굴범들이며 코너로 몰린 인생패
잔병들의 마지막 작전계획이자 실행이고 들키면 끝이다. 고고한 산사에
서 근엄하게 도 닦는 그런 입장이 아니란 말씀. 그럭저럭 살아온 평민이
아니라 제각기 파란만장한 범죄이력이 새겨진 인물들이다. 극의 구조상
황과 맞물린 똥줄 타는 입장인데 말 천천히 할 이윤 없다. 게다가 인물의
성격과 성질까지 툭하면 충돌하며 말쌈질하는 설정이다. 말 천천히 하
는 쌈도 있나? 싸우면서 존댓말 쓰나?

농으로 놀자는 뉘앙스의 예술감독 말에 정작 강영걸 선생은 아무 말
이 없다. 예전 이 비슷한 시파티 자리에서의 장민호 선생 말이 생각난다.

'연기의 속도든 연극의 속도든 별 상관없다'고 보는 거다. 말 좀 빠르
다고 이상하게 보는 시각은 없다는 것! 따라서 예술감독님의 오버는 시
파티 분위기에 그다지 영양가가 없다는 걸 밝혀두고 싶다.

내 시각엔 〈피고지고〉만큼 여러 요소가 절묘하게 맞아떨어진 한국연
극은 없다고 본다. 이 말이 맞나 틀렸나는 관객시각이 결정적으로 작용
할 것이다. 이런 작품을 아직도 안 본 관객은 불행하다. 연극에도 보물과
장물과 고물이 있다. 이런 예술적 가치품질에 분별력과 판단력을 갖춘
인간이 진정한 연극마니아다.

대학로에 극장이 백 개가 넘는다는 요즘. 그 극장마다 공연을 하고 있
다. 이 공연들을 공해로 본다면 화낼지 모르지만 나처럼 보는 시각이 많
다. 절제력을 상실한 시장판 벌림은 상살相殺을 면치 못한다.

남산자락에서 〈피고지고〉를 보고 저마다 정신없음에 깨달음이 있기
를. 소중한 관객들이 시시한 것들에 치여 점점 줄어들고 있는 현실은 진

짜 심각한 불행이다. 〈피고지고〉는 어찌 보면 공연공해에 백신 같단 건
방진 생각을 해본다.

2008-11-17

• •

다음은 13년 전 〈피고지고〉 작품을 보고 쓴 감상문

〈피고지고 피고지고〉 피기 일보직전!

내참, 연극 연습하는 거 구경하다 눈물 짜보기는 난생처음이다. 잠시
연습장 밖으로 나와 봄바람을 즐기면서 화사하게 흐드러진 꽃들을 바라
본다. 생명의 끈을 쥔 세월은 인간존재에 대해 해답없음을 뻔히 알면서
도 생각하고 또 생각하게 한다.

여긴 남산자락 해오름 큰극장 지하에 있는, 지하다운 지하 아닌, 반지
하 코리아심포니오케스트라 연습장. 몇 달 전 입수한 믿을 만한 첩보가
있었다. 그 내용 확인차 극장지하에 남몰래 잠입하려 했는데, 평소 국립
극장 지리에 밝지 못했던 난 띨띨하게도 어쩌다 배우 우상전에게 먼저
들켜버렸다. 그가 묻는다. Why? How.

난 피고지는 거 구경 왔다고 솔직하게 불어버린다. 공연이 얼마 안 남
았는데 소문을 잘 안 내는 것 같아 나라도 구경하고 대신 소문을 낼 참에
왔다면서. 입 싼 나니까.

난 이 작품을 1993년 초연할 때, 그리고 1994년과 1997년 재연할 때
까지 한 번도 보지 못했다. 국가와 민족을 위해 욜라 걱정하면서 바쁜 척

했기에 할 때마다 못 보고 넘어가버렸는데, 가만 생각해보니 약이 올랐고 그래 대본을 구해 읽어 내용은 대충 알고 있었다. 그리곤 언제 또 안하나 장충동 눈치를 보고 있는데 이번에 다시 한다는 것.

〈피고지고 피고지고〉는 국립극단이 생긴 이래 공연을 올릴 때마다 전회 전 좌석 매진이란 진기록을 가지고 있고, 작가 이만희와 연출 강영걸 콤비의 최고명작이란 찬사를 받은 연극이다. 여기에 한국최고 노장배우들의 명연기까지 가세한다. 오영수, 김재건, 이문수 콤비플레이를 못 본 사람은 '마니아 아니다'란 말까지 돌았으니까.

이번에도 똑같이 연기의 불꽃놀이가 펼쳐지는데 여기에 눈빛 예사롭지 않은 여배우 이혜경까지 가세한다. 첫 대본에 충실한다며 지난번 사정상 빼버린 대사까지 다 넣어 러닝타임도 2시간 반을 찍는다.

연습장 분위기도 열라 충실하고 똑똑하다. 연출 강영걸 선생은 나에게 무대평면도 한 장을 보여준다. 국립의 둘째 달오름극장의 무대평면도다. 왼쪽에는 말라비틀어진 낡은 평상이 하나 있고 그 옆에는 고목나무가 서 있다. 뒷집 마루엔 밥상이, 그 뒤엔 창고가, 오른쪽엔 빨랫줄이 늘어져 있고, 그 뒤로도 마루가 있는데, 온갖 잡동사니들이 어지럽게 널려 있다.

이름만은 대단한 세 노땅 왕오, 천축, 국전과 여자 난타가 있다. 노땅 셋은 일확천금 노다지를 놓고 그걸 캐니 마니, 하니 마니 하면서 아웅다웅 온갖 말쌈, 몸쌈, 칼쌈을 벌인다. 죽을 날이 얼마 안 남은 노땅들이라 그런지 막말들을 지껄이며 막나간다. 옷차림도 아무거나 되는 대로 걸친 막가는 차림이다.

연극은 탄생과 삶과 죽음, 세상과 우주를 관통하는 철학적 존재론에 접근해 삶의 덩치론에 대해 멋지게 한 말씀 늘어놓는다. 말의 현학적 폼이 전혀 없고 무지막지 재미있게 풀어 얘기한다. 어머님의 품 같은 정겨운 정대경의 음악까지 더하면서.

태양의 덩치는 지구보다 백만 배나 크단다. 난 스무 살 전후, 쇼펜하우어랑 니체의 철학과 우주의 생성론과 존재론, 우주덩치론에 홀라당 빠져 여자와 밥을 멀리하고 만날 소주만 까며 먼지 같은 내 존재의 해답을 찾는답시고 소화기관을 학대하면서 미친놈처럼 보냈다. 그때까지만 해도 이 세상에 연극이란 게 있는 줄 몰랐다.

인간은 지구에만 살까?

UFO란 대체 어떤 존재고 무엇인가?

외계인은 있는가, 없는가?

딴 별에는 인간이랑 생물이 살지 않을까?

세계 7대 불가사의는 무엇인가?

이집트 피라미드는 나침반이 없을 때 만들었는데 어떻게 사각뿔 형태가 정확하게 동서남북 방향을 가리키고 있는가?

일본의 고분벽화에 그려진 삼각함수는 무엇인가?

지금 같은 측량기술이 없었을 수천 년 전 남미 칠레와 페루에 있다는 폭 30센티미터, 길이 몇 킬로미터의 직선으로 난 수로는 무엇인가?

또 지상에서는 띄엄띄엄 흩어져 있는 바위지만 상공에서 보면 어떤 기호로써 비행접시 착륙장의 표지판처럼 보이는 흔적은 무엇인가?

몽골 고비사막 한복판에 그려진 거대한 새 모양의 그림은 또 뭐고?

일부 몰지각한 학자들은 이걸 가지고 인간보다 고등하거나 열등한 생명체 존재론을 들고 나온다. 그리고 우리가 사는 지구와 태양까지의 거리를 재본다. 그 거리는 1억5천만 킬로미터이고 광속인 초당 3십만 킬로미터 속도로 8분 20초를 찍는다. 쉽게 얘기해 서산에 걸려 있는 태양은 지금 현재의 태양이 아닌, 광학천체적 물리적 관점으로 8분 20초 과거의 태양을 보는 것이란 계산이 나온다. 즉 현재의 태양은 이미 서산 밑으로 내려가 없어진 거라고.

그리 보면 밤하늘의 북극성을 볼 때, 그 거리상 우리들 망막에 맺히는 것은 수천 년 전 과거의 별이란 게 말이 안 되지만 말이 된다. 밤하늘의 그 많은 별들이 죽었는지 살았는지 커졌는지 어쨌는지, 지금은 지구 땅바닥에서 6백 킬로미터 우주상공에 떠다니며 사진을 찍어대는 허블 우주망원경이 밤낮으로 잠도 안 자고 찍쇠로봇이 되어 감시를 하고 있다.

이미 20년 전부터 천체물리학 관점은 작게는 1억분의 1밀리미터를 보고 크게는 1억 광년까지 무한한 우주를 내다보고 있다. 태양과 지구와의 정밀하게 조정된 그 긴 거리는 지구에 물과 공기, 유기체, 무기체를

있게 하고, 무엇보다 인간이 살 수 있는 적당한 산소와 온도와 습도를 제
공한다. 지구보다 태양과 가까운 금성의 대기는 475도씨의 가스로 덮여
있고, 지구보다 먼 화성표면은 영하 100도가 넘는 얼음장이다.

지구가 속해 있는 태양계는 우리 은하계 한쪽 하루살이 눈곱보다 작
은 꼴이고, 우리 은하계만 한 덩치의 별집단은 우주에 천억 개쯤 존재한
단다. 아인슈타인 특수상대성이론을 보면 우주가 말굽처럼 생겼을 거라
는 '우주꼴통론'도 나온다.

태양과 지구처럼 거리와 크기로 온도가 정밀하게 조절되어 생물이 살
가능성이 있는 별은 은하계 하나에만 백만 개가 있다는 게 미국 나사
NASA가 수십 년 전 내린 결론. 결국 외계생명체와의 조우를 미션으로
'오즈마플랜'이 세워졌고, 무인우주선 보이저와 파이오니아 10호, 11호
는 오늘도 태양계 탈출속도인 초속 16킬로미터라는 무서운 속도로 우주
공간을 향해 날아가고 있다. 그것들은 인간이 살고 있는 지구를 알리고
어떻게 생겨먹었을지 모를 우주생명체인 외계인의 존재를 찾아내 지구
인간들에게 가르쳐주러 날아가고 있다는 것.

그러니까 연극 〈피고지고 피고지고〉의 설명적 제목은 '나고 살고죽고
나고 살고죽고'라 보면 된다. 인간존재에 대한 본질적 질문을 종교적,
개똥철학적, 연극적으로 웃겨가면서 쉬운 말로 던지고 풀어보는 것이
다. 말에 때가 낀 배우들 입버릇을 고친다기보다, 한 번 해 넘어가 바뀌
었으니 샤샤샥 새롭게 바꿔보기 위해 말버릇 트집 처녀를 조연출이라
임명해놓고 말 정리하는 부분부터 신선하다.

대본에 있지만 수만 자의 말을 해부하고 분석타협하며 말잔치를 조절
하자는 강영걸 선생의 의지도 좋고, 연출 김태수 특유의 묵시적 카리스
마도 거드니 긴장과 이완의 감정이 품질을 더해가면서 현실과 환상을
넘나든다. 흥분해 충돌하면서 맞장 뜨는 것도 볼 만하다.

대본은 무지하게 두꺼워 74쪽 분량이다. 말에 대한 과거, 현재, 완료와 진행형까지 체크한다. 빠진 말, 넣은 말, 바꾼 말, 늘린 말, 줄인 말, 입에 붙은 말까지 몽땅 체크. 귀가 나쁘냐? 입이 나쁘냐? 배우들과 연출들은 맞장을 뜬다.

"울 좃선나라 좃나리 좃게 되믄 을매나 좃까?"

강 선생의 말이다. (이건 뭐 간장공장 공장장보다 더한 듯) 발성, 호흡, 감정이입, 철저하게 말의 구어체화를 연구분석해서 확실하게 알고 있는 연출가가 한국에는 몇 안 된다. 그중 두 연출가 강영걸, 김태수가 연기연주가이자 연극지휘자이고 배우조율사다.

이만희, 강영걸의 연극은 기본적으로 말을 제대로 하고 잘 들을 수 있어야 연극의 맛이 돌게 되어 있다. 때문에 자신의 구강구조 성능에 대해 좋은지 나쁜지 실험해볼 배우가 있다면 검증용으로 한번 도전해봐도 좋을 것이다.

노땅들의 특징을 들자면 툭하면 삐지는 거다. 노땅보고 노땅이라고 부를 때 화 안 내는 노땅은 없다고 본다. 아저씨와 아줌마를 그렇게 부르면 신경질 내는 것처럼. 모든 노땅은 청춘을 그리워하고 생의 궤적을 더듬어가면서도, 마지막 몸부림으로 회춘을 꿈꾸며 꺼져가는 촛불처럼 아슬아슬하게 살아간다. 연극 〈피고지고 피고지고〉는 가깝게 또는 약간은 멀게 우리의 미래를 볼 수 있는 작품이다.

보물은 회춘이란다.
적막강산도 한방에 금수강산 된단다.
희망을 갖는 것도 죄냐는 처절한 외침도 있다.
가장 높이 나는 새가 떨어질 때 젤 아플 거란다 – 국전역 오영수
인생은 컴컴한 굴에서 굴 파는 것과 같단다.

작가는 희망적 절망과 절망적 희망을 작품을 통해 토해낸다.

　우리보다 죄 많이 진 놈 있으면 나와 보라고 그래!
　우리보다 더 불행한 놈 있으면 나와 보라고 그래!
　손자새끼 하나 없는데 손구락 마디는 굵어가고, 코는 커가고,
　남은 건 장백의 세월.

인간을 참 애달프게 만들면서 비참하게 끝나지만 그래도 '지고'가 아닌 '피고'로 희망과 활력의 탄생을 제시하며 결론을 내린다. 살아 있음의 아름다움을, 인간이란 만물의 영장이 아니고 만물의 먼지라는 것을, 한 줄기 바람이고 구름이라는 것을, 종교적 중립이 아니라 종교적으로 폭넓게 아우르는 포용력을 담고 있다.

2001-04-24

● ●

피고지고×2=? - 시연풍경 스케치

3일 동안 키보드를 안 때렸더니 글쎄, 손구락 사이에 곰팡이가 피어부렀다.

막을 박차고 튀어나온 통나무집 무대세트가 참 인상 깊다. 조연출을 이주연에게 물려주고 드라마투르그(dramaturg: 연출가와 함께 작품의 해석 및 각색작업을 하며 문학적인 조언과 레퍼토리 선택 등에 관여하는 사람)가 된 연출 김태수가 객석의 관객정리 연출을 한다.

학생 여러 명이 바로 무대 코앞에 가서 앉자 관객으로서 너무 튀니 뒤로 가서 앉도록 유도한다. 객석엔 대내외적으로 관계자 여러분이 앉아 있는데, 쉬바! 공짜 프리뷰 공연이면 모다 몰려와서 봐줘야 하는 거 아닌가?

깜짝 놀랄 만한 멘트가 대합실 버전으로 나오더니 이내 깜깜해지는데 음악이 심상찮다. 극이 시작되면 바닥뚜껑이 열리고 인간들이 가마니자루 같은 걸 들고 나오는데, 슬로비디오 동작으로 움직이는 걸 보니 열라 힘들어 헛심 팽겼나보다. 셋 다 머리 플래시는 어두운 데 여기저기를 비추고.

잠시 후, 불이 들어오는데 땅굴 광분지 도굴범인지 모를 인간들은 모두 흙범벅. 창문이 불그스름한 걸 보니 저녁인 듯. 세 노땅은 혈맹으로 뭉친 친구 사이 같은데 건전 사운드는 아닌 듯. 허나 이름 한번 거창하네. 왕오, 천축, 국전이라니. 그들 주변에는 혜초와 난타라는 여자도 있는 것 같고.

노땅들 나이는 각기 예순아홉, 예순여덟, 예순일곱인데 그 중 예순일곱 살 먹은 국전이 막내. 그는 죽으면 화장해서 종로에 뿌려달란다. 천축은 시내버스 운전을 했는데 매일 같은 길 다니는 게 지겨워 세상 밖으로 토껴봤다고. 셋 다 세상을 마구잡이로 살아온 것 같은데 하여간 심상치 않다. 이들은 30리 길을 걸어가 짜장면 아니, 막국수를 먹니 마니 하면서 티격태격하더니 결국은 가서 먹고 오게 되고, 그 틈에 장면도 바뀐다. 흘러가는 세월에 반역 좀 해보잔다.

다음 장면은 분위기가 좀 젊어진 느낌이다. 난타라는 여자 등장, 백설공주와 3인조 핑크빛 마사지판을 벌인다. 국전은 여전한 듯 난타를 짝사랑하고. 그러면서도 늙음의 법칙을 겸손하게 받아들여야 한단다. 이들의 파티는 흔들의자 흔들, 아슬허벅지 감상파티로 이어지고.

모유 먹고 자라야 할 인간들이 소젖 먹고 자라서 그런지 모두 짐승 같단다. 사랑이 아프다고 사랑을 안 하냐면서 '사랑필통必痛감수론'도 펼치고. 짐승놀이 돼지놀이도 하면서 재밌게 노는데. 그 가운데 인간의 아름다움과 추함, 맑음, 더러움에 관한 얘기가 많이 나온다. 나중엔 공포의 불곰 망치난타 청문회를 취조실 분위기로 하는데…….

첨엔 쫄았지만 짜고 치는 청문회란 걸 눈치챈 난타는 도도하고 강한 모습을 되찾는다. 그릇 뇌물에도 아랑곳 안 하는 그녀는 땅굴구경을 하겠단 강수를 쓰고. 보물이 장물 되고 장물이 고물 되는 의심의 갈등도 때려본다.

연극은 여기까지 하고 10분 동안 휴식을 취하는데……. 갸우뚱대는 관객에게 여러 번 본 사람으로서 친절한 사족을 붙여본다. 우선 연극제목이 왜 〈피고지고×2〉일까?

연극을 잘 보는 층은 아무래도 대학생이고, 그 봄엔 많은 꽃이 피고 진다. 피는 나이에 있는 이들은 피는 아름다움만 즐기고 보지, 지는 꽃의 추함은 보려 하지 않는다. 인생을 거의 살아본 노땅은 피는 꽃은 물론 지는 꽃의 의미도 안다.

인생을 모조리 살아보지 않은 꽃다운 나이의 그들이 지는 꽃의 추한 종말이란 진정한 의미를 노땅처럼 알 수 있을까? 그야말로 우주 안에서 자기 몸무게라도 정확하게 한번 달아보고 뭔가 깨달음의 느낌이 있었다면, 자기에게 남은 삶에 대해 뭔가를 배워가는 의미 있는 시간이 되리라본다.

연극이 어렵고 이해가 잘 안 되면 딴 거 없다. 여러 번 반복해서 봐주면 된다. 열 번 찍어 안 넘어가는 나무 없는 것처럼. 열 번도 필요 없다. 더도 말고 세 번만 찍어도 내 것이 된다.

인생을 살아가면서 뭔가 안다는 것, 도통한다는 건 사실 멀리 있지도 어렵지도 힘들지도 않은 일이다. 그것은 우리의 일상 속 평범함 속에 있다. 그걸 짠 하고 깨닫게 해주는 장치가 바로 '연극'이다.

연극은 나의 미래를 언뜻 보여주고 내가 고쳐나가야 할 점을 가르쳐 준다. 짜증날 때 스트레스도 한 방에 날려주고 활력도 심어준다. 대리체 험이란 장치로 만족을 통해서 가장 쉽고 재미나게 보고 즐길 수 있는, 내 인생길의 선생이고 애인이고 기쁨조라 보면 된다.

이만희 희곡의 공통된 특징은 말 속에 녹아 있는 생로병사의 의미에 대한 종교철학적 성찰과 질문일 것이다. 특히 〈피고지고 피고지고〉라는 이 연극은 인생에 대해, 삶의 무게와 자신의 덩치에 대해 참 많은 생각을 하게 만든다.

작가는 '노땅동화'라는 말을 하지만 이 연극을 보는 난 이것이 죽음과 아직은 상관없는, 영원한 젊음이라 착각하는 젊음에게 꼭 필요한 연극 이라 본다. 껍데기 재미로만 치중된 연극은 극장을 나와 5분 만에 잊히 는 법. 보약다운 보약만 보약인가? 보물다운 보물만 보물인가? 이것저 것 값진 시간 마무리하는 게 보물이지, 보물이 별거냐?

연극의 후반전은 쓸쓸한 썰렁함으로 시작한다. 사람이 만나고 사귀며 알아가는 게 얼마나 소중한 일인가를 얘기하고, 사내들에게 우정과 의 리란 무엇인가를 보여준다.

천축天竺. 그 옛날 중국사람들은 왜 인도를 천축이라 했을까? 끝부분 천축의 멋진 방백을 깔아본다.

내 몸이 우주라면 우리 은하는 새끼손톱에 있는 때일 테고……
인간들은 밤하늘을 아름답게 수놓기 위해 하느님이 수많은 별들을
만든 거라 생각하고 있어. 우스운 얘기지. 건방지기 짝이 없고.
마치(새끼손톱을 가리키며) 이 세균이 자기의 구경거리를 위해
내가 존재한다고 믿는다면 그게 말이 되는 소리야?

이 세균 중에 어떤 놈은 지가 이 세상에서 제일 부자라고 뽐내고,
어떤 놈은 친구가 죽었다고, 도둑맞았다고, 시험을 잡쳤다고,
계집과 헤어졌다고……
온 우주의 아픔을 혼자 이고 있는 양 울며불며 난리법석을 떨고 있지.
우주인 내 몸이 볼 때는 아무 일도 아닌데.
그러다 내가 손톱이라도 깎아버리면 이것들은 뭐라고 하겠는가?
인류멸망이라느니 2, 3만 년 만에 찾아오는 빙하기를 맞았다느니
지랄방정들을 떨겠지.
태양계 안에서 차지하고 있는 내 몸무게를 생각해보아!
또 우주 전체에서 차지하는 내 몸무게를 생각해보고.

이 부분에서 어김없이 내 눈에선 눈물이 스며나온다. 눈물을 흘리는
것이 아니라 눈언저리에서 이슬이 맺히듯 배어난다. 그리고 0.8밀리리
터짜리 왕방울 눈물이 똑 떨어지며 끝이 난다.

2001-04-30

• •

화딱지 나서 쓰게 된 희곡 〈피고지고 피고지고〉

국립극단이 샘터나 바탕골소극장 흉내를 낸다. 날씨에 따라 한번 심
하게 샥, 변해보고자 애를 쓰는 것 같다.
5월 첫날부터 달오름극장에서 낮에는 아동틱한 가족극 〈나 어릴 적에〉
를 하고, 밤에는 노땅틱한 실버파뿌리 연극 〈피고지고 피고지고〉를 한다

는 것인데, 한 극장에서 두 연극을 하다보니 세트 하나를 놓고 신경전을 벌이며 침과 피를 튀긴다.

구정물, 아니 쌀뜨물 같은 하늘을 보며 집을 나선 나는 잠시 어젯밤을 한번 생각해본다. 대학로 '우가'에서 장민호 선생과 함께 한 프리뷰 뒤풀이풍경.

"프리뷰라면 몽땅 몰려가서 봐줘야 하는 게 상식 아닌가?"란 장 선생님 말씀. 그리고 "그동안 수고했으니 배우스태프들 돈 모아 술 한 잔 사줘야 하는 게 기본 아닌가?"란 말씀. 모두 지당하신 말씀이다. 프리뷰가 아니더라도 첫날 첫 공연이라면 흥청거리며 풍성한 맛이 있어야 하지 않을까. 연극이 축제이고 잔치이고 놀이라면 말이다.

선생님은 국립극단의, 국립극장의 무성의에 섭섭함을 계속 토로한다. 우가의 정사장님 선방으로 영덕게 파티를 해준다는 사실을 뒤늦게 알게 된 님은 그제야 심경토로를 접으시고 작품에 대한 얘길 한다. 할 말 못할 말, 따끔한 말, 따뜻한 말로. 참 미남이고 말씀도 잘하고 국립극단 대선배로서 멋이 있다. 건강하게 오래 사시길 간절히 바라는 마음이다.

재밌는 말도 참 많이 오고갔다. 여배우에 대해 불감증보다는 '민감증'이 좋다던가. 감각연기와 거짓연기에 대해서도. "헛만지기, 그게 예술이 되겠느냐?"면서 진한 터치론도 나왔다.

오늘 첫 공연은 숙대 전윤경 교수가 학생들 수백 명을 이끌고 몰려와 베이비주니어 인해전술을 폈다. 나로선 일행이랑 여럿이 오느라 첨부터 다 구경하지 못한 것이 쫌 아까웠다. 공연이 끝나고 작가 이만희 선생이 나와 학생들과 즉석청문회를 하려는데 예정에 없던 거라선지 약간 썰렁한 분위기다. 연극을 봤으니 소감도 좋고 궁금한 거 있으면 한번 자유로이 물어봐달라는데 그놈의 자유청문이 잘 안 된다.

"프리뷰라면 몽땅 몰려가서
봐줘야 하는 게 상식 아닌가?"
"그동안 수고했으니 배우 스태프들
돈 모아 술 한 잔 사줘야
하는 게 기본 아닌가?"란
장민호 선생 말씀
모두 지당한 말씀이다

"전 무식한 질문이 편해요.
질문 안 하면 쪽팔리는 거고."

이만희

결국 스스로 묻고 답한다. 4, 50대 정서
를 말하고자 했는데 어려웠던 점은 지식인
이 아닌, 막돼먹은 도굴범들이란 인물을
설정해서 철학을 얘기하려는 것이 힘들었
다고. 배우 나이는 개인적 프라이버시니 말 안 해주고, 좀 미안하니까 작
가의 나이를 밝힌다. 삼십대 중반쯤에 썼다는 이 작품은 순전히 상상력
으로 쓴 것인데, 자신 주변에 친한 할머니나 할아범도 없고, 중 생활한
경험은 좀 있고 해서, 그래 체험보다는 상상력에 의해 썼단다.

당연지사다. 아인슈타인은 인류문명은 상상력의 결실이라 했고 마광
수, 이케하라 마모루, 김경일, 정혜신, 찐원쇄도 다 똑같이 체력이 국력
이 아니라 상상력이 국력이란 말을 했다.

3S, 즉 스포츠나 스크린, 섹스나 장려하면서 헝그리정신, 무대뽀정신,
군바리정신 따위만 도모하는 이 골 빈 나라는 예술 해먹으며 이해시키
기 진짜 힘들다. 작가는 매일 늙고 죽어가는 자신을 보는 것도 억울해 죽
겠는데, 반대로 젊음이 영글어 물들어가는 자식을 볼 때, 배신때림에 상
대적 열패감에 약오름에 분통을 느끼면서 이 희곡 〈피고지고 피고지고〉
를 쓰게 되었다고 한다.

확실히 글 잘 쓰는 작가는 말도 참 잘한다. 짧은 인생길, 독약보단 보
약 한 사발 같은 연극으로 봐주길 바란다는 말로 즉석청문회는 끝난다.
보약 한 사발짜리 겸손까지. 내가 보기엔 열 사발짜리는 되는데.

2001-05-01

파격+충격+타격

04

〈경숙이, 경숙아버지〉

　　박근형 연극에서 단골로 다루는 소재는 '콩가루집안' 얘기다. 대표적으로 〈청춘예찬〉이 그랬고 이런저런 또 다른 색깔과 모양으로 선보인 연극이 다분히 그렇다. 얼마 전, 한창 공연했던 〈선착장에서〉도 상당한 콩가루집안을 다뤘다.

　　적당한 옛날, 아주 못된 한 아버지가 있다. 좋게 얘기하면 딴따라 풍각쟁이 낭만자객인데 나머진 다 악질이다. 장가는 갔는데 경숙이란 아이는 배다른 곳에서 낳고, 해방이란 정신없는 혼란기를 거치고 6·25라는 전쟁난리를 겪으며 떠돌이로 산다. 오입에 도박에 나쁜 짓만 골라서 해대는 깡패아버지인 것.

극에서 아버지는 아배로 엄마는 어매로 경상도 사투리가 난무한다. 〈선착장에서〉보다 본바닥으로 더 투박한 경상도 말짓거리들. 연극은 '대충 이럴 것이다'란 예상을 무참하게 깨고 들어간다. 충격적인 장면들, 파격적인 대사들, 비참한 풍경들.

우리가 상투적으로 지껄이는 파격, 충격이란 말은 양반이라 할 정도로 이 연극에서 그것은 쌍것들의 일상이다. '대충 이럴 것'은 '아니, 그럴 수가!'란 경악으로 심박동을 제압한다. 천하에 다시없을 날강도 같은 남편에 아배이자 사기충천한 막가파 사내. 황당한 생략과 비약으로 시공을 새치기하는 둔갑술연출력.

박근형의 연극은 지독하게 심각하고 비참하나 평화롭고 거기에 더해 낭만의 여유까지 때린다. 이리되면 개똥철학이 입혀지고 생활철학으로 승화되는 법. 참으로 묘한 휘두름으로 관객들 영혼을 사로잡는다. 공연시작 10초 만에 관객은 포로가 된다. 무대를 통해 객석을 장악하는 표현력은 그 어떤 연극도 감히 흉내 낼 수 없다. 카리스마 경연대회장에, 카타르시스 폭풍우의 난장판이다.

박근형

박근형은 배우들의 숨은 재능을 발본색원하는 탐사대장이요 감별사다. 이런 판국이니 연기재주 강약장단 조절 따위는 누워서 껌씹기보다

김영필　　주인형　　고수희　　황영희

눈에 띄는 인물은 경숙아배역을
천부적으로 소화해내는
훤칠한 꽃미남 배우 김영필이다
무던한 경숙어매역의 고수희도
화류여생 황영희도 만만치 않다
특별히 고수희는 이번에도
애 밴 여자로 등장하여
농익은 아름다움을 보인다

간편하고 능수능란하다. 공연의 차원을 넘어 배우들을 놀게 하는 놀이터로 무대를 삼는다.

이 정도면 이상적인 작가요, 그 이상 없는 연출 아니겠나. 그러면 국보급 인재라 들먹일 수 있는데 지나치게 겸손한 애교까지 부린다. 경제적 세상이, 연극세상이, 이 인물을 껍질만 보고 논한다. 이제 시작이고 알맞게 나이도 들었지만 그의 영혼은 영원한 소년인데, 감별능력이 달리는 사회다.

박해일이란 슈퍼스타를 잠잠히 연극으로 키워낸 보물연출인데도 세상은, 사회는, 연극 주변머리는 왜 그를 뚝배기로 보려 들까. 한국은 뚝배기 안에다 명작음식을 만드는 나라다. 선지해장국에서 꼬리곰탕, 내장탕, 된장찌개, 순댓국까지 다채로운 먹을거리가 있다. 내용물이 중요하지 않겠나. 형식적인 껍데기보단 진국이!

〈경숙이, 경숙아버지〉란 연극으로 제발 세상에 제대로 알려졌으면 좋겠다. 그의 내재된 능력이, 끊임없는 작업이, 신선한 발상이.

박근형이 만든 연극먹이를 먹고 죽어가는 감성을 깨우치기 바란다.

그는 연극을 통해 세상살이에 많은 힌트를 제공한다.

걱정 없이 살아가는 방법에 대해. 기분 좋게 살아먹는 수작에 대해.

없이 살아도 여유로운 능력으로 풍요로운 생활에 대해.

짧게 십 며칠만 명동 삼일로창고극장에서 공연하는데 아직 안 본, 애먼 곳에서 떠도는 슬픈 영혼이라면 꼭 챙겨먹을 명작에 진국이다. 만만하고 식상한 연극에 지쳐 충격에 파격을 갈망한다면 더욱더.

박근형 연극에 나오는 배우들은 맹렬하고 늘 신선하다. 헌 배우든 새 배우든 몽땅 개성이 선명하다. 이 연극에서 경숙아버지보다 더 주인공 같은 경숙이역의 배우 주인형은 톡톡 튀는 야무진 계집 이미진데, 아무래도 눈에 띄는 인물은 천장 찌르는 기상으로 사생결단 연기를 펼치는,

경숙아배역을 천부적으로 소화해내는 훤칠한 꽃미남 배우 김영필이다. 시종 껄떡거리며 날뛰는 그의 신들린 듯 눈부신 연기는 무당의 내공 따윈 저만치 패대기칠 정도. 무던한 경숙어매역의 고수희도, 화류여생 황영희도 만만치 않다.

특별히 고수희는 애 밴 여자로 나오기 일쑨데 이번에도 어김없다. 〈청춘예찬〉〈집〉에서 애 낳는 기계 같은 전과자다. 이번 연극에서 고수희 연기는 농익은 단감처럼 처절한 아름다움을 보인다. 또 하나, 김영필이 데리고 온 행님역의 김상규란 배우. 시종 "에, 또, 그게, 허험, 거"하며 더듬는 애매모호한 말짓거리로 웃음거리가 된다. 박근형 연극은 김상규 역할과 같은 특징적 재미를 놀이양념으로 가미시킨다.

박근형 연극에 나오는 배우들 치고 적당히 해먹는 만만한 배우는 없다. 모조리 무대에서 빛과 솔트의 역할을 멋지게 수행한다. 공연이 끝난 뒤 무대복 벗고 평상복으로 돌아오면, 참 지극히도 평범하고 시시한 인물들인데 무대에서는 저마다 참 멋지다. 독창적 매력의 이미지에 캐릭터가 빵빵하게 구축된다.

연극 〈경숙이, 경숙아버지〉는 약간 지나간 역사의 시대를 살아온 인물들의 반영이다. 못 먹고, 못살고, 못난 짓거리로 판을 치는 못난 것들. 어쩌나 그리도 참담하게 정처 없이 마구잡이로 살 수밖에 없었는지, 웃음거리로 눈물을 짜내면서 돌이켜보는 추억의 일기장이자 반성문이다.

'너나 나나, 형이나 동생이나, 우리 아버지는 다 그랬잖아.' 외기러기 아빠들이 한숨 쉬는 지금 세상에 그땐 참 할 짓 못할 짓 다하고 살았다. 카리스마 카타르시스가 난리치던 그 시절엔 한량도 참 많았다. 풍각쟁이로 돌아다니며 언제 어디서 살다가 죽었는지. 암담했던 그때의 아버지는 지금의 노숙자 기러기보다야 내 눈엔 행복해 보인다. 달리는 세월을 잡을 수 없고 돌이킬 수 없지만 연극으로라도 말이다.

박근형의 연극꾸러미들은 회로와 코드는 달라도 종지부 콩 찍어주는 건 비슷하다. 무서울 정도로 집요하고 지독한 공생의 공식이다. '다 함께 놀자! 동네 한 바퀴'이고 '우리 모두 같이 살자!'는 집단가족체계랄까.

강도 높은 파격으로 충격을 주니 염통 약한 관객은 신경안정제를 꼭 먹도록. 수면제 먹고 본다 해도 결코 잠들 수 없는 활성연극이다.

2006-11-03

김광석 뮤지컬~ ♬

05

〈바람이 불어오는 곳〉

이거? 공연으로서 희귀한 작품이다. 아니, 명품이다. 공연예술에, 연극이나 뮤지컬에, 어떤 큰 획을 긋는 대단하고 위력적인 퍼포먼스다. 전달예술의 엄청난 힘, 그 자체다. 이 정도면 세계적이다. 다소 흥분했지만 침착하게 이성적으로 냉정하게 바라본 관점이다.

어느 누가 이런 독창적 흉내를 내랴? 그 거침없는 자유로운 배짱. 삼가 경의를 표하며 찬사를 보내는 바다. 김광석 되새김질이여 영원하라! 인생을 치열하게, 하지만 쓸쓸하고 평범하게, 황금 같은 청춘의 젊은 날 생을 마감한 사람.

김광석 뮤지컬 〈바람이 불어오는 곳〉. 주옥같은 김광석 노래 중 그 하나의 명찰이다. 극장은 대학로 아트센터K 네모극장.

귀에 익은 절절한 김광석 노래들 20여 곡이 진지하고 간절하게 절정의 감성, 열정적 힘으로 불려진다. 시간가는 줄 전혀 몰랐다, 2시간 15분 동안. 대충의 매너리즘적인 구석 하나, 허튼 구석 하나 없는 그의 노래들. 어쿠스틱 뮤지컬Acoustic-Musical이라. 말과 뜻 그대로, 소리를 보고 듣는 시청각의 행복한 향연이었다. 세상에서 최고 아름다운 소리는 사람의 목소리란 걸 새삼 느끼는 시간이 됐다.

박창근. 이 명찰과 인상을 기억하자. 김광석과 이름이나 인상은 다르지만 김광석보다 노래를 더 잘 부른다. 기타 갖고 노는 실력도 김광석보다

한술 더 뜬다. 거기다 배우로서 연기까지 전혀 손색없는 훌륭함이라니!

한 마디로 한국에 인물났다.

두 마디로 국가대표 가수가 탄생한 것.

세 마디로 한국의 사이먼과 가펑클Simon&Garfunkel이자 이글스Eagles
라 본다.

나도 30년간 기타를 놓지 않고 살아왔다. 나도 김광석을, 그의 노래를
숭배하며 부르는 풍각쟁이다. 이제 기타와 노래 하면 살아 있는 박창근
을 섬기자. 공연말미 앙코르에서 '♫일어나'를 부를 땐 관객 전체가 일
어나 합창으로 부른다. 언뜻 무슨 종교집단이 미쳐 열광하는 뭐 그런 거
같았는데 하여튼 몇 년간 차곡차곡 쌓였던 스트레스가 한 방에 확 사라
지는, 그야말로 확실하게 힐링되는 시간. 이거 뭐, 보약 열 사발쯤 복용
한 든든한 느낌이랄까.

극본도 괜찮고 전체적 구성이나 스토리텔링도, 뮤지컬인지 콘서트인
지 모르게 자연스럽게 짜맞춘 연출력도 좋다. 공연 중간중간 관객을 상
대로 한 선물공세도 환호성감이다. 선물공세담당 애드리브연출용 사회
자역을 맡은 배우 박정권은 내가 아는 인물인데, 어쩜 그리 재밌게 진행
하는지.

김광석을 생각하게 하는 이 공연엔 내가 좋아하는 광석의 노래가 몽
땅 나와 불려진다. 내가 진짜 좋아하므로 언제든 수틀리면 부르는 노래
들이.

짝재기양말이 좋아하는
김광석 노래

- 이등병의 편지
- 어느 늙은 노부부의 이야기
- 서른 즈음에
- 흐린 가을하늘에 편지를 써
- 잊어야 한다는 마음으로
- 너무 아픈 사랑은 사랑이 아니었음을
- 사랑했지만
- 두 바퀴로 가는 자동차 / 양병집의 '역逆'
  (원곡은 밥 딜런Bob Dylan의 'Don't Think
  Twice, It's All Right'인데 양병집이 개사하여
  '역'이란 제목으로 자신의 1집에 수록)
- 먼지가 되어
- 그녀가 처음 울던 날
- 변해가네
- 바람이 불어오는 곳

　김광석이 죽은 1996년 그해에 내 아부지도 죽었다. 당시 난 연극공연 〈여자는 무엇으로 사는가〉 등으로 무척이나 바빴고, 게다가 국가와 민족을 무지 걱정하며 살아서 정신이 없었다. 때문에 그때 지척에 있는 콘서트전용 라이브극장에서 자주 공연했던 김광석콘서트를 한 번도 못 봤다.

　이 무슨 한스러운 운명의 장난이란 말인가.

　뮤지컬 〈바람이 불어오는 곳〉이여 영원하라!

　김광석을 각별히 사랑하는 사람들이여,

　구름처럼 바람처럼 몰려가라!

　거기서 나처럼 진한 감동 먹고 열광하라!

　미제, 외제, 밀수해적 뮤지컬에 물들어 깐죽대는

　강남뮤지컬이 빚어낸 사생아들이여,

　꼭 가서 보고 깊이 반성하라.

　'한국적 뮤지컬의 정수는 이런 것이다'를 깨달으며.

2013-07-20

이게, 방인가 닭장인가?

06

〈여기가 집이다〉

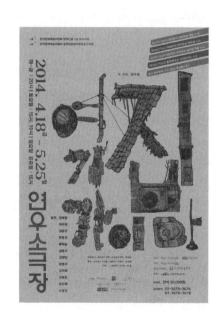

집이라고 하기엔 뭔가 좀……. 2차대전 때 유태인수
용소도 아니고, 닭장 같은…… 아니 모기장 같은 방들. 실은 모기장보다
더 작다.

연우무대가 워낙 작으니 그 사이즈에 스케일을 맞춘 듯한데, 방들은
인간이 큰 대大자로 뻗을 수 있는 면적보다 작다. 이른바 벌집이다. 근데
가리봉동의 벌집촌보다 특색은 있다. 방들 앞에는 그래도 넓은 마루가
거실 노릇을 하고.

연극명찰 〈여기가 집이다〉.

요즘 정체성이 밝혀져 존재성을 다지고 있는 고시원 얘기다. 본래의 고考시원이 아닌 쓰디쓴 고苦시원으로 일단 도입부부터 형색과 행색이 심상치 않은데. 그래도 노숙자보단 팔자가 나은 1인가정들, 독수공방 수컷들이다. 수컷들 저마다는 문제적 사연이 있는데 상당히 암울한 편. 속으론 절망이나 겉으론 '희망스러운' 척들을 한다.

작년 연극판에 선보인 작품 같은데 좋은 소문이 자자하다. 무슨 무슨 훌륭한 상들을 휩쓸었기에 호기심도 마련웠고. 인간미가 심후해 아름답기까지 한 정서적 작가 장우재가 쓰고 연출한 작품이라니 꼭 봐야겠다는 마음을 먹었다. 쾌작 〈차력사와 아코디언〉 이후로 두 번째 도킹이니.

집주인의 휴머니티에 의해 딴 집보다 무지 싸다는 방들. 이 집주인 할배가 죽으며 유산으로 손자인 고딩에게 상속을 했다는 상황이다. 교복차림으로 명랑사회를 건설할 것 같은 발랄한 고딩의 말들.

툭툭 던지는 말 하나하나가 파격이고 충격이다. 죽은 할배의 휴머니티는 잽도 안 되는 건설적 희망적 환상적 제안! 공짜로 살게 할 것이며 일을 하면 180만 원씩 준다. 이 믿을 수 없는 제안을 장난처럼 여겼다가 현실임을 확인하고 경악하는 벌집멤버들. 인생 뭐 있어? 꼬질꼬질하고 뒤숭숭하게 살지 말고 배짱으로 쾌청하게 살자!

열두 제자가 섬기는 예수의 선구적 진리의 가르침과 메시지. 확고한 사고체계에서 나오는 메시지는 메시아 같다. 공상적 이상주의Utopianism가 꿈꾸는 환상이 현실이 되는 당황스런 환희에 당혹스런 처신이 엇갈린다.

이건 뭐 진보적 개념도 아니고 거의 혁명적 제시니 젤 나이 많이 먹은 보수의 중심 장씨(김세동분)가 젤로 당혹스러워 아랑곳한다. 현실적 기회주의자 양씨(한동규분)는 젤 순발력 있는 반응이고. 어쨌든, 쥐구멍에 쨍하고 볕들어 희망차고 활기찬 나날이 펼쳐진다. 양씨하고 알코올중독자

장우재

인간미가 심후한 정서적
작가 장우재가 쓰고
연출한 작품 〈여기가 집이다〉
젤 나이 많이 먹은 보수의
중심 장씨(김세동분)가 젤로
당혹스럽고 현실적 기회주의자
양씨(한동규분)는 젤
순발력이 뛰어나다

최씨(김충근분)에겐 마누라들도 찾아오고.

　연극을 보면서 작품의 소재가 얼마나 중요한지 생각해보게 한다. 소재가 왕창 좋아도 얼마나 공감을 느낄 수 있는지도. 밑바닥 인생들 환경과 처지를 의식하는 신세타령일 텐데, 생동감 있게 확 환기시키는 충격요법에 현실감있고 실감나는 공감의 감동은 좀 어렵다. 우리 주변에 엄연히 존재하는 현실이나 진짜 리얼리티는 힘들다.

　막심 고리키Maxim Gorky의 〈밑바닥에서〉란 수입품이 있지만, 제대로 잘 만들어 러시안 정서를 국산화시키지 않으면 공감없이 따로 논다. 외제밀수품들 대부분이 한국입맛을 잘 맞추지 못하는 게 연극현실이다. 대부분 괜찮은 품질의 외제수입품을 엉터리로 가공하고 공연해온 해적판이 얼마나 많나? 이런 밟아죽일 해적판은 오늘도 계속된다.

　이완 정반대로 세계유수 서방선진국에 내놔도 '대박 터질' 국내산은 또 얼마나 많나? 하지만 우리가 우릴 그리 사랑하지 않기에 불행히도 생존작품은 그리 많진 않다.

　기억나는 수입품은 독일제품을 역수출한 〈지하철1호선〉뿐인데, 국산으로는 〈청춘예찬〉〈이爾〉〈블루사이공〉〈피고지고 피고지고〉〈두뇌수술〉〈푸르른 날에〉〈정약용 프로젝트〉〈관객모독〉〈길 떠나는 가족〉〈결혼〉 등등 잠깐 수색해봐도 국보급 수출명품 연극은 은근히 많은 형국이다. 무역상술에서 국내산이라는 제품가치가 상당히 오르기도 했고…….

　연극 〈여기가 집이다〉 역시 수출명품에 들어갈 수작이다. 암울한 비극적 재미없는 삶들을 그리 유쾌한 작법에 수법으로 연출해냈으니. 시류에 편승하는 풍자적 시사적 관점보다 차원 높은 수준으로.

　관객이나 언론이나 평단이나 연극에 갖는 공통된 관점 하나는 우리가 살면서 꼭 알아야 할 사실에, 문제에, 해법에 희망적 환상을 던지는 것! 쓰고 달고 아픈 것을 공감하고 향유하고 다독여보는 방법이다.

이 작품은 관점에 따라 자본주의 이데올로기 사상을 들먹이며 쟁점화할 만한 요소가 다분히 녹아 있지만 예방백신이 들어 있다. 작가가 인간을, 인생을 바라보는 다각적 초점이 참 평화롭다.

사람들 사는 정이 다 어디로 갔나. 돈 때문에 모든 것이 무참하게 사라져버린 세상! 절망에 중독되면 희망을 꿈꿀 수 없다.

잘살든 못살든 그 돈이라는 것에서 초월해보자! 돈 없이 살 수 있나? 그래도 다들 사는데. 툭 떨어진 씨알이 엄동설한을 견디고 터져 아름다운 싹을 틔우는 것처럼 살아 있다는 것이 중요하다. 그래도 세상은 살 만한 것이니. 아무런 관심 없이 도시 저편으로 밀려난 인간들, 도외시되는 '소외계층의 연가'라 해본다.

2014-05-08

2013버전 오현경 선생 등장

07

〈그것은 목탁구멍 속의 작은 어둠이었습니다〉

왼쪽부터 이문수, 박팔영, 민경진, 최종원, 오현경, 배수백

추석명절이라 온 백성이 들떠 싸돌아다니는 작금, 정신없는 대학로 어드메 조용한 연습장. 그곳에서 연극 〈그것은 목탁구멍 속의 작은 어둠이었습니다〉를 몰입연습 중이다.

연극명찰 중에 이보다 긴 게 있었나? 욕 같은 18자字. 하여 지면관계상 〈목탁구멍〉이라 칭하겠다. 23일 개막, D-7을 앞두고 드레스리허설이 한창이다. 까까중 다섯 분 배우들의 캐스팅포지션이 심상찮다. 오현경(방장), 이문수(탄성), 박팔영(도법), 민경진(원주), 배수백(월명), 머리카락 안 깎아도 되는 최종원(망령)에 박민정(여인)까지.

그간 이 작품은 23년 전부터 지금까지 잊을 만하면 한 번씩 띄엄띄엄

공연해온 전무후무한 명작이다. 내가 본 건 초연부터 지금까지 세 번, 이 번이 네 번째다. 초연은 1990년 문예회관소극장에서, 두 번째는 2002년 학전블루에서. 이때의 라인업은 김태수(방장), 정종준(탄성), 최정우(도법), 공호석(원주), 지춘성(월명). 그리고 세 번째는 2006년 제일화재 세실극장 에서 이인희(방장), 이영란(탄성), 연운경(도법), 윤순옥(원주), 손성림(월명) 이 출연한 비구니 버전으로.

어디서 했건 어떤 배우들이 나왔건 이만희 희곡, 강영걸 연출의 최고 작품이라 보기에 그 신뢰도와 완성도는 가히 절대적이다. 무엇보다 손 꼽을 만한 건 수많은 글가루가 말이 되어 공간을 채워나가는 언어적 유 희다. 고상한 설법으로, 일상적 화법으로, 놀이적 농담으로, 악담으로.

그런고로 연습실에서 보고 듣는 것만으로도, 아니 눈감고 대사만 들 어도 잔잔한 감동이 밀려온다. 눈뜬장님이 되어서 들어도 상관이 없을 정도. 이러니 모든 장치와 요소가 서로 잘 비벼진 극장공연은 감화의 데 미지가 무진장 클 수밖에 없다. 23일부터 29일까지 일주일이 설렌다.

아직도 전두엽에서 안 떠나고 버티는 생생한 말들.

체, 바느질하는 손놀림만 부드럽다고 합디다.

적게 먹고 가는 똥 누셔야죠.

아유. 이 오도방정. 눈에 띄면 방해될까봐 몰래 가려 했는데…….

죄송해요. 누룽지 좀 싸왔어요. 아무리 바빠도 그렇지,

개구리 점프하듯 끼니를 건너뛰시면 어떡해요.

콩나물, 두부, 참기름은…….

까스명수, 활명수, 박카스, 말씀만 하세요. 제가 즉각…….

아유, 이 오도방정, 항상 입조심 몸조심 한다는 게 또 이러니.

전생엔 지가 비구니였나봐요.

아유, 이쁘기도 해라. 히익 이 입! 부처님께 이쁘다니, 호호호호홍.

존안유망하시네요.

전 밤마다 스님만을 생각한답니다. 난 언제나 저런 스님이 될꼬,

말없이 조용하고 그 가운데 움직이시고…….

수고하고 무거운 짐 진 자들아 다 내게로 오라.

내 너를 쉬게 하리라.(마태복음 11장 28절)

까까중 연극이나 이처럼 성경말씀도 한 마디 뱉는다. 이에 질세라 만
년소년 같은 월명 왈,

절은 더 지어서 뭘 해요. 사방천지가 절이고, 있는 절도 개판인데.

지가 큰스님 되면 사원건축 불허령을 내리겠어요.

여기까장(입 안을 가리키며) 끄집어낸 가래를 아무 생각 없이

삼킨 것인데, 그 누런 가래를 책받침에 일단 뱉었다가 먹으라고

하면 못 먹는다 이 말입니다.

뽀뽀만 해도 그래요. 상대의 침을 쪽쪽 빨아먹는다고 합디다.

그것은 목탁구멍 속의
작은 어둠이었습니다

이만희(희곡) 강영걸(연출)
오현경(방장) 최종원(망령)의
최고작품!
평소 존경해왔던 원로배우
오현경 선생의 진잔한
연기가 돋보인다

그걸 이렇게 해보자 이 말입니다.

서로 주둥이만 살짝 갖다 대고 침은 각각 사발에

깍깍 뱉어 건네준 다음 상대의 것을 핥아먹는 거죠.

똑같은 재료에 양이랑 색깔도 같은데…….

꼬부랑 자지는 항시 지 발등에 오줌 눈다 안 하던가.

재수없는 포수는 곰을 잡아도 웅담이 없다고 안 합디까.

웃기는 얘기가 생각나 먼저 깔아봤지만 방장, 탄성, 도법의 심오한 철학적 대사는 녹음했다 써먹고 싶다. 정신세계가 속세에 얼마나 상했는지 알아보는 진찰용으로…….

〈목탁구멍〉은 종교적 사유를 초월한 산방한담山房閑談이다. 생사의 더함과 덜함을 고찰해보는 초월의 미학이고.

〈목탁구멍〉은 불당연극의 모양새를 띠고 있지만, 어떤 맥락에선 기독교적 세계관과 모든 종교적 색채를 아우른다. 따라서 예수쟁이니 무신론자니 그런 것 따질 필요 없이 우리 모두에게 교훈이 되고 지침이 되며 관객으로 하여금 어떤 깨달음을 느끼게 해줄 가능성 높은, 종교성을 초월한 작품이라 본다.

〈목탁구멍〉을 볼 때마다 어김없이 생각나는 건 서로 친구이자 선후배 사이였던 정신분석학자 두 분, 칼 구스타프 융과 지그문트 프로이트다. 그들이 찢어진 건 종교적 이유다. 프로이트는 종교를 무가치한 환상이라 무시해버린 반면, 융은 심리치료 심성개발에 도움이 된다는 긍정적인 표현을 썼다. 융이 그랬던 것은 중국의 점술서인 『주역』을 열라 파고 들어 해석서를 출간하면서, 그 와중에 깨닫게 된 샤머니즘의 의학적 효과를 알게 된 때문인 것.

이 연극이 도법스님이란 인물로 뼈대를 세운 것은 융이 종교의 교의

학敎義學에 가치를 부여한 그 맥락과 같다고 본다. 불교라는 종교성을 해탈하고 삶의 철학성을 부여한다는. 어쩌다 말이 좀 어려워졌나. 그럼, 쉬운 말로 인생이니 철학이니 그거 별거 아니란 얘기다. 목탁구멍 속의 작은 어둠일 뿐, 대단한 게 아니란 것. 쉽고 재미나게 연극으로 이해해보자는 것!

이번 작품에선 방장스님으로 오현경 선생이 나온다. 평소 존경해왔던 원로배우를 연습현장에서 구경하는 영광을 누리며 이번이 오현경 선생을 연극에서 보는 그 끝이 아니길 바라본다. 장민호 선생, 백성희 선생처럼 부디 10년은 더 현역에서 활동하시기를. 천명을 다할 때까지 건강하시며…….

오현경 선생의 잔잔한 연기파워를 현장에서 느껴보시길. 나처럼 같은 시대를 살아가는 팬이라 자부한다면.

2013-09-18

뮤지컬 명물탄생

08

〈테너를 빌려줘〉

켄 류드빅

공연을 보면서 줄곧 이런 생각이 들었다. '연극이 거
짓으로 남을 속이는 일'이란 속된 말과 '분장의 사기는 현실이 된다'는
말. 소감을 요약하자면 흠잡을 데 하나 없는 뮤지컬이란 거다.

세계적 명성의 원작자 켄 류드빅Ken Ludwig. 소재가 충분히 연극적이
지만 구성과 짜임새도 지극히 튼실하고 짱짱했다. 각색에 연출, 무대, 캐
스팅 앙상블, 노래에 연기력까지.

본시 박근형의 신작 〈백무동에서〉를 볼 참으로 대학로에 나섰는데 우연히 잘도 만나는, 연극에서 동영상을 즐겨 찍는 '비주얼북시스템' 대표 김명현 님에 이끌려 〈테너를 빌려줘Lend Me a Tenor〉를 본 것. 그는 이 공연에 스태프로 관여하면서 어떤 또 다른 부분에 지원협력도 한 것으로 보인다.

뮤지컬 하면 얼마 전 〈위대한 개츠비〉를 보고 실망한 전과가 있기에 이것 또한 의심스런 선입견이 남아 있는 심리 속에 별다른 기대를 안 하고 봤다. 결과는 서두의 소감 요약처럼 얼마 전의 그 개츠비에 대한 잔상과 여운의 찌꺼기를 한 방에 날려버리는 시원하고 통쾌한 카타르시스가 있었다.

연극이든 뮤지컬이든 개별적 독립성을 띠지만 난 연대적 관점으로 본다. 그 통합적 시각은 국가적 차원의 관점으로 걱정에 겨운 안타까운 넋두리였다고 이해했으면 좋겠다. 단소리와 쓴소리가 공존해야 연극과 국가와 문명이 발전하지 않겠나.

단소리에 익숙하면 단것 안 먹어도 이가 썩게 마련이다. 극장마다 연극 멘트들 보면 은근히 좋은 후기 남기길 바란다. 때론 노골적으로. 그러나 간혹, 극히 드물게 겸손한 자세로 고칠 점만 강조하며 쓴소릴 기대하는 천연기념물 연극도 있다.

그런데 뮤지컬 〈테너를 빌려줘〉는 쓴소리 뇌까릴 구석이 거의 없다.

그럼 관객의 한 사람으로 인적 구성이 어떠한지 탐색해볼까. 어! 국산인 줄 알았더니만 원작이 물 건너왔네. 그것도 뮤지컬인데? 그렇담 강남 뮤지컬의 그것, 양키밀수? 그것과는 사뭇 다르다. 가만, 극단이 어디? '극단코러스', 윤주상 선생이 예술감독이네.

제일로 중요한 것은 배후스태프. 연출은 단국대교수 함영준이란 인물. 생소한 이름이나 탄탄하고 심도 있는 연출내공에 앞으로의 행보가

함영준

윤주상

제일로 중요한 것은 배후스태프
연출은 단국대교수
함영준이란 인물
배우로는 연극계의 보증수표인
윤주상이 나온다
요절복통 코믹뮤지컬
〈테너를 빌려줘〉

기대된다. 요새는 연극무대에서 교수연출들의 활약상이 괜찮아 그림이
좋다.

배우들을 보자. 알 만한 얼굴들도 있고 나름대로 경력이 화려하나 그
건 별로 상관없다. 중요한 건 지금 현재, 이 공연에 존재하면서 앙상블
을 이루고 있냐는 점. 과거에 어디서 뭘 했든 지금 현재의 연극무대가
중요하다. 암만 화려한 경력의 예비군보다야 현역이 낫고 훌륭하며, 그
현역이 어떤 부대에 배치되어 어떤 임무를 수행하며 공덕을 세우느냐가
요점인 거다. 그 임무의 비중에 따라 성공과 승리 여부에 의해 영웅이
되는 것.

뮤지컬 〈테너를 빌려줘〉에서 투톱의 주연배우인 막스역의 안덕용과
티토역의 박인배가 극 비중상 돋보임은 당연하다. 여기에 빛나는 조연
으로 극단대표 손델스역의 장우진, 그의 딸 메기역의 이혜진, 티토의 와
이프 마리아역의 김지희, 다이애나역의 궁남경. 참으로 잘 맞아떨어지
는 캐스팅 캐릭터의 찰떡궁합 앙상블이다. 이 모든 공덕은 캐스팅을 담
당했을 연출가에게로 돌아간다. 화려해 보이는 무대는 티토가 묵을 최
고급 호텔방으로 꾸몄는데 무대의 다변적 전환을 위해 가운데 커튼 친
벽이 이동식으로 되어 있다.

극의 줄거리를 쉽게 풀어보면 이러하다. 이탈리아의 세계적 오페라가
수 티토를 초청하여 '오셀로'를 공연하려는 극단주 손델스. 그리고 그의
조수 막스와 딸 메기가 있는데 모두 티토의 열성팬이다. 막스는 메기를
짝사랑하는 연인관계로 보이나 아직 뜨거운 사랑은 불붙지 않은 상태.
그에겐 오페라가수 못지않은 노래 실력이 있지만 주변에선 잘 모른다.

공연 직전 티토는 술을 너무 많이 먹어 엉망이 되어 있고, 뚱땡이 와이
프 마리아는 이런 상황이 불만이다. 곤드레만드레 와중에 티토는 막스
와 만나 아리아를 부르다 그의 소질을 간파한다. 와이프랑 애정문제로

싸운 티토는 신경안정제를 왕창 먹고 잠든다. 이걸 발견한 극단주와 막스는 티토가 죽은 줄 알고 어쩔 줄 몰라한다. 그리고 돌연, 극단주는 막스를 티토처럼 감쪽같이 변장시켜 출연할 것을 협박과 회유로 설득시킨다. 위기일발 공연사기로 아슬아슬하게 흥망도박을 감행하는 극단주의 사업성.

막스가 티토가 되어 공연한 사기극은 대성공을 거둔다. 죽은 줄 알았던 티토는 약 기운에서 깨어나 분장을 하고 극장으로 가지만 미친놈에 또라이 취급을 받고 호텔로 돌아온다. 거기서 진짜 티토와 가짜 티토 막스가 엎치락뒤치락 생쇼를 벌인다. 제멋대로 터져나간 극의 줄기는 해피엔딩으로 보기 좋게 마무리. 결과적으로 관극소감은 담백하게 한 줄로 요약된다.

"뮤지컬공연의 매너리즘에 전혀 전염되지 않은 신선한 자극의 충격!"

요즘은 개나 소나 다 뮤지컬을 올려 홍수의 흙탕물 같다. '뮤지컬은 이래야 한다'란 강박관념에 착실히 중독된 무리들이 뻔질나게 설치는 형국이다.

'양키식민밀수뮤지컬' 판에서 일말의 희망을 던져주는 작품 〈테너를 빌려줘〉. 이 작품은 뮤지컬이라면 외면하고 마는 내 시각을 돌려놨다. 나만 그런가. 이 작품을 본 지각 있는 관객이라면 나와 비스름한 생각을 할 터.

외국작품을 한국에 선뵐 때 제발 부탁인데 솔직했으면 좋겠다. 브로드웨이든 어디든 그 나라 원작 오리지널팀이 한 걸 갖고 마치 우리가 그렇게 만들어 한국에 선뵈는 양 생구라치는 광고문구의 현실이 탐탁지 않다. 진짜 갖고 우롱하는 가짜들의 향연이 양키식민밀수뮤지컬이다.

〈테너를 빌려줘〉는 그야말로 세계적으로 유명한 외제지만 드물게 국산화에 성공한 손색없는 작품이다. 런던에서 초연된 이후 세계 각국으

로 수출길에 올라 한국에도 상륙했는데, 원작이 어떻든 나라마다 문화
수준과 생활정서가 다르니 만들기 나름이다. 배합비율과 기술이 얼마나
적절했느냐가 연출의 관건인 것.

　여기에 예술감독의 입김 또한 중요한 핵심요소가 된다. 배우로 나오
건 배후에서 무엇으로 관여하건 윤주상 하면 연극계의 보증수표 아닌
가. 배우이자 연극인으로 늘 당당하고 멋지니 존경할 인물이다.

　연극이든 뮤지컬이든 믿음을 갖고 찾을 때는 배우든 배후든 그만큼
신뢰가 가는 인물인가를 살펴보면 된다. 고품격의 보증수표 뮤지컬 〈테
너를 빌려줘〉는 홍수의 흙탕물처럼 뮤지컬을 마구 만드는 분들이 꼭 가
서 보고 반성을 때릴 모범작이다. 요즘 대학로는 창피한 줄 모르고 설치
는 설치류들이 너무 많아졌다.

　요절복통 코믹뮤지컬이지만 천박함이나 어수선함이 전혀 없는 〈테너
를 빌려줘〉. 관객이나 평단도 헛것들 보고 헛소리들 좀 그만했으면 좋겠
다. 다시 보고 싶은 뮤지컬, 여러 번 봐도 질리지 않을 뮤지컬, 관객으로
하여금 관극중독을 일으키게 하는 뮤지컬을 만들어야 하지 않겠나. 불
행히도 나는 여태 그런 뮤지컬을 본 적이 없었는데 이번이 첨이다.

2007-12-03

박근형 원산

09

〈너무 놀라지 마라〉

　　요새 연극 보러 다니기에 신출귀몰하는 편인데 의무 방어를 못 해 빼먹은 연극이 있다. 아르코소극장의 〈너무 놀라지 마라〉. 박근형 작·연출.

　　11일부터 15일까지 겨우 5일 동안 공연하니 챙겨서 보려 했다. 근데 첫날부터 끝날까지 전석 매진이다. 매진. 그러니까 더 꼭 보고 싶은 생각에 반사작용으로 발길이 이끌렸다. 볼 수 있도록 배려해준 '극단골목길'에 삼가 감사드린다. 진짜 연기가 뭔지, 진정한 연극이 뭔지 보여줄 요량으로 여배우 1인, 여성제작자 1인과 같이 쌀쌀맞은 날씨에 시험에 들지 않고서 꿋꿋하게 갔다.

박근형 연극엔 세트를 대충 무시하는 버릇이 있는데, 이번에는 그 버릇을 고쳤는지(?) 세트가 있다. 얼핏 무슨 서부시대의 전쟁터 요새 같은 이미지로 어떤 미션들이 감춰진 듯했다. 컨테이너박스 내부 같기도 하고. 하여간 볼거리는 벼룩시장처럼 요모조모 있을 것 같다. 무슨 집안이고 어떤 인간들이 나오는지 궁금해진다. 뭐, 박근형의 단골메뉴인 콩가루집안이겠지만.

아버지가 손발톱을 손질하는데 병신 같은 둘째아들이 오락가락한다. 주로 똥간에서. 똥간에서 용을 쓰는데 나올 똥이 없나. 그러다 아버지는 뭐라 구시렁구시렁 하더니 심심해서 죽기라도 하는 것처럼 똥간에서 목매 자살한다.

아버지가 죽었는데 하나도 안 놀라는 자식식구들. 진짜, 너무 놀라지 않는다. 연극명찰이 좌우명인 양 끝까지 하나도 안 놀라는 배우들. 극의 내용은 무지 놀라운데 관객마저 착실히 연극명찰을 준수한다. 비정상적인 이상한 분위기. 대체 뭐가 잘못된 거야?

챠, 나 혼자 반응하는 유기체처럼 킥킥대며 자지러지는데, 무슨 무기물질들 쫙 깔린 듯 관객반응 영 무기력하다. 끝나고 보니 모대학 문창과 학생들 단체로 섞여 있음이 원인이다.

연극은 열라 웃으라고 만들어놨는데 수첩에 뭘 써가며 보는 학생들. 그만들 좀 해라. 극장이 무슨 학교냐? 내 이래서 매 시간 국가와 민족을 걱정하면서 수능산업 망국교육을 저주한다. 어떤 멍청한 교수가 가두리 양식장 학생들 갖고 주접을 떨었을지…….

연극이 뭔데? 그냥 보면 되는 거다. 많이 보면 좋고. 연극교육? 진짜 대학마다 옆차기들 한다. 왜 연극을 분석하고 따지고 인수분해 외과수술을 하지? 나처럼 그냥 연극 4천 개쯤 보면 저절로 일가견은 생기는 거다. 연극을 왜 쓰면서 봐! 그냥 보면 되지. 학생들만 참 딱하고 불쌍타!

남편역의 배우 김영필이 시동생역의 김주완에게 까는 의미심장한 말.

니가 창조와 기록의 차이를 알아?

딱 맞는 대사다. 바로 내가 해주고 싶은 말 아닌가. 아니, 디지털테크
놀로지 선진국 한국에서 웬 70년대 아날로그 꼴값? 왜, 써? 대사는 녹음
하면 되잖아. 기억지능 펭귄? 조류인간인가?

이런 감정은 나뿐만이 아니다. 분장실 탐방하고 배우들이랑 야불거리
는데 배우 김영필 왈, 나랑 똑같이 말한다.

"왜 쓰면서 봐! 연기하는 데 거슬리게."

그래 맞아, 좀 예민한 배우라면 거슬리기도 하겠다.

"하여간 학삐들 학습태도라니. 불편함 야기시키는 재수없는 족속들
이얌."

그냥 자유롭게 보고 자유롭게 얘기하면 된다. 토론? 난 자유토론이라
며 자유롭게 하는 것 못 봤다. 세미나 흉내 내면서 왜 그렇게 인위적인
지. 토론은 캐나다 토론토 가서 하길. 토론토는 인디언 말 '토론터'에서
유래됐으니 한국말과 아주 친근한 느낌이다. 토론하는 터? 지금 반상회
하니?

얼마 전, 〈눈먼 아비에게 길을 묻다〉를 봤을 때도 선생 하나 인솔하에
여고생단체가 같이 봤지만 티내는 짓 하나 없었으니 고딩이 대딩보다
휠 낫다. 훌륭한 연극 보는데 중국산 인해전술이 방해하니 심술이 창궐
한 결과다.

똥간에서 죽은 아버지는 연극 끝날 때까지 똥통에 매달려 있으면서
이 땅의 위선적 장례문화 풍속도를 신랄하게 꼬집는다. 부모 죽으면 모
든 불효가 '효'를 흉내 내는 한국인의 정신세계를 지배한 허례허식을 꼬

김주완(좌), 이규회(우)

이 작품은 배우 저마다의 연기가 일품
며느리역으로 제 맘대로 연기를
펼치는 장영남
외면 내면의 연기를 통달한 재원
멋진 대사를 구구절절 쏟아내는
남편역의 김영필
변화무쌍한 표정이 일품인
소방수역의 김동현

장영남   김영필   김동현

집는다. 비극을 철저하게 희극으로 비꼬는 '깜깜한 비웃음(블랙코미디)'
을 선뵈며…….

아버지가 죽거나 말거나 큰아들, 며느리, 작은아들은 평범한 일상이
다. 그다지 놀랄 만한 일이 아니라고 식구들은 시범을 보인다. 전개과정
에서 남편, 아내, 시동생의 관계가 야리꾸리하게 드러나는데도 하나 놀
라지 않는다. 나중에 소방수가 나타나 아내랑 잠자리를 해도 친밀한 일
이라 아우른다.

한국의 미풍양속이나 윤리도덕 관념으로는 도저히 납득 안 되는, 이
해는커녕 오해밖에 안 될 상황이다. 도덕규범 따위를 우스꽝스런 개념
으로 보고 바탕 자체를 까버린다. 그러면서 너무 놀라지 마라, 이 정도는
아무것도 아니고 아주 시시한 일이니 아랑곳지 말라고 진정시킨다.
너무 슬퍼하지 말고, 너무 웃기지 말라 한다. 어떤 경지를 터득한, 득도
의 깨달음이 있는 듯 살짝살짝 암시를 주는데, 관객은 5해에서 3을 빼고
2해야 할지 헷갈린다.

이 작품은 배우 저마다의 연기가 일품이어서 명품을 만든다. 먼저 며
느리역으로 제 맘대로 연기를 펼치는 장영남. 나무랄 데 없는 남자이름
이나 여배우다. 미모, 연기, 노력, 이 삼박자의 매력으로 봤을 때 그 나이
의 여배우 중 최고라 본다. 과격함에서 디테일까지 외면 내면의 연기를
통달한 재원. 선천적으로 타고난 부분도 엿보이나 갈고닦은 후천적 요
소도 빛난다. 선천적 후천적이 짝짜꿍하면 세상에서는 천부적이라는데.

공연을 본 뒤 일정시간이 지나서 분장실로 살짝 쳐들어갔다. 그리고
잠시 이 배우와 눈도장 찍는 시간을 가졌다. 연극학교 다닐 적 대학로에
서 활개치며 돌아다니던 이 짝재기양말을 알고 있다고. 난 이제 알았는
데, 이거 뭔가 공평하지 못하잖아. 좀 미안해진다. 잠깐 동안 야부리를
깠고 공연준비 땜에 분장실을 나왔다.

다음으로 이 극에서 제일 멋진 대사를 구구절절 쏟아내는 남편역의 김영필. 잘생긴 간판에 훤칠한 외모로 일단은 국제규격 합격점. 박근형 연극 메들리에서 나랑 친교도 오래된 편이다. 연극에 대한 확고한 소신과 신념이 뚜렷한, 술자리 분위기도 잘 맞추고 놀음판 광대기질도 얼핏 엿보이는 재목. 〈경숙이, 경숙이 아버지〉에서 아버지역을 마치 타고난 한량처럼 수행했던 매력남. 영화캐스터들은 어디 어떤 데서 어떤 다리 긁고 있는지? 조건이 잘 갖춰진 이런 멋진 배우를 놔두고서.

다음은 날카로운 눈매에 변화무쌍한 표정이 일품인 소방수역의 김동현. 이 극에서 유일한 외부인사로 정상적인 대사를 지껄인다. 〈청춘예찬〉과 〈보고 싶습니다〉에서 특출난 연기열정을 불태웠다. 현재 〈마지막 20분 동안 말하다〉에 출연 중인데 살짝 땡땡이치며 이 극에 나타난 것. 본래 뛰는 연극이 장기이고 더블캐스팅이기에 화류계 바람을 피운 거다. 박해일보다 더 매력요소가 많은데 영화는 그에 못 미친다.

그리고 이 극의 밑받침이 되는 시아버지역의 이규회와 시동생역의 김주완. 박근형 연극에서 한참 전부터 잘 나타나는 단골배우다. 개성적 인상을 받쳐주는 연기로 감초에 양념역할을 잘 수행하니 무대에 익숙한 거다. 둘 다 연기노동력을 수행하는 난이도가 높지만 감수능력이 탁월하니 문제없다.

연극 끝날 때까지 매달려 있어야 하는 황당함과 상습변비로 응아에 힘주는 에너지 낭비엔 둘 다 고칼로리가 요구될 터. 탄수화물에다 지방질 풍성한 먹이로 식단에 듬뿍 신경써줘야 할 역할이다. 근데, 과연 그럴까? 박근형 연극 하면 '가난한 연극'을 주장한 예지 그로토프스키Jerzy Grotowski가 떠오르니.

배우 얘기는 이만 각설하고 박근형이 쓰고 만드는 그만의 자작연출에 한 마디 필설해야겠다. 그가 타작연출에 손대는 경우가 좀 있었지만 대체로 망가지는 결과를 남겼다. 대표적으로 '정미소'에서 공연했던 〈선데이서울〉이 되겠는데, 당시 주연배우 배두나의 엄마 김화영이 연극을 보러 갔을 때 날 발견하고는 박근형 갖고 남몰래 피력한 울부짖음이 아직도 귀에 쟁쟁하다.

박근형은 자작연출을 해야 그 진가가 나온다. Why? 확고한 그만의 연극세계관이 제대로 비벼나오기 때문. 최근 셰익스피어와 체호프의 명작해석으로 창작영역을 넓혀가는 모습도 보기 좋다. 노 세트no-set 풍에서 벗어나 이 작품처럼 기능성 세트를 세우는 것도 보기 좋다. 실은 국립극장 달오름에서 올린 〈집〉이란 극에서 세트시범을 보이기도 했지만.

1999년 〈청춘예찬〉을 필두로 21세기 서막을 멋지게 장식한 이후, 2009년까지 10년의 궤적을 돌이켜보면 주마등처럼 스쳐가는 작품들 모두 주옥같다. 막 만든 듯해도 하나하나 잘 씹어보면 색다른 취향과 경향이 있다.

연극 〈너무 놀라지 마라〉는 그 취향과 경향을 잘 살려내는 대표적인 작품이다. 이제 어디서 또 할 텐데, 오리지널 〈청춘예찬〉을 놓친 관객들은 〈너무 놀라지 마라〉로 박근형 연극의 진가를 취하시길.

2009-11-14

돌발적 파격연극

10

〈두뇌수술〉

소극장 '혜화동1번지'. 진짜 주소는 종로구 혜화동 88-1번지. 이곳에 극장이 들어선 지 벌써 19년이 되었다. 지금 열아홉 살 먹은 청소년이 막 세상에 태어났을 때 생겼고 엄청 작은 연극공간으로 열악함의 샘플이다. 극장크기나 입지로 볼 때 여긴 그래도 양반이다. 연출가 이윤택이 초창기에 꾸민 부산의 '가마골소극장'에 비하면, 거긴

다락까지 합쳐서 열댓 명 차면 객석이 매진이다.

박근형의 〈청춘예찬〉을 탄생시킨 공간. 박해일, 윤제문, 고수희 같은 스타배우를 탄생시킨 공간. 그래 이 극장을 산부인과 산실이라 부른다.

혜화동1번지. 참으로 오랜만에 이 정겹고 애틋한 극장을 찾았다. 극장 앞에 쪼로롱 줄지어 서 있는 관객들. 그 좁은 골목길을 비집고 왔다리갔 다리 하는 승용차들. 여긴 늘 분위기가 이리 어색하고 불편하다.

공연시작이 임박했는데도 관객입장을 안 시킨다. 관극통제 관객제한 인원 50명으로 한다고. 입장시간이 다 되어가는데 배우스런 복장의 인 간들이 나와 서성거린다. 잠시 후, 극장 출입구에서 배우가 나와 크게 소 리친다.

오 박사이신 원장선생님이 세계의학계를 놀라게 할 두뇌교환수술을 하기 때문에 당분간 외래환자를 못 받으니 돌아가시라.

밖에서 서성거리던 환자스런 인간들에게 하는 망발인가.

그래, 좋다! 기획 마케팅적 마인드로선 A^{+++} 정도. 현장에서 관객 삼 십 퍼센트는 즉석에서 끌어당길 수 있다. 줄선 관객들, 극장입구에 운집 한 관객들까지 돌연 외래환자의 입장처지로 돌변시킨 다음 집으로 돌아 가라고. 물어물어 찾아온 건 수고했으나 가라가라 한다.

소극장 혜화동1번지는 졸지에 뇌수술 전문병원으로 탈바꿈한다. 그러 던 중 환자 하나가 자신의 처지와 입장을 피력한 뒤 극장진입을 시도하 는데, 그게 어찌 먹혀들어가 관객과 함께 우르르 들어간다. 그동안 시간 전에 일찍 도착한 '줄서기 관객'들은 병신이 되면서.

얼떨결에 관객과 휩쓸려 들어간 극장 안은 더 가관이다. 무대니 객석 이니 그런 구분은 완전 파괴했다. 무슨 교회당이나 대합실처럼, 아니 외래환자 대기실처럼 의자들만 달랑 왕창. 그리고 ㄴ자 모양의 통로들만 앞뒤 여러 갈래로 만들어놨다.

입장한 관객들은 어디에 앉아야 하나 잠깐 망설이다 남들 앉는 것 보고 아무 데나 퍽퍽 앉는다. 난 그 와중에도 무대가 되는 곳인 듯, 잘 보이는 곳에 자리를 잡았다. 돌발적 상황에서 순발력 없는 이는 이상한 곳에 앉고.

이제 관객은 대갈통치료 전문병원에 들어오는 데 성공했고, 병원 안에서 벌어지는 골 때리는 내막과 상황을 소상히 알게 되는 구경꾼이 된다. 그리고 두뇌교환수술, 막말로 '대갈통 바꿔치기 수술'의 경과를 보는데…….

한 남자는 부잣집 골통인데 여물지 않아 병신이고, 한 남자는 시골집 골통인데 똑똑함이 지나쳐 신경통으로 아픈 환자다. 이 골통 둘을 바꿔놓고 생긴 부작용으로 엎치락뒤치락. 몸이랑 낯짝은 이놈이고 그놈이나, 정신과 혼은 이놈이 그놈이고 그놈이 이놈이 되었다.

이 정도면 의료사고로 대형참사에 해당하는데 오히려 위대한 의학실험이란다. 거창하고 찬란하게 부풀려 칭송하고 사고는 쉬쉬하기 급급. 하긴 뭐, 시대적 현실이……. 그 당시 만주 어딘가엔 731부대도 있었으니 이 정도 의료과실은 대외적 명분에 비하면 별 거 아니다.

다만, 두 골통 당사자와 그 주변인들만 방방 뜨며 애를 태우나 그래봤자 뭉뚱그려 넘어가려고 한다. 무당 불러 정신을 찾아와야 한다고 방방 뜨고.

배우들은 1945년 당시 백의민족 허연 한복을 걸치고 눈에는 모조리 지나치게 긴 쌍꺼풀을 붙였다. 대사라 읊어대는 말은 하나같이 신파조 섞인 당대의 독특한 말투(북한말인가? 싶게 리스닝에 고충이 있는)를 지껄여대고. 당시의 시대적 상황재연이란 막중한 친절의식이 동했음인가 보다.

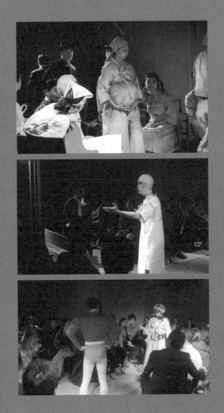

극본의 주인공 진우촌秦雨村이란
작가의 발상이 좋다
관극 후 심경은
가히 획기적이란 느낌
연출 윤한솔 또한 매우 훌륭하다
난 개인적으로 〈두뇌수술〉처럼
이렇게 실험성 충만한 작품을
최고로 친다

근데, 고것 때문에 대사전달이 잘 안 되는 답답함이 있다. 딴 배우는 다 그렇더라도 기자역을 맡은 배우는 요샛말을 썼으면 좋았을 텐데. 왜냐? 기자가 대사도 많은데다 내레이터 역할을 하기 때문. 전통적 재연도 좋지만 부분적으론 현대적 접목도 필요하다.

하여간 통째로 뒤바뀐 골통문제 갖고 혼란스런 와중. 별안간 한 환자의 애인인가 마누란가가 쌍권총 킬러로 나타나 엄청난 카리스마를 뿜어대며 간호사들을 막 쏴죽인다. 곧이어 그 킬러의 환자애인이 해결사 슈퍼맨으로 돌변해 나타난다.

하여간 이 연극은 처음부터 끝까지 수틀리면 놀라게 한다. 돌발적이고, 파격적이며, 충격적이고, 획기적이다. 그래도 골통 부작용에 대한 어떤 응급처치를 시도했는지 어쨌든 결말은 성공적 긍정적으로 이끌어낸다.

일단, 극본의 주인공 진우촌秦雨村이란 작가의 발상이 좋다. 본명은 진종혁秦宗爀으로 방랑 삼천리, 행방불명 인물로 신출귀몰했다는 종적. 당시의 진국 진객임에는 틀림없다. 그가 만약 이 시대를 풍미했다면 어땠을까?

관극 후 심경은 가히 획기적이란 느낌. 60년 전에 이런 극본을 쓴 작가가 대단하고, 현대적 접목을 과감히 시도한 연출 윤한솔 또한 매우 훌륭하다. 연출의 글에 '연출의도 같은 것은 없음'이라 쓴 것도 멋지다. 잡스럽게 구구절절보다는 드문 일이지만 때로는 작가나 연출의 글 한 마디 없는 것도 쌈박하다. 박근형 연극에서 이런 경우를 가끔 접한다.

서울연극제 기간이지만 그것에 전혀 상관 안 하는, 열정적이고 젊은 연극인들 혜화동1번지 5기 동인의 연극제 '2012 봄 페스티벌: 해방공간'을 접하며 드는 생각. 이들은 연극계 전체 연극제와의 연대감이 없을까? 물론 있으나 실망스러울 테고, 그래서 독자적 연대를 추구하는 개념일 터. 다만, 고정관념으로 틀에 박힌 연극에 중독된 이들을 답답해할 뿐이겠지.

그들과 상관 안 하겠다는 뜻으로 '해방공간'을 여는 건 아닐까. 난 개인적으로 이런 〈두뇌수술〉 같은 연극이 서울연극제 공식참가작이 돼야 한다고 강력하게 침을 튀기는 바다. 연극제 참가작 심사는 대체 어떤 이들이 하는지?

자, 어쨌든 연극에서 최고 중요한 것은 관객이다. 그것도 한창 연극 잘 보는 젊은 대학생들, 처녀총각들. 이들 반응은? 연극 〈두뇌수술〉은 젊은 관객들을 뻘쭘, 당황하게 한다.

허나 곧 익숙해져 연극의 재미난 요소들을 즐긴다. 배우들 옷차림, 생경하고 요상한 말투, 도입부분의 설정, 극 전반까지. 새롭고 신선한 파격을 음미하고 그 충격을 흡수하며 즐긴다. 고정관념으로 무장된 대다수 늙은 관객들이라면 견디기 힘들어할 듯. 하지만 중도퇴장 할 수 없는 분위기에 압도되어 끝까지 볼 수밖에. 편하고 재밌게 못 봤으니 관극소감은 버겁고 까칠할 거다.

'자가당착적 희극'이란 부제를 과감히 붙인 〈두뇌수술〉. 마지막 공연을 봤는데 다행히 앙코르를 한단다. 공연기간이 나무 짧다는 불벼락 같은 성토에 뜨끔해져, 불온한 상상력으로 '생각이 세상을 바꾼다'는 혁명적 의식으로 정신을 바꾸고자!

2012-04-29

울랄룰루 연극

11

〈불 좀 꺼주세요〉

　　20년 전, 내가 울랄룰루 어쩌구저쩌구 했던 연극을
다시 한다. 〈불 좀 꺼주세요〉. 줄여서 그냥, '불꺼'. 이만희는 작가니까
작가답게 그냥 그대로. 연출은 강영걸 그때 그대로. 극장도 옛날 그대로.

　　강산이 두 번 바뀐 시점. 옛날엔 10년이면 강산이 변했지만, 요샌 한
달에 강산이 뒤집어진다. 가수 강산에의 원래 명찰이 강영걸이다. 그와

의 옛 추억 기억들이 가물가물 더듬더듬하다. 신촌로터리 파출소 윗골목에 있던 '카페라 하기엔 좀 쑥스럽지만'이란 간판명찰(그 명찰은 개그총수 전유성이 지었다는데)의 카페…… 하여간, 에피소드가 많았다.

연출가 강영걸. 연극하는 데 있어 본인의 성씨性氏처럼 강한 사람이다. 연극이 잘 안 되면 성聲을 내는 인물. 연극에서 정성으로 성誠을 이루고야 마는 살신정신의 샘플이다. 그래서 난 그를 '국보급 장인연출가'로 친다.

장인정신이 잘 안 되면 장모님정신(?)까지 동원하는 끈질김. 책임감에 완벽을 추구하는 프로정신. 인간이 암만 완벽해도 신 앞에선 깨개갱. 완벽함이란 신의 영역이다. 허나, 완벽하려는 철저한 정신상태가 중요하지 않겠나.

그 정신은 역사를 만들어냈고, 신화를 창조했고, 전설을 이룩해냈다. 이분이 유일무이 연극판의 선생이라 난 그를 스승으로 삼았다. 그리고 연극쟁이가 되기까지 많은 부분을 배웠다. 서론이 너무 길었나. 하지만 무조건 이해하시라. 어쩔 수 없이 중요하니.

공연을 시작한 지 4일째. 본 사람들의 반응과 감상은 어떨까? 거개가 제각각. 여느 연극과 달리 특히나 그런 경향이 보인다. 분신分身연극, 분갈이연극으로 추리극이란 구조를 띠고 있기 때문일까?

얼핏 건성으로 보면 대개가 그렇듯 TV멜로드라마 같은 느낌이 들지만 정신을 차리고 집중해서 보면 심상치가 않다. 일단, 배우가 툭툭 뱉어내는 말들이 그렇다. 역사와 일상이란 화두를 던져놓고 몰아가는 이야기 구조가 그렇고. 겉마음의 본신과 속마음의 분신이 쏟아내는 말말말들이……. 주인공들의 대화나 독백의 다이얼로그들을 설명하고, 대신하고, 빈정대고, 반격하고, 위로하는 분신들의 현란한 말장난에 친근하게 접근한 맛깔나고 재미난 스토리텔링.

줄거리와 결말이란 게 뻔히 정해져 있으나, 정성껏 포장된 선물상자를 하나하나 벗겨내듯 펼쳐나가는 전개방식이 특이해 심상치 않은 연극으로 볼 것이다. 남들이야 어떻게 봤든, 20년 전 20만 명이 어떻게 봤던 간에 난 내 나름으로 언급하는 바다.

한 여자와 한 남자가 참 오랜만에 만났다. 싱싱하던 시절, 이들은 서로 사랑하고 결혼할 뻔했던 사이. 허나 각각 따로국밥이 된 유부남 유부녀다. 그렇게 따로 살아온 수많은 얘기들을 하나둘씩 털어놓는다. 간절했던 부분, 서운했던 부분, 사랑했던 부분들을.

특히 남자의 과거행적을 낱낱이 보여준다. 그리고 여자집에 찾아와 만난 바로 지금, 이들은 주어진 운명을 거스르고 진실한 사랑의 역사를 창조하려 하는데……. 결말은 해피엔딩! 비록 불륜이나 아름다운 사랑을 한다.

애는 없지만, 유부남 유부녀의 '불륜조장연극'이라 볼 수도 있겠다. 모럴 해저드(도덕적 해이), 윤리적인 잣대를 들이댈 수도. 허나 이 극은 점잖고 차분하게, 우아하고 품격 있게 가짜사랑을 청산하고 진짜사랑을 하라고 한다. 한 세상 사는 인생, 솔직하고 진실하게 살아가라고 살짝살짝 선동한다. 개개인의 삶이고 역사지만 반역과 혁명을 꿈꾸라고 부추긴다.

막말로 'X 같으면 저질러라!' 울타리 안의 가축처럼 살지 말고 저 푸른 초원으로 달려가라, 제도 따윈 확 뭉개버리고 본능이 시키는 대로 동물처럼 살아, 절반쯤 미쳐서 미친 듯이 살라고 힌트도 준다.

뭐, 꼴리는 대로 사는 게 최고덕목이라 했던 중광스님처럼, 조심스럽게 살면 무신 재미? 그냥 저지르며 살라는 것이다.

난 이 극이 뿜어대는 엄청난 호소력 땜에 내 인생의 행보를 수정하는 파격을 감행했고 연극쟁이가 됐다. 자. 그렇담, 이 연극에 담긴 표현적

난 이 극이 뿜어대는 엄청난 호소력 땜에
내 인생의 행보를 수정하는 파격을
감행했고 연극쟁이가 됐다
고등학교 윤리선생을 때려치우고
전업작가가 된 이만희
이만희 하면 자동 강영걸로 이어져
연극 좀 본다 하는 관객이라면
꼭 봐야 할 〈불 좀 꺼주세요〉

힘은 얼마나 될까?

작가 이만희, 그는 고등학교 윤리선생을 때려치우고 전업작가가 됐다. 이 작품이 계기가 됐는지 모르나 파격적 행보가 있었던 것. 그리고 망가졌나? 므흣, 정반대다. 일취월장 최고작가 됐고 더 큰 선생이 됐다. 계속 선방하며 명작연극들도 만들어내면서.

이만희 하면 자동 강영걸로 이어져 '명작의 세트'가 된다. 그중 대표작 하나가 바로 〈불 좀 꺼주세요〉다. 이러한 판국이니 연극 좀 본다 하는 관객이라면 꼭 봐야 하고, 지능지수나 집중력이 떨어지는 분이라면 여러 번 봐야 한다.

여러 번? 그럼, 돈 깨지는 게 장난이 아닐진대. 그럼에도 불구하고 손해나는 일은 절대 없다고 장담한다. 인생의 행보를 바꿀 수도 있는 연극인데 뭐. 공연초반이라 배우들 연기가 익고 설익고의 차이는 있지만 리액션, 앙상블, 완성도에 노력 중. 신선도 짱이다. 연극 〈불 좀 꺼주세요〉는 배우들 하기에 따라 나름 큰 차이가 있지만 배우 조련의 거장 강영걸 선생이 있으니 별 문제없다.

연극 보고 이러쿵저러쿵 해대기 2천 편이 넘었건만 '불꺼'에 관한 한 언급이 없었으니, 20년 만에 첨으로 흔적을 남긴다. 내 연극 같은 작품이라 그럴까, 형광등 위가 어두워?

2012-07-16

살아 펄떡이는 도발
관객을 왕이 아닌 똥으로 보는 하염없이 삐딱한 연극
인생을 송두리째 바꿔버린 연극

Chapter 02

엽기코믹
모독
반전연극

뻥 환자 3인의 생활연기

12

〈병자삼인〉

　　〈병자삼인病者三人〉은 속이는 '병신짓' 연극이다. 정상인데 상황에 따른 병신흉내를 내는……. 다분히 연극적이다. 그러한 고로 그간 연극인들 선택의 단골메뉴였다.

　　연출가 김태수는 어느 공연에서 '연극은 거짓으로 남을 속이는 일'이라 연출의 글을 썼다. 이 말에 대해 난 아직도 헷갈리는 입장이나 사실, 속이긴 속인다. 본능적으로. 동물 짐승처럼.

　　속여먹어서 이익이 생기거나 유리한 입장이 되면 누구나 속이는 세상이다. 이건, 백 년 전이나 2012년 현실이나 미래나 상통하는 진리다. 원작을 쓴 작가 조일제가 백 년 전 현실을 보고, 자신이 죽고 난 백 년 후에도 이따위 개념은 변함없을 거란 확신에 차서 썼을 터.

김태수의 〈병자삼인〉은 원작에 충실하게 만들었다.

학교 여선생과 하인남편, 진짜 여의사와 돌팔이의사 남편, 여사님교장과 회계담당 남편, 이렇게 세 커플이 세트인데 그 남편들이 각각 귀머거리, 벙어리, 장님 행세를 한다.

한일병합으로 나라가 이상스레 꼬여가는 지방현실에 '남존여비'는 뭣 뜯어먹는 소리고, '여존남비'가 창궐하는 세상이 돼버렸다. 거지 같은 나라가 망하니 가부장적 가치관은 깨개갱 된 것. 지식층 마누라에 죽어 살아가는 겁쟁이 남편들의 유치찬란한 행각들. 이 나라에 시대적 역사적으로 그런 웃기고 자빠진 현실이 있었다.

파토스pathos와 에토스ethos로 우화적 조화를 구축한 페이소스Pathos라 해볼까. 하여간 어이없는 웃김이 계속 이어진다.

배우들 연기부분이 쪼매 아쉬운 앙금으로 남는다. 특히 멀대 같은 선머슴 스타일 이태환(하인남편역)의 늘 설익은 연기가 썰렁하고. 눈감은 듯 뜬 듯 마땅한 캐릭터 배수백(장님흉내 회계사역) 연기도 아쉽다. 김병순(돌팔이의사역), 오민애(진짜 여의사역), 임지수(여사님교장역) 정도의 연기적 기본이 있으면 봐주는 관객도 편한데. 배우끼리는 싸고돌지만 심각한 차이다.

연기력은 나이에 따라 정비례하는 게 보통인데, 김태수 연출에서 나오는 배우들은 연기기복이 심하다. 잘하는 배우는 잘하지만 못하는 배우는 늘 못하는 부족함이 아쉬운 앙금이다. 그래도 뭐 병자삼인이라는, 병신 3인의 원작충실은 유쾌한 성공이다. 김태수 연출의 특징이자 장점의 솔직함이다.

김태수

손정우

김병순

김태수·손정우 두 연출가가
각기 다른 시대의 〈병자삼인〉을 연출
〈병자삼인〉이라는 병신 3인의
원작충실은 유쾌한 성공이다
김태수 연출의 특징이자
장점의 솔직함이다
손정우의 〈병자삼인〉은 '병당삼인'으로
둔갑 국회의원의 샘플청문회 애기로
전개된다

10분간의 인터미션이 끝나면 손정우의 〈병자삼인〉은 '병당삼인'으로 둔갑한다(두 연출가가 각기 다른 시대의 병자삼인을 연출했다). 뇌물공천 국회의원의 샘플청문회 얘기로. 이건, 원작의 자양분을 머금고 백 년간 잘 숙성된 유전자적 승리다. 그때나 지금이나 가짜 병신들은 늘 상존하는 세상이니까. 백 년 전 그때의 병신들은 촌스러워도 순박함이나 있었지, 현재는 더 엽기적 노골적으로 개같이 발전했노라!

'한국이란 나라의 모든 일상사는 정치적으로 스타트한다'는 웃기고 자빠진 현실을 병당삼인이 심층 반영한다. 연출가 손정우는 돌연 MBC 9시뉴스의 시그널뮤직과 함께 앵커로 출연하면서 스크린을 장식한다. 잘생긴 미남이니 연출적 자행은 애교가 된다.

온갖 잡탕들이 몽땅 모여 있는 집권주체 '헌누리당'의 전신 '딴나라당'. 뇌물 잘 받아먹는 의원, 비리의 고수들. 〈병자삼인〉에서는 멀쩡한 의원이 돌연 식물인간이 된다. 늘 그래왔던 단골수법인 환자복에 병상 침대, 휠체어 등 소품으로.

김태수의 〈병자삼인〉 백 년 후인 2012년식 파격적 충격! 능글능글하게 암팡진 익살이 창궐한다. 초장부터 끝장까지 얼마나 하염없이 웃기는지 정신을 쏙 빼놀 정도다. 손정우 연출의 연극은 이처럼 웃기는 재주가 탁월했노라.

청문회 출연할 의원은 식물인간으로 안전빵을 확립, 대타로 나갈 비서관은 벙어리로 돌변, 운전기사는 돌연 귀머거리가 된다. 공탁뇌물 당사자는 부탄가스 자살테러범으로 분장하여 깜짝 등장한다. 뇌물이 1억이냐 3억이냐 공방이 오가는데, 준 돈은 3억이고 받은 돈은 1억이라니 아무래도 전달과정에서 비서관 내지는 기사가 쏙 빼먹은 듯.

어쨌거나 청문회는 누구든 나가야 하고 그걸 대비하여 표정과 태도, 구라를 치거나 시치미 뗄 말들을 찾아내고 연습을 한다. 가상으로 보여주는 연극이나 너무나도 실감나게 이해가 된다. 내가 늘 주장하는, 일상 생활화를 추구하는 '생활연기'의 진수를 보여준다.

연극배우들은 실제 사생활에서는 생활연기를 잘 못한다. 그것을 얼마나 '잘하고 못하느냐'에 따라 '잘살고 못사는 것'에 영향을 받는데. 극에서 생활연기의 극단적 사례를 극명하게 보여주는 건 경찰서 취조실이다. 범죄영화에서 수틀리면 보여주는 구라와 뻥이 난무하는 그곳. 얼마나 구라를 잘 치고 못 치냐에 따라 '풀려나고, 잡혀가고'가 되니 기를 쓰고, 목숨 걸고 형사 앞에서 생활연기를 해야 한다.

죄 없는 인간 잡아다 누명까지 씌우는 세상인데, 어리바리 생활연기를 잘 못한다면 억울하게 감방 가서 콩밥 먹게 되는 것. 이런 개떡 같은 경우는 우리 사회주변에 의외로 많다. 그러니 생활연기를 잘하기 위해선 관객은 연극을 무진장 봐야 한다. 관람료 부담에 생활비를 전격 개편하는 한이 있더라도.

배우가 연기하는 게 늘 신기하게 여겨졌던 나! 생활연기가 목적은 아니지만 지금까지 연극을 무진장 본 덕분에 이 몸은 저절로 생활연기가 생활화된 행운아다.

앞서 야불대긴 했지만 손정우의 병당삼인은 정치풍자극으로 파토스의 결정판이다. 80년대만 해도 정치풍자극이 쏠쏠했으나 요샌 뜸한 현실. 이 나라 정치판은 그때보다 하나 나아진 게 없는데. 겁쟁이들만 많아진 탓일까, 연극해먹기 쉬워진 탓일까 요새 연극은 톡 쏘는 맛이 없다.

용기와 배짱이 사라진 요즘 대학로 연극에 기폭제 역할이 될 만한, 공연가치 면에서 '금덩어리' 감이다. 대학로 연극엔 지금 독창적 콘텐츠가 절실하다.

꼭 필요할 때 해야 할 말과 행위가 곁든 공연은 '멸종위기' 처지다. 이런 판국에 손정우의 정치풍자는 사막의 단비다. 배우들 연기도 어쩜 그리 착착 맞춤판으로 돌아가는지 똑떨어지는 캐스팅이 얄미울 정도.

손정우의 '병당삼인'은 따로 노는 극장들 많으니 앙코르공연으로 대박 터지길 바란다!

2012-09-19

양동근이 몸바친 연극

13

〈관객모독〉

천재적 언어로 빚어내 펼치는 약올림!

가차 없는 문학파괴를 통한 말장난 말솜씨 파격유희!

웃기니 웃지만 딴 연극 그것과는 사뭇 다르다. 신사숙녀들 체면 따위 팽개쳐버리고 발버둥치면서 자지러진다. 고성능 폭소폭탄의 인화성 장쾌한 폭발력!

객석매진 당연 자동이지, 통로의 자투리 공간은 인간들로 빈틈없이 채워졌지, 창조콘서트홀 생긴 이래 최다 빽빽 콩나물시루!

배우가 하는 '연기'라는 것에 그리고 '연극배우'라는 직업의 위대함과 찬란함에 한도 끝도 없이 멋진 가치를 느끼게 하는 연극. 나 또한 연기파 배우가 되고픈 심정이 마구 충동질되는 연극. '겸손은 무기, 건방짐은 약

양동근 　 전수환 　 윤상화 　 서은경 　 한재혁

점'임을 하염없이 일깨우는 연극. 제목부터 작정하고 싸가지 열라 없는 연극. 관객을 왕이 아닌 똥으로 보는 하염없이 삐딱한 연극. 모독을 통해 모욕당해버린 일렁이는 심기로 또 보고 싶게 충동질하는 연극. 연극 첨 보는 인간은 인생길을 바꿀 수 있는 연극(그 샘플이 바로 짝재기양말!). 이게 〈관객모독〉을 70번째 보는 내 소감이다.

4인조 주축 주인공 중 제일 소문 잘 난 양동근이 날뛴다. 우직한 들소, 투박한 항아리 같은 이미지에서 빚어나오는 희한한 유연성의 개성. 연극무대 초짜란 겸손으로 일단 석 달을 몸바쳐 노가다를 뛴다.

여기에 만만찮은 영화 단골배우 전수환, 〈차력사와 아코디언〉에서 그 천부적 재능을 보인 배우 윤상화, 섹시하고 상큼한 매력의 홍일점배우 서은경, 그리고 만만찮은 무식으로 무장한 내공의 카리스마로 무대감독 조연을 맡은 배우 한재혁. 이들이 '연극의 꽃=배우예술'임을 맘껏 유감 없이 보여준다.

76년 세상에 나온 '76극단'은 스물아홉 살의 전성기를 구가한다. 한국연극계 변방이던 삐딱한 극단이 중심을 장악하고 연극천하를 호령하고 있다. 영화에까지 대표적 연기력과 인력으로 인맥을 형성하는 기주봉과 76극단 사령탑으로 천재적 연출력을 선뵈는 기국서 두 형제. 그 휘하의 후배들로 '극단골목길'과 '극단죽죽'이 창단되어 왕성하고 진지한 활동을 펼친다.

이들이 장차 어떤 독창성, 어떤 개성만발한 작품으로 만만찮은 관객팬을 확보하고 엽기적 웃음보따리를 풀어놓을지 그 장래가 예사롭지 않다.

〈관객모독〉을 70번째 보는
나 짝재기양말의 소감

관객을 왕이 아닌 똥으로 보는
하염없이 삐딱한 연극
모독을 통해 모욕당해버린
일렁이는 심기로 또 보고 싶게
충동질하는 연극

기주봉(좌) 기국서(우)

76년 세상에 나온 '76극단'
〈관객모독〉의 형제 기국서와 기주봉
변방의 삐딱한 극단이
연극천하를 호령한다
세계적인 연극답게
세계적 극단으로 하나 손색없다

이들은 시시하고 허접한 그저 그런 연극은 존심에 흠집날까 안 만든다.

연극이 얼마나 재밌고 넋 빠지게 웃기며 인간의 혼을 사로잡을 수 있는지 실력으로, 현실로 보여준다. 세계적인 연극답게 세계적 극단으로 하나 손색없다.

이 연극을 안 보면 평생 땅을 치며 통곡하고 몸서리치며 대대로 후회한다던가. 따라서 오늘 온 관객은 새끼줄 탁월하게 잡은 걸 영광으로 삼아야 마땅하며, 일진에 하늘의 축복이 있었음을 축하할 일이다. 일상선택, 연극선택에 있어 지혜와 슬기의 위대한 승리라고.

지금까지 떠벌린 내 말은 천장을 우러러 한 점 부끄럼 없음이요, 한 마디 노가리가 아니다.

연극을 보고 난 관객들에게 이 극의 여운은 얼마나 갈까. 길게 잡아 한 달? 지적 감성적 개인차에 따라 편차기복은 상당할 터. 그러니 암만 바빠도 시간 내어 꼭 보라고 침 튀기는 바다!

2005-04-23

· ·

다음은 그로부터 2년 지나 양동근이 직접 연출한 〈관객모독〉. 본시 정극인 것을 랩뮤지컬로 만들었다.

랩뮤지컬~♬ 양동근 연출 〈관객모독〉

양동근의 관객모독?

랩뮤지컬 관객모독?

흠. 이젠 목소리로 관객을 모독하는 것도 모자라 노래에 음률에 춤에 실어서 모욕한다. 어떨까? 그간의 관객모독에 비해, 28년 세월 동안 공연해온 스타일에 비해 얼마나 새로워졌을까? 실험적 요소가 창창한 '76 극단'이란 분위기 속에서 인연의 인수합병, 성공적 도발성! 가만, 랩이면 반항하는 젊음에 저항의식 창궐하는 삐딱함이 매력 아니던가?

음악장르의 선택이 극과 찰떡궁합일 터. 그렇담 인습적 언어의 모든 가식을 고발하고 깨부술 가공할 신무기? 그래그래, 희곡이 뮤직과 동거하면 신날 수밖에.

이런 호기심은 나만 발동한 게 아니라 본래의 극을 본 사람이라면 대략 같을 터. 그래, 호기심 관리하며 개막하는 날 잡아 확인사살을 했다. 예상한 대로 벌떼 같은 관객! 미어터진 객석!

아무리 최대한 오므려 촘촘히 앉혀도 서서 보는 관객이 수십 명에 달했다. 협소한 열악함이 장난 아닌 관극 상황인데도 어찌나 웃기고 재밌는지 시간가는 줄 모르고 관객으로서 그 징한 모독을 즐겼다.

대학로 모든 극장 중 최고의 인구밀도를 창출했다. 끈적끈적 찌푸린 쌀쌀한 날씨에도 극장 안은 열대성 한증막을 방불케 했고, 그 작은 극장 '스튜디오76'에서 나오는 인파는 끝이 없었다.

나만의 용한 점괘에 비추면 쪽박이 난무하는 대학로에서 대박 터질 만한 기상천외한 기운이 감지된다. 대중적으로 잘 알려진 스타와 볼만한 연극예술의 성공적 접목이 어디 흔한가.

〈관객모독〉이란 범상치 않은 연극에 배우 양동근이 출연해 대학로를 휩쓸어버린 전과를 가진 공연기록! 당시 공연을 본 관객이라면 그 무시무시한 객석의 성원을 잊지 못할 것이다. 회당 3백 명을 육박한 관객들. 몽땅 서서 보는 신기한 광경들. 랩퍼인 그가 무대에서 콘서트하듯 공연을 이끌던 기억! 랩의 매력인 반항하는 저항성에 젊음의 폭발적 에너지가 찰떡궁합된 관객모독! 공감과 동조를 기운차고 시원하게 엮어낸 카타르시스 카리스마. 이런 것들이 아이디어로 모아지고 결속력 좋게 엮여 뮤지컬로 진화했다. 이제 어떤 줄기세포로 세련된 틀을 짜나갈지 주목된다. 그 아성의 중심엔 총사령관 기국서가 포진하여 진두지휘를 한다. 새로운 시도에 별난 신무기들로 실험발사를 할 조짐. 양동근이란 인물의 사회적 신뢰도는 얼마나 높은가? 여자들, 그들 관객이 보여준 뜨거운 반응이 말해준다.

'뮤지컬 관객모독'이라는 음악적 변신이 살롱뮤지컬의 어떤 영역을 개척한 느낌. 의자에 앉아서 춤과 노래를 랩으로 아우르는 광경이 그러하다. 이 시대 언어는 산소호흡기로 겨우 겨우 허덕인다.

원작자 페터 한트케Peter Handke는 스물다섯 살에 "기존의 문학은 모두 죽어 있는 언어"라 했다. 그래 '살아 펄떡이는 도발'이란 구호를 외쳤던 〈관객모독〉.

이전보다 지금의 〈관객모독〉은 훨씬 젊어졌다. 아니, 어려졌다. 장난기 많은 소년처럼. 나이먹고 세월가며 같이 늙어가는 연극과는 달리 〈관객모독〉은 '젊음'과 '관리'를 잘한다. 예술이 어찌 늙어갈 수 있고 심지어 죽어버릴 수 있는가?

언어를 언어로 참회하고 반성하며 용서를 구하는 반反연극의 총아, 이단아, 반항아. 한국 연극계를 30년 동안 뒤흔드는 언더그라운드의 독보적 아성, 철옹성. 이 시대의 시대적 현상을 감시 진단하는 진정한 디아스포라(diaspora: 히브리어로 문화경계인) 집단이 76극단이다.

신선도 백 퍼센트 매력의 연기력 짱짱한 배우 4인. 제일 오른쪽 배우는 서른 살이라는데 연극의 왕초보로 놀라운 연기력을 발휘한다. 첫날 첫 공연인데 배우들 노는 연기앙상블은 프로세계 면모고.

양동근 연출의 관객모독 시파티는 극장에서 조촐하게 했다. 근데 술

양동근 연출의 관객모독
그 중심에선 총사령관 기국서가 진두지휘
이전보다 훨씬 젊어진 랩뮤지컬 〈관객모독〉

기국서

양동근

관객모독

원작자 페터 한트케Peter Handke는
스물다섯 살에 "기존의 문학은 모두 죽어 있는
언어"라 했다. 그래 '살아 펄떡이는 도발'이란
구호를 외쳤던 〈관객모독〉

먹이가 담겨 들어오는 저 양동이가 그 양동인가? 혹시 맨 끝 장면에서 물벼락 때린 범인장물 양동이? 양동근? 이젠 물벼락 막으려고 우산을 소지한 준비성도 보인다.

기분 좋은 나머지 먼저 취해버린 기국서 예술감독이 짝재기양말이란 필명으로 기분 좋게 소개하여 기분 좋게 취해간 술자리. 그 기분 좋은 기운은 극장 근처 카페 '분장실'로 이어졌다. 극장 분장실이 아닌 카페 분장실은 76극단 여배우가 운영한다. 극단76은 물론, 극단골목길의 박근형 집단, 명작연극 〈지상의 모든 밤들〉로 알려진 극단죽죽의 김낙형 집단 등 많은 배우스태프가 친목을 도모하고 교류하는 아지트다.

2007-05-17

약올리는 박근형 신작

14

〈선착장에서〉

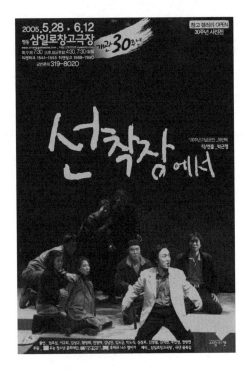

울릉도에 가고 싶어지게 약올리는 연극을 봤다. 박근형 신작 〈선착장에서〉.

타이틀은 '아시아 연극연출가 워크숍'으로 4개 중 1라운드. 오랜만에 대학로에 나오면서 지나치게 일찍 와버린 덕에 마무리 연습에다 개막공연까지 연극을 따따블로 구경했다. 이 흔적은 나중에 앙코르로 공연한 걸 본 것이다.

연극관람에 따른 주의사항. 심각하게 심심한 약올림을 당하면서 봐야한다. 특징은 온라인 오프라인 합동으로 자료가 무지 불친절하다는 것이다. 어떤 내용인지 설명도 없고 줄거리 따위도 전혀 없다. 나오는 배우들은 달랑 이름만 있지 누가 어떤 배역인지, 뭐했던 배운지 알 길 없이 철저한 보안을 물샐틈없이 유지하고 있다는 것. 그냥 그런 거 따지고 분석하며 보지 말고 동네 쌈 구경하듯 보라는 배려 같다.

내용은 울릉도 사는 인간들 뜯어보기로 간단하다. 어느 한 가족이 있고 그들을 둘러싼 동네사람들이 있다. 내용은 배우들이 뱉어대는 말 속에, 욕 속에 다 들어 있다.

배우는 원래 13인인데 죽어 없는 여자 1인, 천방지축 연기하다 끝나면 일제히 꾸뻑하는 산 배우군상 12인이다.

죽은 여잔 섬나라가 좋아 울릉도에 와서 말뚝을 박았단다. 꼴이 천진난만하게 노니 만만하게 보여 사내들에게 돌림빵 당하다가 냄새 지독한 거시기병에 걸려 애 밴 꼴로 자살했다는 설정. 집안은 고기 잡고 약초 캐먹는 그럭저럭 가난한 가족이다.

죽은 여자를 중심으로 집안사람들 동네사람들의 행적이 파헤쳐지고, 살아가는 성질머리 스타일이 드러난다. 다방마담, 레지, 늙은 엄마, 어부, 경찰고참, 경찰쫄짜, 관광안내 운전수, 조수, '개새끼……'를 수백 번 외쳐대는 복덕방 엄사장까지.

개새끼가 뭐야 건전치 못하게. "야, 이 강아지야" 하면 되지, 이상한가? 개새끼를 이처럼 신나게 뇌까리는 연극은 아마도 한국 연극사에 다시 없을 것.

엄사장이 욕 중독으로 뇌까리는 '개새끼'는 조합장선거에서 떨어진 패배감에 앙갚음의 스트레스 분풀이다. 허나, 악담 속 욕지거리에는 때때로 자기 고장을 아끼며 지키려는 조롱 속 연민이 들어 있어 작자가 하

박근형

박근형 연극은 인물이 많이 나오는 편
스토리나 사건 중심보다는
인물중심으로 몰아간다
〈선착장에서〉도 죽은 여자를 중심으로
다방마담, 레지, 늙은 엄마, 어부,
경찰고참, 경찰쫄짜, 관광안내 운전수,
조수, '개새끼……'를 수백 번
외쳐대는 복덕방 엄사장까지 등장한다

고픈 말을 대변한다. 한국에서 관광은 강간이 되므로, 장삿속에 얼룩지니…….

민중의 지팡이는커녕 방망이노릇도 제대로 못하는 무능력한 경찰묘사도 울릉도를 떠나 나라 전체를 상징하는 이미지다. 천재지변에, 사고에, 사건에, 우왕좌왕 설왕설래. 보고는 나에게만 먼저 하라며 지시하는 복지부동의 전형.

송장 하나를 놓고 왜 죽었나, 누가 죽였나, 문자, 화장해버리자를 따지며 의심하고 싸우고 협박하다 칼부림까지. 거친 경상도판 울릉도식 사투리가 난무하는 무대. 활기차고 활개치는 매력에 역동성이 있다. 서울배우가 태반인데 문디사투리 특별교육을 모범적으로 이수한 것 같다. 주둥이의 구강구조 확장성이 강력히 요구되는 사투리.

배불뚝이 모양새의 애 밴 여자가 나오는 건 박근형 연극의 전매특허다. 이 극에선 애 배 죽은 여자랑, 애 배 낳을 산 여자(황영희분) 2인이 나온다. 다방마담인 황영희가 툭툭 씹는 말이 걸작이다. 나올 때마다 담배를 빡빡 펴대는데, 애 배고 담배 핀다고 누가 뭐라면 정신건강에 좋다면서 나올 자식의 건강을 걱정한다. 박근형 특유의 입담이 이 극에서도 질펀하다.

배우 중 영화에서 먼저 보고 이번 연극에서 첫 대면하는 인물이 있다. '살인의 추억'에서 용의자로 선보인 박노식. 어제 술 한 잔 하며 이런저런 얘길 나눴는데 인간품성이 좋아 보인다. 보면 볼수록 볼 것 많은 재밌는 생김새다. 연기를 할 때면 저절로 웃음 나오게 할 듯한 참으로 묘한 캐릭터다. 초라하고 없어 뵈고 못생긴, 주변에 흔히 있음직하나 배우로서 결코 흔치 않은 개성덩어리 캐릭터로 만화 속의 어떤 인물 같다. 연극이든 영화든 단골양념으로 쓰임새가 많으리라 본다.

박근형 연극은 인물이 많이 나오는 편인데 스토리나 사건중심보다는 인물중심으로 몰아가는 게 많다. 〈청춘예찬〉 〈집〉 〈물속에서 숨 쉬는 자 하나도 없다〉 등.

연극 속 인물을 그리는 한편 그는 또한 배우의 개성과 재능도 우려낸다. 그러니 독립된 연기객체로서 배우가 그와 한 번이라도 작업을 해보면 그를 따를 수밖에 없다. 배우로서 연극을 배우는 요소가 무지 많기 때문에. 마치 '배우는 배우라는 직업'인 것처럼.

연극은 사람이 있어야 하고 사람이 만드는 것인데, 그렇기에 그가 굳이 애쓰지 않아도 참 훌륭한 '씨어터 마스터플랜'이 형성된다. 해서 공연을 하면 할수록 풍성한 배우풍물시장을 이룩해가며 같이 밥 먹고 술 먹고 낱낱이 배려하면서 개별 배우들로부터 독특하고 품질 좋은 에센스를 끌어내 무대에 반영한다.

2005-03-10

자궁얘기

15

〈비밀을 말해줄까〉

연극포스터가 10년 전 내가 초연 때 디자인한 것보다 낫다. 큼직한 물음표 하나만 달랑 찍혔다. 광고심리학상 군중을 겨냥한 새대가리? 혹은 생선대가리?

이론과 실험으로 실증된 심정적 약올림의 대표적 표현양식 '퀘스천마크'. 디자인이란 이리 쉽고도 어렵다는 걸 단적으로 보여주는 듯.

〈비밀을 말해줄까〉. 이 연극은 얼핏 페미니즘 색채를 띤 여성연극 같으나 사실은 남성도 꼭 같이 봐야 할 양성연극이다. 관객의 관점에 따라 어찌 보면 무지 야한 그런 연극으로 볼 수도 있겠다. 허나 그보단 오히려 무지 슬프고 비참하며 아름다운 연극이다.

다음은 여자들끼리 나누는 은밀한 대화.

박영미

여자1 : 그거 할 때 기분이 어때요?

여자2 : (당황한 듯) 뭐 할 때라구요? 아, 그거 할 때요. (솔직해야 한다
는 일념으로) 그냥 하고 싶을 때……남자친구가 있으니까요.
하거든요. 하면……모르겠어요. 오르가즘보다는 하는 과정
에서 느끼는 친밀감을 즐긴다고 할까요. 자연스럽게 소리
를 내려고 노력도 하구요. 아직 어색하긴 하지만. 아이, 딱
까놓고 간단한 말로 해드려야 하는데…….

여자1 : 난 생리 물어본 건데.

PMS(Premenstrual Syndrome: 생리전증후군)에 관한 연극 〈비밀을 말해
줄까〉.

난 오늘 이 연극을 스물한 살 여대생과 스물세 살 그의 남친에게 보여
줬다. 연극에 중독된 마니아가 아닌 일반적인 젊음과 함께였다. 21암컷
은 명지대 도서관학과요, 23수컷은 경희대 건축공학과 학생이다. 둘은
여친 남친 사이로 한창 성기발랄하게 연애를 일삼을 시절에 있다. 내 나
름 일종의 관극실험인데 모니터링 참고용으로 같이 간 것.

물론 이들이 PMS란 것을 알고 있을 리 없다. 그 낯선 주제의 공연을
보았으니 관람후 '어찌 봤는가?' 시간을 가졌다.

'세상엔 이렇게 사는 사람도 있구나!' 충격을 먹었단다. 그간 연극 볼 일이 몇 번 있었지만 이건 완전 색다르고 신비로운 느낌이라고. 주인공이 관객을 노려보고 절규하는 장면에선 소름이 돋았단다.

나도 위의 여자처럼 공연 중 대사를 빌어 질문을 해보니 돌아온 대답이 그랬다. 또 여자 흉내를 내본다. 이런! 난 뭘 훔치고 안 들켰을 때의 기분을 물어본 건데?

극 속 주인공 순옥은 상습절도 전과 7범이다. 그녀는 생리 때마다 자기도 모르게 저지르는 지겨운 습관성 도벽에서 벗어나려 창남娼男을 만나 임신한다. 그 결과로 아들을 낳아 기르는데 생리가 되돌아와 '절도외출'차 나갔다 돌아와보니 어찌 아이가 죽어 있었다. 미칠 것 같은 그녀는 자기 배를 칼로 난자하고, 졸지에 영아살해범으로 몰린다. 경찰은 또라이가 지랄한 걸로 판단하나 도우미가 나와 도와준다.

연극은 시작부터 병실인데다 시종 휠체어에 환자복 차림이고, 끝물까지 수술실에서 피날레를 장식하는 메디컬드라마적인 분위기다. 결국 해법은 그녀의 자궁을 퇴출시키는 비극적 해피엔딩으로 마무리된다.

결말부분을 보니 엄마생각이 났다. 우리 엄마도 자궁적출수술을 받아 신체적 여성성이 상실됐더랬다. 그것이 여성에게 어떤 의미일까?

하지만 극은 신체상의 여자냐 남자냐 엉거주춤한 중성이냐를 떠나 호르몬반응을 초월, 인간심리 및 정신승화로 외려 호르몬 분비체계를 지휘통제해보는 것, 그리고 여성의 생리를 토대로 메디컬세계를 나름대로 심층 탐구했다. 에스트로겐Estrogen 분비로 인한 마술, 테스토스테론 Testosterone의 반응으로 인한 요술이라 할까.

난 젊은 대학생들에게 연극을 본다는 것은 일상에서 잠깐 딴 세상으로 여행을 떠나는 일이라 했다. 영화와는 비길 수 없는 생생한 체험학습이라고. 지리멸렬하고 참담한 생을 이어온 한 여자의 삶의 이력서를 보

지금은 고인이 된
〈비밀을 말해줄까〉의
작가 엄인희
세상 떠나기 3일 전
주고받은 통화
"난 이제 며칠 못 있어
죽게 되니, 내 작품
공연될 수 있도록
힘써 달라"

는 대리체험에서 궁극에는 '난 이보다 얼마나 행복한가' 하는 대리만족
까지 일깨워주는 체험학습장이라고. 그건 필시 영화관도 연극대극장도
아닌 연극소극장이 바로 그런 곳이란 사실.

상술의 전당 오페라극장에서 15만 원 내고 뭘 보면 15만 원어치 감동
이 있나? 그래 앞으로는 진지한 소극장연극을 사랑하길 천명했다. 그저
그런 개뿔 같은 연극 말고 진짜배기로. 관객기호에 맞춘다며 인기에 연
연하는 웃기고 자빠진 그런 연극에 홀리지 말고 괜찮은 연극 감지하는
판별능력 갖는 것도 기술이라 했다.

작년 이맘때도 공연했던 〈비밀을 말해줄까〉. 이번엔 작품의 품질이 무
지 좋아졌다. 품질의 내용은 배우들 연기 디테일을 잘 살려냈다는 것. 전
반적 연출디테일 또한 무지 세밀해졌다. 대체로 초등배우들인데 세련된
고등배우들 화법과 연기를 구가한다.

세상에서 최고 아름다운 직업은 연극배우다. 커튼콜을 할 때 배우들
이 멋지고 예쁘고 훌륭하게 보이는 이유다. 이러니 죽어도 연극배우 하
겠다는 일이 생기는 법. 배우들끼리 조화롭게 연기를 잘하면 신명나는
법이고, 관객으로선 집중몰입이 자연스럽고도 쉽다.

10년 전, 초연 때를 그려보면서 고인이 된 작가 엄인희를 회상해본다. 당시 극본을 보고 출연했던 배우들, 스태프들 얼굴이 선연하다. 공연 그 즈음에 작가 엄인희와 참 재밌었다. 취향이나 성격, 가치관과 세계관, 개똥철학적으로 추구하는 구미와 기호가 잘 맞았다. 세상얘기, 연극얘기, 성적 담론에 대해 참 많은 얘기를 주고받았다.

그해 봄에 이 연극이 올라갔고, 그해 가을 그녀는 세상을 떠났다. 마흔네 살짜리 작가의 인생을 생각하면 지금도 원통하다. 잘나가는 작가, 작가다운 작가, 맹렬하고 진지한 작가로 세인의 촉망을 받는, 인기를 누리는 작가였다. 그 나이면 살아온 족적과 연륜이 익어감에 따라 한창 창창하게 작품을 써갈 태세였는데 연극판에서 너무 아낌없이 몸을 굴렸나, 폐암 비슷한 것으로 갔다. 가지 않았음 얼마나 쓸 만한 작품이 많이 나왔을지, 죽이 잘 맞는 나하고 얼마나 방방 떴을지……. 이럴 때는 세상이 얼마나 불공평한지 참, 하늘이 한없이 원망스럽다.

그해 세상 떠나기 3일 전 나와 극적 통신이 되었을 때 주고받은 말이 아직도 귓전을 간질거린다. "난 이제 며칠 못 있어 죽게 되니, 내 작품 공연될 수 있도록 힘써 달라"던 말. 연탄가루 한 컵 먹은 듯 텁텁한 음성으로 희미하게 당부했었다. 그 말이 나에겐 유언이 되었고 이 작품은 유작이 되었다. 지나간 시간이 때로는 무자비하단 생각이 든다.

2010-10-06

명동예술극장 국립명품

16

〈세 자매〉

　　　　　　　명동예술극장. 아니, 명동국립극장. 이 극장은 나와
도 각별하다. 건물 껍데기만 그 옛날 연극예술의 찬란한 기억을 더듬이
로 간직한 채, 상술의 중심에 있던 IMF 이전부터 그후 최근까지 이 건
물은 대한투자금융 vs 대한투자신탁이라는 돈다발 도가니의 한 부분이
됐었다.

　돌아가신 내 아버지의 금융재산은 몽땅 이 건물에 맡겨져 있었고, 그
로 인해 아버지 살아생전 수십 년 전부터 돌아가신 십 수 년 전까지 내
나름 돈에 관한 갖가지 사연이 묻혀 있는 생생한 현장.

　그 사이 이 상술장소를 예술명소로 부활시킬 계획과 시행을 통해 작금
에 이르렀던 것. 1973년 국립극장이 남산으로 가고서 이 건물은 투자금
융회사에 팔렸다. 그후 이 회사는 1990년대 중반쯤 건물을 부숴버리고
15층짜리 새 건물을 지으려는 계획까지 세웠다. 하지만 한국연극협회를

비롯한 문화예술단체와 인사들이 이 상술을 그냥 둘 리 없었다.

문광부는 2004년 건물과 땅을 4백억에 사들였고 그 옛날 예술의 메카로 부활시키는 데 2백억, 총 6백억을 들여 건물껍데기는 그대로 다듬고 내부는 552석짜리 극장으로 살려냈다.

상술의 온상 명동 한복판에서 연극터전을 되찾은 예술의 승리였다. 지난 6월 5일 재개관한 뒤로 이 극장을 눈여겨보고 있었다. 국립극단의 친정이라 할 만한 곳인데 언제 무슨 공연을 하나 하고.

삼일로창고극장 일도 있고, 이런저런 금융에 관한 일로 명동을 자주 가는 나. 며칠 전부터 국립극단의 낯익은 배우들이 눈에 띄기 시작했다. 권성덕 선생, 이문수 선배, 이은희 님 등등. 체호프의 〈세 자매〉를 연습한다고. 국보급 배우 백성희 선생님도 유모로 출연한단다. 자료를 탐색해보니 이 작품, 이 극장, 이 배역과 42년 만에 만난다고. 늙은 하녀 '안피사' 역을 연기하는 그 감회는 어떠할까……. 게다가 낯익고 정겹고 반가운 얼굴들. 김재건, 이문수, 서희승, 계미경 등 배우들만 스물세 명이라 9월 4일 금요일 개막 첫 공연이 기다려질 수밖에.

진짜 제대로 보았고 감동도 먹었으며 시간가는 줄 못 느꼈다. 러닝타임 160분, 인터미션 20분. 전반 80분, 후반 60분의 장장 2시간 40분짜리 극이지만, 지금까지 본 갖가지로 공연된 〈세 자매〉 중 최고의 작품을 만났다! 다소 지루할지도 모를 거란 기획팀의 내밀한 우려를 깨고 최고 명작을 즐기는 환상적 시간을 보냈다. 이 정도라면 관람료가 10만 원이 넘어도 전혀 아깝지 않으리라.

과소비 부동산 4백억, 부활비용으로 꾸미는 데 2백억. 껍데기는 바로 크양식의 클래식건축물이나 속에 들어가 찬찬히 살펴보면 만만치 않은 설계와 디자인으로 공간구조가 잘 짜여 있다.

크기는 국립달오름극장과 엇비슷한데 3층 높이를 튼 만큼 천장이 무진장 높다. 객석 요소요소까지 알맞게 장치된 조명과 음향 설비도 훌륭히지만, 각 의자마다 설치된 바닥의 냉온방팬 시설에선 관객에 대한 배려가 느껴진다. 요즘 같은 날씨에 모기 한 마리 틈타지 않도록 신경쓴 부분까지.

무엇보다 놀란 건 무대설비에 들어간 각종 첨단장치들이다. 3막이 끝나자 세트전체가 천장 높이 올라간다. 그 규모가 상당히 커서 무게가 엄청날 텐데 아무런 잡음 없이 가뿐하다! 대체 어떤 대단한 설비가 들어가 있는지? 리프트 동력이 유압식인가?

공연진행에 따라 전환되며 다양하게 움직이는 무대세트는 볼만한 구경거리다. 그것은 실내와 실외가 다 보이도록 입체적 심도를 높였다. 연회장 같은 홀부터 거실에 테라스까지 배우들 동선은 잘 설계된 공간에 맞춰 그 움직임이 유연하고 여유롭다. 끝물 4막에서 무대공간은 앙상한 나무 하나와 벤치로 환상적 분위기를 연출한다.

치밀한 무대장치를 꼼꼼하고 세밀하게 사용하는 기술도 재주다. 조화가 기막힌 무대, 소품, 의상, 조명, 음향디자인, 생음악에서 녹음까지 적절히 배합된 음악들은 첨단 음향효과로 시청각을 행복하게 한다. 눈과 귀를 홀릴 정도로 잘 짜인 무대 바탕의 예술적 완성도는 A^{++}.

이런 토대 위에 출연진 23명의 캐스팅도 완벽에 가깝지만, 그 배역마

백성희

오경택

지금까지 짝재기양말이 본
〈세 자매〉 중 최고작품
러닝타임 160분
치밀한 무대장치
주연급 여배우 3인과 함께
출연진 23명의 완벽한 캐스팅
무대 위 백성희 선생의 감동적 연기
둘째딸 마샤역의 계미경과
막내딸 이리나역의 곽명화는
세 자매 중 돋보이는 여배우들
캐스팅에서 작품분석까지
탁월한 연출력을 선보인 오경택
연극계가 주목할 인물

다 잘도 맞춰진 캐릭터가 또 볼거리다. 주연급 여배우 3인과 함께 조연급 배우들의 앙상블은 그 배역비중의 안배가 기막힐 정도. 연출력 절반이 배우캐스팅이란 게 뭔지 시범을 보이고 있는 느낌이랄까.

무대 위 백성희 선생의 모습과 음성은 그 연기만으로 감동이다. 그 작은 자태와 나이 든 몸으로 어찌 그리 멋있는지. 이런 대배우의 명연기를 우리가 언제까지 보게 될지 모르지만 무대에서 선생을 만난다는 그 자체가 영광이다. 국립극단과 함께 살고 함께 나이들어가는 님의 인생길은 위대하고 애처롭고 아름답다. 와이어리스마이크 따위 없이도 청각을 파고드는 공간관통력을 지닌 님의 목소리! 명동예술극장이든 국립해오름극장이든 상관없는 울림이 있다. 관객은 물론 이 시대 젊은 배우들이라면 님의 연기는 꼭 봐야만 할 신비한 필수품목이다. 배우연기의 절반은 말이니 말을 제대로 하면 절반은 승리한 셈 아닌가.

늙은 하인 페라뽄드역의 김재건, 꿀리긴 선생역의 이문수, 군의관 체부띄낀역의 서희승. 이 건강한 노배우 삼총사의 연기는 그냥 무대에서 논다고 볼 수밖에 없다. 내 뒤에서 옆에서 여성관객들은 김재건, 이문수의 연기에 귀엽단 말을 나직이 속삭인다. 어쩜 그리 재미나고 코믹하게 연기를 즐기는지 그저 부럽기만 하다.

둘째딸 마샤역의 계미경과 막내딸 이리나역의 곽명화는 세 자매 중 돋보이는 여배우들. 연극 〈피고지고 피고지고〉에서 난타역을 맛있게 따먹어 작품을 빛낸 계미경. 쌀쌀맞은 그 역할을 소화제가 좋았는지 잘도 풀어냈다. 낭랑하고 청아한 특유의 목소리는 훌륭한 발성연습의 결과인데 이런 태도는 곽명화도 마찬가지다. 배역비중이 높은 곽명화는 명찰의 뉘앙스와는 달리 전혀 과격하지 않은 가련한 매력의 소유자다.

자, 그러면 이 연극의 총대를 맡은 사령관, 연출은 누구인가?

오경택! 첨 듣는 명찰이다. 얼핏 장년의 원로연출가로 착각했다. 알고 보니 이 또한 놀라움에 적절한 충격이다. 국립극단이 심도 있게 발굴한 심도 있는 연출가였던 것. 그래서 무대가 심도 있었나? 캐스팅에 작품분석까지, 그외 두루두루 거기까지. 비중 있는 대표적 배우들에게 촉망받는 인기여론이 감지되는데, 젊고 씩씩하고 당당하고 차분해 보이는 그의 장래는 당연 기대만발!

연극계가 주목할 이 연출은 중앙대출신 유학파이자 그 대학의 교수다. 여느 지식재원과는 달리 유학파 티가 전혀 안 나는 진정한 실력파. 그 고감도 미학적 감각에는 기립박수를 쳐주고 싶다!

난 지금까지 이렇게 체호프의 의도와 원작의 향기를 잘 풍기면서 디테일을 살리고 러시안 특유의 철학적 감화를 불러일으키는 〈세 자매〉를 본 적이 없다. 삶의 덧없음과 인생의 고뇌 앞에서 그래도 희망을 품고 살자는 메시지.

영화 '트랜스포터: 라스트 미션'을 보면 늘 우울하고 재미없고 심각한 러시안에 대한 말이 나온다. 세계적 편견이 그렇지 실은 그렇지도 않다는데. 러시안 정서를 잘 각색, 연출하여 코리안 가슴을 감성 깊이 파고든 그 분별력과 분석력을 관객으로서 쉽게 느끼고 얻어가는 기쁜 시간이다. 그래 이 연극을 한국의 관객과 연극인에게 강(력)추(천)하는 바다.

2시간40분이란 러닝타임에도 전혀 지루함 없이, 시간가는 줄 모르게 만든 명작! 시간가는 줄 알게 만들면 어떤 연극이든 졸작의 범주에 들어간다.

2009-09-05

2012 최고의 감격

17

〈뜨거운 바다〉

아르코 큰극장. 대학로에서 비교적 큰 이 극장에서 배우 4인이 무대를 장악, 객석을 압도하며 관객을 우롱하듯 갖고 논다. 2시간이 넘도록 지루함 전혀 없이. 이 하나만으로도 놀라움이다. 세트도 없다. 텅 빈 큰 공간 가운데 달랑 큰 책상 하나. 나중 그 옆에 초미니 탁상 하나. 단출하니 그게 다다.

이 극장무대에선 늘 그렇듯, 거창한 세트에다 배우들 20~40명이 우글거리며 공연했다. 공연형식의 파격이고 충격이자 센세이션이다. 무슨 지뢰밭도 아닌데 여기저기 매설된 폭소폭발이 군데군데서 터지고. 고선웅 연출의 필수요소 '웃기고 자빠짐' 속에 진지함이 충만하다.

배우 1인마다 예사롭지가 않아 알아봤다. 배우 네 명 뽑는 오디션에 5백 명이 몰렸다는 소문. 홍일점 여배우 이경미는 213대 1로 뽑힌 캐스팅의 승리란다.

허나 그녀는 연극경력 하나 없는 그야말로 하얀 캠퍼스다. 한국연극계가 집중해서 조명할 만한 이 여배우는 이제 겨우 스물두 살, 1990년생이다. 빛나는 나이의 한국예술종합학교 앳된 학생인데, 이 완전 초짜 배우가 펼치는 연기력은 그야말로 가공할 놀라움이다.

또랑또랑 맑고 청아한 목소리, 발정난 듯 암고양이같이 소름 돋는 앙칼진 연기, 지방이라곤 1그램도 없는 근육질의 깔끔한 몸매. 보기 드문 개미허리를 뒤틀며 뿜어내는 도발적인 섹시어필. 오징어처럼 유연하게 휘어지고 꼬이는 동물적 몸놀림의 다채로운 춤동작. 연기를 위해 타고 난 배우란 바로 저런 이로구나 하는 생각이 든다.

그럼, 연극계에서 수십 년 스펙을 쌓아온 배우들은 뭐야……. 그들을 몽땅 엿 먹이는 것도 아니고. 어쨌든 개울가 자갈밭에서 주먹만 한 보석을 찾아낸 발굴의 승리다.

연극기획상 툭하면 써먹는, 영화방송에 얼굴 잘 팔린 유명배우들 조롱하듯 얼굴 안 팔린 배우들로만 편성틀을 짰다. 마치 '진짜 연기는 이런 것이다'라고 우매한 아마추어들에게 시범 보이듯 넘치는 '끼'로 무장한 '꾼'들이 노는 진수의 세계다.

기무라역의 이명행, 구마다역의 김동원, 오야마역의 마광현, 미즈노역의 이경미. 이들의 명찰과 생김새를 연출과 캐스팅디렉터는 기억할 것이다. 2012 대학로 연극판은 이 4인 배우들이 평정할 것 같다.

다음은 이 작품 속 사건전말과 줄거리.

한 창녀가 죽은 살인사건을 다룬다. 용의자를 잡아다놓고 형사들이 벌이는 추리수사극인데 툭툭 던지는 얘기들이 지들 꼴리는 대로다. 어

이경미

홍일점 여배우 이경미
도발적인 섹시어필!
'진짜 연기는
이런 것이다'
우매한 아마추어들에게
시범 보이듯 넘치는
'끼'로 무장한 '꾼'들이
노는 진수의 세계

떤 말이 튀어나올지, 어떤 상황이 벌어질지 예상할 수 없다. 돌발적이며 즉흥적 막말들이 난무하고 날뛰는 동선들이 무대를 현란하게 채운다. '연기하며 공연을 한다'라기보다는 그냥 '마구잡이로 논다'.

대본대로 착실하게 연습하고 공연 올리는 정공법이 아니다. 대본 없는 연출법으로 삐딱하게 공식을 위반한다. 그래서 말들이 너무나 자유롭게 난무하고, 날뛰는 움직임이 한없이 자연스럽다.

삐딱한 공식위반은 이것만이 아니다. 극의 내용, 앞뒤가 맞지 않는 줄거리 달리기도 그렇다. 형사 3인과 용의자 1인과의 대결구도. 취조를 정상적으로 안 한다고 용의자가 형사들을 혼내기도 하고, 형사들이 사적인 얘기를 털어놔 동정심을 사기도 한다. 하여간, 전부 또라이들 같다. 용의자는 정상이고 형사들은 비정상 같은, 요런 웃긴 대목들이 간헐적으로 포복절도하게 만든다.

용의자의 심경토로.

"제발 절 취조해주세요~."

너무 웃기지 않은가? '기가 막히고 어이가 없다'는 듯 진지하고 조용한 객석분위기. 형사들 취조놀이는 오랜 시간 이어지지만 하나도 지루하지 않다. 2시간이 넘는 러닝타임인데도 시간가는 줄 몰랐다. 이걸 한국 검찰이나 일선형사들이 떼거지로 봤다면 어떤 반응이 나올까?

결국 사건의 전말은 밝혀지고 증명된다. 용의자가 나쁜 놈으로 밝혀져 형사대장이 혼내는 장면에선 국화꽃다발로 용의자를 마구 두들겨 패는데, 그때 진하게 전해지는 국화향기……. 조명과 음악이 합심하여 처참하고 아름다운 장면을 연출한다.

나중에 조명세트가 그 높은 곳에서 통째로 내려와 비추다 올라가는 장면도 압권이다. 조명과 음악 효과는 멋지게 무대를 도와준다.

일본이 사랑했다는 한국인 제일교포2세 작가이자 연출가 츠카 코헤이

츠카 코헤이　　고선웅

(한국이름 김봉웅)이나, 한국연극의 정상에서 최고를 구사하는 작가 겸 연출가 고선웅이나, 동시대의 연극세계를 뒤흔드는 천재이자 영웅이란 생각이 든다. 왜? 두 인물 명찰 끝에 '웅雄' 자가 같이 들어가므로.

이다지도 재밌고 웃기고 감동 때리는 연극을 보는 난, 참 행복하다. 끝부분에서 내 눈가를 적시는 물기는 이런 내 심정의 증명이다. 이런 연극을 한 번 보면 10년 동안 쌓였던 스트레스가 한 방에 확 풀어지며 속이 시원해진다. 시시껄렁한 연극에서 조금씩 받아온 욕구불만이 일제히 팍! 상쇄되며 몇 사발의 보약을 들이켠 듯 편안하고 든든하다. 이런 연극들이 좀 쏟아져나와야 하는데 너무 희귀하다.

무대 위의 배우들은 멋있다 못해 위대해 보이는 아름다움이다. 존경스럽고 부럽다. 세계적인 배우들이 되길.

2012-08-11

박근형 연극, 신제품

18

〈70年前〉

지금부터 70년 전이면 1940년대쯤이 된다. 당시엔 해방이 언제 될지 모를 그 몇 해 전쯤. 안중근 혁명님이 거사를 벌이고 죽고도 30년이 지나간 시절이다. 당시 한국청년들에게 어떤 희망과 비전이 있었을까.

지금 부모님이 살아 계시다면 그분들이 꼬마나 청소년이었을 그즈음. 공연을 보며 나도 살아 계신 엄마랑 돌아가신 아버지의 어린 시절을 생각해보게 되었다. 망각의 시간. 지금 살아 계신 부모님이 암울한 그때를 떠올리며 살까?

박근형 연극 〈70年前〉은 그때를 생각하자는 '신제품'이다. 극 속 2011년은 일제강점기가 계속되어온 상황을 가정한다. 일제 강점기로서의 2011년. 그런데 지금 우리 한국의 2011년과 뭐가 다르지?

〈청춘예찬〉에서도 상징성 있게 살짝 언급했지만, 박근형 연극에선 역사는 중요한 것이란 느낌이 쏙쏙 든다. 그 극에서 내세운 불량학생의 담임이 세계사선생이었다. 초연된 지 벌써 10년이 됐는데도 아직도 그 선생의 대사가 생각난다.

힘이 없는 민족은 망한다!
역사는 힘이 없어. 나, 이 나라 포기다!
행복해라, 넌. 그래야지, 젊으니까.

〈대대손손〉도 그랬지만 박근형 연극은 굳이 역사극이란 표제어나 꼬리표를 달지 않는다. 요새 여러 미디어 매체에서 역사극이 난무하나, 고증을 통해(정확히 한 건지 의심이 가지만) 과거사를 그냥 보여주기만 할 뿐, 이러했으니 앞으로 뭘 어떻게 하자는 시원한 부르짖음은 없다. 역사를 씹긴 씹는데 아무런 생각 없이, 맛도 없이 그냥 질겅질겅 씹는다.

연극 〈70年前〉은 역사에 은근하고 강한 메시지가 있다. 70년 전과 지금을 병치시키며 생각해본다.

그때보다 지금은 어떤가?

좀 살만 해졌나? 나아졌나? 곪아터져 더 개판인가?

겉은 멀쩡하고 근사하나, 속은 썩어 암세포가 난무하고 있나?

우리 정신세계를 뚜껑 열고 한번 진단해보잔 것!

한국여자들 명찰은 몽땅 사끼꼬, 우야꼬, 마이꼬, 노리꼬 따위로 부른다. 당연하다. 아직 일제 강점기니까. 여기서부터 은근한 풍자성을 담고서 한 가정이 묘사된다.

치매환자로 묘사되는 노리꼬의 아버지(김주헌분). 이 양반은 70년 전 그때부터 지금까지 변함없이 대쪽처럼 살아온 민초로 40년대에 한국이 일본으로부터 해방됐다고 생각하는 인물이다. 허나 현대사회는 그를 미

김주헌　고수희　정은경　심재현　신현종　이성자

친놈이라 하여 환자복을 입혀놨다. 바른 소리를 외치지만 헛소리나 까
발리는 외계인 취급을 한다. 딸 노리꼬까지도. 이게 정상인가? 하지만
그것이 나무랄 데 없이 당연한 현실임을 보여준다.

심각한 현실. 허나 이런 장면은 압축적으로. 시종 심각하면 되겠는가?
그러하면 수면제 뿌린 판국으로 다 잔다. 연극이 그러하면 안 되지. 전달
기능을 상실하는데.

그래서 사끼꼬(고수희분), 우야꼬(정은경분)가 나누는 가정얘기랑 마이
꼬(심재현분)가 다니는 학교현장은 영 딴 세상이다. 거기에 전도산지 목
사님인지 헷갈리는 기무라(신현종분)와 노리꼬(이성자분)의 은밀한 사랑
등 심각성을 감추는, 웃기고 아기자기한 현실적 장면들이 주를 이룬다.
유쾌하게 꼬집어보지만 면도칼처럼 날선 풍자라 할까. 이게 박근형 연
극의 특징이자 매력이 될 터다.

난 이 극을 뮤지컬배우 장재승이랑 봤는데, 나중에 그랑 또 보면서 중
1짜리 조카도 데려갔으며 종막 날 또 볼 작정이다. 그 조카는 친일의 전
통을 오늘에 되살리는 서울의 강북명문 용산중학을 다닌다. 나도 그 학
교를 나왔고 일찍이 철들어 감춰진 친일냄새를 맡았다. 70년이 넘는 전
통을 자랑하는 학교는 지금은 현대화됐다. 그냥 겉으로만 현대화인지
내용적으로 정신적으로 발전했는지는 알 수 없다. 교육은 역사와 관계
깊은데 그 역사를 제대로 가르치고 있는지.

이번 신작 〈70年前〉에 나오는 선생은 완전 일본산이다. 〈청춘예찬〉에
나오는 선생은 국산품이었는데. 그럼 제국주의 군대시절의 선생처럼 학

힘이 없는 민족은 망한다!
이번 신작 〈70年前〉에
나오는 선생은 완전 일본산
70년이나 지났건만
이 나라는 변한 게 무엇이 있나?
역사극이란 표제어나 꼬리표를
달지 않는 박근형식의 역사극

생들을 까는 한국선생은 국산품일까? 70년이나 지났건만 이 나라는 변한 게 무엇이 있나?

중요한 건 역사고 더 중요한 건 교육인데, 일본과 한국의 교과서를 비교한다면? 가짜애국이 판치는 세상에서 진짜애국은 파묻히기 마련. 박근형 연극처럼 '애국연극'이 많아지면 좋겠다.

이 극에서 또 하나의 시빗거리가 되는 건 예수쟁이 개신교다. 전도사, 목사로 대변되는 한국교회를 무자비하게 깐다. 토템도 아니고 샤먼도 아니고 이상하게 버무려진 한국기독교. 다 그런 건 아니다. 일부의 몰지각을 꼬집어비튼다. 하나님과 성경을 믿어야지 교회와 목사를 믿는 현실. 뭐, 불당이니 가톨릭이니 딴 종교도 비슷하다.

여기에 일반백성은 무참할 정도로 빠져들어 광신도적 맹신이 생활의 일부나 전부가 된다. 이 때문에 극의 결말은 다 죽는 양상으로 치닫는다. 노리꼬 아버지는 클라이맥스가 될 안수기도 과정에서 처절하게 가고 사끼꼬, 우야꼬, 마이꼬 가정은 놀러갔다 폭우로 죽는다. 참 많이들 죽는다! 그런 거 아니라도 하루평균 9백여 명이 사고로, 혹은 늙어서 병으로 죽는다. 우리도 언젠가는 그렇게 될 팔자다.

박근형 연극 〈70年前〉의 주제는 '과거를 돌이켜 오늘을 짚어보자!' 이다. 근데 철학적으로 보면 세상이 너무나 웃기고 촌스럽단 것! 이게 우리가 살아가는 모습인데 이대로가 좋을까? 좋겠나? 그러한 얘기다.

2011-09-07

엽기코믹폭탄

19

〈차력사와 아코디언〉

대학로에서 만나는 배우들마다 묻더라.

"봤나?"

"안 봤다."

"죽이게 잘 만들었으니 꼭 봐라."

"그으래?"

"우재가 지금까지 만든 것 중에 젤 낫다."

"흠, 우재 꺼라! 그렇군. 어디 함 보자. 아니, 오늘 끝나네."

이 극은 유일무이, 대학로에서 만나는 배우들마다 몽땅 내게 추천한 연극이다. 그래 연우소극장으로 서둘러 간 게 9월 28일 일요일이다. 연극만 새로 만든 게 아니라 극단도 만들었다. '극단이와삼'이라고. 2와 3? 흠, 잠시 애먼 데 방심한 틈에 그런 일을 벌이고 있었다니.

장우재가 쓰고, 뽑고, 연출하고. 가만히 보니 배우들도 마땅하게 딱 정해놓고 쓴 티가 나는데 차력사 김준배, 아코디언 윤상화, 섹시여우 양숙 역의 황영희, 띨띨 차력보조 염혜란, 맛 간 농촌총각 형영선 등 뽑힌 배우들 느낌이 심상찮다. 뭔가 예측 못 할 일을 벌일 것 같은 엽기캐릭터 냄새가 풍긴다.

극장 안 무대는 극장 밖 시골 가설무대처럼 꾸며놓은 꼴이 나무랄 데 없이 촌스럽고, 인간들 차림새도 그러하다. 무대는 '엘쥐 키토산 발매기념 경로잔치 한마당'. 유치찬란함 속에 근육질 김준배의 차력시범이 이채롭게 펼쳐지는데, 진짜 같은 집중력에 그 괴력이란! 연극 안에서 세상사 디테일들 참 다채롭게 봤지만 이젠 차력까지?

그렇게 주의를 환기시키며 관심이 유도되자 사회자 겸 아코디언 윤상화가 막강한 따발총 약장수로 이빨을 깐다. 설득력 짱짱하게 임상화학적 실험을 손수 행하시나 객석은 무덤덤.

다음 장면. 멀리서 아주 작은 산골마을 야경불빛 미니어처가 이채롭다. 차력사와 아코디언이 고양이처럼 아웅다웅 말싸움을 한다. 하루가 끝나가는 밤 섹시눈빛 양숙을 점찍은 차력사 속앓이 얘기로, 연애작전 밀담으로 미주알 고주알…… 악극 '홍도야 우지마라' 삽입공연 비즈니스 프로젝트 구상에 대해…….

남자 둘이 그렇게 꼼지락대고 있는 사이 여자 둘이 들어오고, 남녀 각각 한 쌍이 되더니만 갈라지는 인사이동. 차력사와 섹시눈빛, 아코디언과 차력보조녀 짝짝이 짝지어.

뻘쭘 차력사, 섹시눈빛에게 어설픈 사랑고백을 하다 완전히 새 되고. 아코디언은 띨띨이 차력보조녀에게 멘트 개인교습 보충수업을 시키는데, 요 대목이 무지 웃긴다. 연극에서의 대사뜯기, 즉 리딩 연습광경을 실제로 볼 수 있는 절호의 찬스다.

오늘 끝나기에 바쁜 척 못 본 인간에 대한 배려는 앞서 말했다. 11월에 보기로 찜한 관객은 이 연극의 백미, 아니 현미인 요 대목에 주목해야 할 것이다. 말 하나하나를 놓치지 않고 메모하고플 정도로 기막힌 대사가 쏟아지니. 열나 친절한 내가 요런 상황에서 그냥 넘어갈 수 없어 공연실황 중계하려다 잠시 소제목 하나 붙여본다 '변사girl 후보생의 비애'로.

마치 연극티켓을 개인예매로 팔아먹는 식으로 키토산장사에 다단계 수법을 동원, 친인척 대상 강매용 홀리기쪽지대본을 외우는 연습장면이다. 못된 송아지는 마빡에 쌍으로 뿔 안 나고 똥통 언저리에 나는 법.

보조임무를 지지리도 못하는 차력보조녀, 예명 '변사girl 후보생'은 지 맘대로 마구 못생긴데다 뭐 하나 제대로 하는 게 없어 마땅히 업신여김 당하고, 그녀의 인격은 마치 모욕당하라고 있는 양 모욕을 넘어서 인격고문을 당하는 지경이다. 인종차별에다 성적학대라는 야만적 사디즘과 욕구충족이라는 동물적 마조히즘은 부록으로, 쌍으로, 기관총 따따발로.

너는 장애물이니까~
예!
너는 투포환이니까~
예.
못생기고 말도 잘 못하고 약도 못 팔고 차력보조도 못하고,
그냥 왔다갔다 창문 틈에 꽉 끼어서 꿀꿀대는 고춧가루인생.
나는 투포환이다. 나는 못생겼다.
나는 사랑받을 일말의 가치도 없는 쓰레기 같은 인생.
그게 나다. 근데 나는 벌레가 아니다.
왔다가 그냥 가는 벌레가 아니다.

'속이려면 속여라!' 속아주면서 사는
인생들. 사랑에 속고 돈에 울고
홍도야 우지마라, 불효자는 웁니다

윤상화(좌), 김준배(우)

황영희

장우재

로라를 연습하던 양숙(황영희분)은 배신 때리며 가고,
그녀를 흠모하던 단순무식 순진한
차력(김준배분)은 칼 맞고 신음하며 죽어가고,
돌팔이약장수 멤버들은
인사청문회 불명예퇴직 바람에 나부끼고…
'장우재 연극 1탄'으로 뽑아도 전혀 손색없는
〈차력사와 아코디언〉

드디어 울음보 터지는 차력보조녀. 그녀를 안아주고 만져주고 품어주고 넘겨 자빠뜨려 자비심을 베풀며 따먹는 아코디언. '왔다가 그냥 갑니다~' 타이밍 절묘한 남궁옥분의 노래.

이런 곡조의 말무늬싸가지는 이쯤해서 일단락하고 부록편으로 넘어가자.

세계에서 젤 입 센 작가, 헨리크 입센의 『인형의 집』에서 로라의 끗발 날리는 그 유명한 대사 리딩연습 장면. 양숙역의 배우 황영희가 로라가 되어 극 안팎에서 놀며,

> **로라** : 그럴지 몰라요. 그렇지만 당신은 제가 의지할 수 있는 남편답게 생각하거나 말하고 있지 않아요. 당신의 그 걱정이 – 그것도 저를 위한 것이 아니고, 당신 자신에게 닥쳐올 – 그 걱정이 없어지고, 두려운 것이 없어지니까 당신은 마치 아무 일도 없었다는 듯 행동을 하셨지요.
> 저는 전과 다름없이 당신의 자그마한 종달새에, 인형이 되었단 말이에요. 당신이 행여 깨질세라 귀엽다 해서 앞으로도 조심조심 손으로 다룰 그런 것 말이에요.
> (일어서서) 토르발트, – 이 순간 저는 확실하게 알았어요. 저는 저와는 아무런 상관없는 사람하고 8년 동안 같이 살면서, 그를 위해서 세 아이를 낳아주었다는 거예요. – 오오, 생각만 해도 몸서리나요! 제 자신을 갈기갈기 찢어버리고 싶어요.

이렇듯 절규 섞인 독백을 하는데, 귀담아 듣던 입들이 하는 말.

> **아코** : 야~ 씨발, 먼 얘긴지 하나도 모르겠네. 뭔 얘기야?

차력 : 나도 몰라. 집 나가는 여자 얘기래.

아코 : 그년이 왜 집을 나갔는데? 뭘 잘 못 해줬구만, 서방이.

차력 : 잘해줬는데 자기를 뭐, 인형이라고 그래서 나갔대.

아코 : 인형? 인형공장에 다녔대? 가만 보면 다 사기야, 연극.

　　　(대본을 던진다)

　연극을 이루는 말가루 파편들은 그렇게 개구리처럼 어딘가로 뛰고 럭비공 튀듯 흘러가며 파국을 향해 치닫는다. 남 속여먹는 것과 예상이 빗나가는 것은 늘 짜릿한 쾌감이다.

　로라를 연습하던 양숙은 무엇에 삐졌는지 뭐가 맘에 안 드는지 배신 때리며 가고, 그녀를 흠모하던 단순무식 순진한 차력은 가짜 차력으로 뻥치다가 칼 맞고 신음하며 죽어가고, 돌팔이약장수 멤버들은 인사청문회 불명예퇴직 바람에 나부끼고. 모두 임시로 사는 텐트인생처럼 삶의 앞날은 불안하고 불투명하다.

　'속이려면 속여라!' 속아주면서 사는 인생들. 사랑에 속고 돈에 울고. 홍도야 우지마라, 불효자는 웁니다.(그럼 불효녀는 웃나?) 속이면 속고 속아주면 또 속이고, 자꾸 속여 속는 습관이 되면 속이는 기쁨은 속아주는 행복이 되고, 속이고 속음은 외려 희망찬 힘이 되어 속상하지 않은, 기상천외하고 역설적인 신규 패러다임을 활극처럼 담아낸 연극이다.

　극은 신파적 망상을 '불효녀는 웁니다'란 막쫑극으로 데커레이션, 피날레를 장식한다.

　아버지는 마, 쇠사슬에 묶여 계셨습니다.

　어머니는 마, 머에 눈이 멀었습니다. 돈에. 마⋯⋯

　그래서 집을 나갔습니다.

그러다가 마, 온갖 몹쓸 병이 들어 다시 집으로 돌아왔습니다.

마, 그러고 어머니는 말씀하셨습니다.

띨띨 차력보조에서 변사로 둔갑한 '변사girl 후보생'의 변. 그 변에 따라 어머니로 여장 둔갑한 아코디언. 나무랄 데 없이 촌스런 아줌마의상을 걸친 나무랄 데 없이 초췌한 몰골.

여보! 내가 돈을 너무 밝혀 이런 일을 자초했구려.

여보! 나는 이제 회개하고 아코디언이나 켜면서 당신을 도울게요.

아코디언을 등에 메고 밥상을 차린 뒤 아코디언을 켜는 어머니. 처음 켜는 실력이라고는 믿을 수 없는, 오직 깨달은 자만이 낼 수 있는 그 소리. 그 소리에 20년 동안 식물인간이었던 아버지가 기적처럼 일어난다, 묶인 쇠사슬을 끊으며. 차력에 괴력까지 끄떡없이 여전한 믿을 수 없는 모습으로, 악으로 깡으로. 그때 그 아버지의 그 아들, 그 차력에 그 아들 차력이 양복을 입고 들어온다. 절을 하고 '키토산'을 내놓는 아들 차력. 그리고 담담하게 말한다.

인간의 힘은 어디서 오는가?

이것은 약이 아닙니다. 단지 키토산입니다.

철없는 아들이 죽어가는 아버지를 위해 해줄 것이 아무것도 없을 때,

한 달에 2만3천 원을 내고 다달이 드리는 미련한 선물입니다.

그리고 아들은 술 한 잔을 아버지에게 올린다. 잠시, 찡하게 밀려오는 감동. 거룩하고 장엄하고 고결하고 숭고한 분위기. 아버지의 입이 먹은

술은 불이 되어 연거푸 뿜어져 나온다. 화염방사기처럼, 토치램프처럼.

일제히 찢어진 입이 다물어지지 않는 정중동의 객석, 장중한 분위기…… 그리고 끄읕.

띄엄띄엄 요점정리한 공연실황중계 겸 해설은 여기까지다. 연극 보고 암기를 통한 녹취로 실황중계와 해설을 현장검증 하듯 재연하긴 첨이다.

'장우재 연극 1탄'으로 뽑아서 명찰별명 붙여도 전혀 손색없고 자만심에 흠집도 안 가는 〈차력사와 아코디언〉 공연은 불행히도 끝났지만, 다행히도 11월경 '동숭무대'에서 앙코르 때린다는 소문이 있다.

이 연극이야말로 바쁜 척 빼먹고 지나간다면, 관람중독자라 자부하는 마니아는 해독의 특효약을 외면하고 암에 걸리는 꼴이다. 해독의 특효만 있는 게 아니라 키토산의 백만 배 효능이 있는 것. 따라서 이 극은 보약 백 사발짜리 고농축 엑기스로서 기름진 인생의 가치창출용 연극이다.

연극 〈차력사와 아코디언〉을 봤다면 나처럼 홍보대사를 자청하여 사명감 갖고 주변에 마구 권할 것이며, 안 봤다면 달력에 동글뱅이 쳐놓고 더럽히며 11월을 손꼽아 기다린 뒤 삶에 중차대한 스케줄로 잡아먹어치울 만하다. 대다수가 분명, 나 또한 또 보고픈 연극으로 꼽아놓은 터이니 끝장 북새통에 가서 고생하지 말고 선착순에 순발력을 발휘해 초장에 볼 일이다.

2003-09-28

5·18 광주, 코믹터치

20

〈짬뽕〉

참으로 오랜만에 연극을 찾아먹었다. 재작년 이맘때 〈내 아내의 남편은 누구인가?〉란 연극을 상연한 작가 겸 연출자의 배려로. 당시 그 연극이 너무나 웃기고 재밌어서 삼세 번 봐버린 전과가 있다.

어이없이 웃기는 짜장. 얼떨결에 슬픈 짬뽕. 본격적인 중국요릿집 연극 〈짬뽕〉이 나왔다. ちゃんぽん. 이름하여 짬뽕은 한국말도 중국말도 아닌 왜나라 말이라는 설이 전설 따라 30cm가 있다.

80년 5월, 광주항쟁이 글쎄 짬뽕 때문에 일어났단다. 인류역사를 보면 전쟁이든 사변이든 첨엔 아주 사소한 시비에서 확대되는 걸 누누이 볼 수 있어 어처구니없는 이 말에 설득력은 있어 보인다. 연극 〈짬뽕〉은 24년 전 광주의 아픔을 해부하는 수술이자 임상실험이다.

그동안 오월광주를 다룬 연극은 심심찮게 있었다. 〈금희의 오월〉〈오월의 신부〉〈봄날〉 등 분노와 사명감으로 통한의 슬픔과 비극을 심각하고 경직된 구호 일변도로 묘사할 수밖에 없었던 연극들.

연극 〈짬뽕〉이 그들과 무지 다른 부분은 '웃긴다'는 것. 비극을 단순히 비극으로 묘사하지 않고 비극에 극단적 희극을 섞어놓은 거다. 희비가 엇갈리면 비극이 깊어진다는 걸 알고 있는 것이다. 역사적 사건이면 정공법을 쓰는 게 상식이 되어버린 시각에서 얼핏 삐딱해 보일 수 있다. 허나 전혀 그렇지 않은 코믹터치로 자연스런 접근법을 유도해낸다. 감히 범접할 수 없게 일정한 거리를 두는 교조적 엄숙주의의 신성함에다 연극 〈짬뽕〉은 가래침을 퉤! 뱉는다.

'오월광주를 웃음거리로 만들지 말라!'고 부르짖어도 이 연극은 끄떡 안 하고 그런 메뉴판의 웃음거리가 아니라며 정말 웃음거리를 만들어 공연한다. 광주에 대한 접근법과 이해심에 박차를 가하기 위해 그러는 거라며.

따라서 이 연극은 관극이해에 있어 해상도가 무진장 높다. 연극이 세상 사는 이야기, 우리 주변 이야기라는 소재의 본질에도 무척 똑똑하다. 그래서 5·18이라는 계절적 시류만 아니라면 상설공연해도 좋을 작품이다.

내가 이 연극을 본 어제는 5·18광주항쟁기념일이었다. 극장입구의 다닥다닥 붙은 연극포스터 사이로 다래성, 삼성원, 명보성 따위 중국음식점 광고포스터가 나란히, 그것도 버젓이 붙어 꽤나 눈길을 끄는 게 우습다. 팸플릿에 중국음식집 협찬광고가 27개나 깔린 걸 보고 놀랐다. 대학로 일원에 중국집이 그렇게 많단 말야? 근데 40년 넘었다는 '금문'이 없어 물어보니 도도하고 비싸게 굴어 빼고 넘어갔단다. 중국집 연극답게 이미지홍보 마케팅은 활기발랄하게 한 모양.

팸플릿이 여느 연극의 격려사, 축하의 글, 작가연출의 주절댐, 현학적

어느 중국집에서 벌어진
웃지 못할 황당한 이야기

'오월광주를 웃음거리로 만들지 말라!'고
부르짖어도 이 연극은 끄떡 않고
공연작을 웃음거리로 만든다

작품소개와 분석 등 그런 따위와는 사뭇 다르게 돈 아낀 티 안 내고 컬러풀하다. 3천 원이라도 아낌없이 사서 간직할 정도로 감각적이면서도 소탈하다.

예정된 시간에 극장에 입장하고 예정된 멘트가 나오는데 5·18기념이라 공연 전 '멘트 걸'이 호기롭게 권력을 휘둘러 배고픈 관객 불러내 짜장을 먹인다. 검정신사복 차림의 직장인 같은 남자랑 여자관객이 무대에 나가서 짜장을 먹는데, 마치 배우인 양 천연덕스럽다. 지들 알아서 셀프로 물도 마시고 냅킨도 쓰고. 여자관객 일행으로 보이는 또 한 여자가 나가서 뺏어먹기까지 한다.

초장부터 객석에선 폭소가 터져 멘트 걸은 말을 가누지 못할 정도다. 짜장 뺏어먹은 여잔 과장된 몸짓까지 곁들이니, 요새 관객들 너스레는 과거의 내숭을 냉큼 잡아먹은 듯 문화적으로 발전된 꼴이다. 혹시 사람들 앞에 튀는 데 있어 국가대표선수인 나의 외적 역할이 컸나……?

자, 연극 안으로 들어가 그 풍경과 들락거리는 인물을 살펴본다. 1980년 5월 17일 저녁, 광주시내 한복판에 '춘래원'이란 중국집이 있는데 거시기한 동네 중국집처럼 촌티를 빵빵하게 갖춘 몰골이다. 상이할 만한 점은 시대적 물가고증의 본때를 보여 연극현실적 파격할인가격을 고집, 짜장 250원에 짬뽕 3백 원이고 그외 가격은 두루두루 고만고만하다.

쥔장 이름은 신작로(윤영걸분)로 명찰은 다분히 도시적(?)이고 요절가수 김정호를 연상케 하는 날카롭고 고집스런 관상의 젊은 오빠다. 땡전한 푼 없이 광주에 똑 떨어져 온갖 고생을 다하면서 작금의 중국음식점을 차려 자수성가한, 서민다운 옹골찬 자린고비의 옹고집 초상이다. 다리 저는 여동생을 카운터에 앉히고 스스로 주방장 노릇을 한다.

이 젊은 오빠가 오매불망 흠모하는 다방레지 미란(오영림분)의 교태 어린 투정과, 무대뽀 짝사랑으로 대하는 둘만의 만남은 닭살커플이 혼절할 정도. 레지랑 결혼을 꿈꾸는 쥔장 신작로, 그와 달리 허영심에 콧방귀 뀌어대는 미란.

또한 본업인 요리배달은 대충하면서 여자 꼬드기기로 취미특기 일삼는 한편, 엘비스 프레슬리 패션스타일로 멋내기에 정신 팔려 쥔장 속썩이는 앙숙 백만돌(김원식분). 소속출신을 알 수 없는 미친 여자와, 그녀와 잘 만나는 땡중 목탁. 여기다 음식점손님 둘, 군바리 둘, 공안요원 둘 등.

변화무쌍한 다역으로 방방 뜨는 박민규랑 이건영이 쌍으로 보태져 극을 빛낸다. 두 사람이 주무르는 세 개 배역의 6인은 하나같이 무식이 철철 넘치는 인물들. 박민규 하면 연극 〈청춘예찬〉의 용필, 이건영은 〈내 아내의 남편은 누구인가?〉로 기억될 배우.

이렇게 총 8인이 나와서 천방지축 무대를 뒤집어놓는데, 배역에 맞춤한 캐릭터들도 볼거리지만 이들끼리 맞닥트리는 앙상블은 기막힐 정도다. 연기앙상블이 짱짱하면 무대에서 논다고 하는데 이들이 바로 그렇다.

연극내용인 광주항쟁 초석이 된 사건 줄거리는 이러하다.

늦은 시간 배달주문이 오고 속사포처럼 만들어 배달나간 백만돌이 거리에서 잠복 중인 군바리들이랑 맞닥트린다. 엘비스 프레슬리 패션의 배달원을 수상히 여긴 군인아저씨들, 이걸 빙자해 배달할 먹이 중 짬뽕 둘을 강탈하려 한다. 허나 순순히 수작에 넘어갈 이유가 없는 백만돌, 돈 안 내면 안 된다고 버틴다. 내냐, 못 내냐, 옥신각신하다 결국 군인들 무리수를 둔다. 내놓으라는 군인의 명령은 국가의 명령인데 그걸 무시하면 죽는 거라며 총을 겨누고 거창하게 협박을 한다. 되도 않는 소리지만 약간 겁먹은 만돌은 군바리랑 쌈을 하는데, 이 과정에서 철가방에 맞은 군바리 하나가 대가리 터지자 진짜로 쏠 것처럼 위협한다. 만돌은 바짝 좋아 철가방이고 짬뽕이고 배달이고 나발이고 토끼고 만다.

중국집으로 돌아와 진지하게 자초지종을 얘기해도, 꾸며낸 말 같잖은 소리라고 안 믿는 식구들과 답답해 분통 터트리는 만돌. 이 일이 확대 조작되어 폭도가 국군을 공격한 것처럼 뉴스에 나오는데, 그걸 중국집식구들이 보게 된다. 더 어이없어지는 만돌. 점차 긴장되어가는 안팎의 상황에 어쩔 줄 몰라 하는 식구들.

이와 함께 중국집 밖 거리에는 군부대가 속속 집결해 분위기가 뒤숭숭해지고, 군대와 민간인 사이에 어떤 극단적 위화감이 조성된다. 이날 밤, 중국집에 난데없이 들이닥친 공안원들에게 쥔장 신작로는 갖은 고문을 당하며 빨갱이로 몰리는 실감나는 악몽도 꾼다. 식은땀 범벅이 되어 깨어나자 사태의 심각성을 깨닫는 쥔장.

만돌로 인해 얼토당토않은 지경으로 치닫는 안팎의 상황과 함께 더해가는 쥔장의 근심. 여동생을 돌보는 책임, 레지와의 소박한 장래 결혼희망, 애물단지 만돌까지……. 춘래원이란 중국집 운영의 현실과 앞날이 마구 뒤엉켜 교차한다.

축소된 가게 안 소동과 확대된 바깥소동 사이 갈팡질팡하는 인물들. 당시 광주시내 전체를 아수라장으로 만들어놨던 상황을 중국집으로 축약해 연출한다.

쥔장은 무슨 일을 벌일지 모를 만돌을 묶어놓고 외출금지 시키는데, 그 와중에 공교롭게도 만돌에게 짬뽕 강탈하려던 군바리 둘이 짜장을 먹으러 가게로 들어온다. 그리고 말로만 들었던 돈 없이 짜장 먹으려는 비슷한 상황이 현실에서 벌어지자, 쥔장과 만돌은 홧김에 합심해서 이 군바리 둘을 무진장 두들겨패고 총도 빼앗아 묶어놓는다. 그런데 알고 보니 이들은 공수부대 계엄군이 아닌 딸딸한 방위로 무늬만 군바리였던 것.

어쨌건 안에서 일을 저질러버린 쥔장과 만돌. 밖에서 학생들 데모는 점차 확대돼 민간인까지 동참하게 되고, 급기야 데모대에 차 대접하러 나갔던 레지 미란이 총에 맞아 죽는다. 억장이 무너지는 쥔장과 흥분한 만돌이 거리로 뛰어나가고, 뒤따라 쥔장의 다리 저는 여동생 신지나(공상아분)까지 거리로 뛰어나간다.

연극은 질척거림 없이 여기서 스톱한다. 엔딩에서 소풍가는 날 과거를 회상하며 읊조리는 장면이 있지만.

어처구니없던 80년 5월 광주항쟁의 발화점이 된 부분을 연극 〈짬뽕〉은 이처럼 중국집을 전세 내서 우화적 작법으로 기상천외하게 보여준다. 진짜 별 볼일 없는 평화롭고도 소박한 하층민 사는 모습을 빌어서.

특이할 만한 것은 진짜 입에 쩍쩍 달라붙는 전라도사투리 광주말이 일품이다. 쥔장역의 배우 윤영걸의 고향이 빛고을 광주고 박민규도 목포 출신이라고. 이처럼 전라도 태생들이 모여 연극을 만들었으니 실감내기가 수월해지는 거다. 입에 착착 감기는 구수한 억양이 24년 전 광주 맛을 돋워낸다.

넘치는 감각과 재치는 그 기발함이 하늘을 찌르고, 순식간에 움직이고 벌어지는 배우들의 동작과 동선은 마이크로미터로 잰 듯하다. 누가 시키지 않아도 알아서 척척 연습했다는 게 들통날 정도.

장난 아닌 극작술의 필력으로 틀짜기를 다스렸고, 연출력이 거의 드러나지 않는 평화로운 카리스마로 빚어낸 연출의 승리. 배우 8인을 옹기종기 잘 모아서 자유로운 분위기 속에 스스로 공부하고 연구하며 연습하도록 안배와 배려를 했다는 점도 눈에 쏙 들어온다. 그러니 배우들이 무대에서 신나게 논다는 말이 착 들어맞는 것.

이 모든 게 철저히 관객을 의식하고 만들었다는 짐작도 가고, 그렇기에 관객들 폭소는 일찌감치 바닥나 후반 가서는 웃음을 차입借入해서 배

연극 〈짬뽕〉은 중국집에서 소박한 하층민 사는 모습을 빌어
우화적 작법으로 광주사태를 보여준다.

꼽잡고 흐느낀다. 자연스레 접근할 수 있게 몰입을 권장하고 그게 지나
쳐 정신을 빼놓는다.

공연을 보고 나가는 관객들 눈빛과 표정을 보니 정신이 얼얼한 상태
에서 자동으로 개과천선이 되어가는 몰골들이다. 신들린 연기로 혼을
빼놓은 보람찬 연극적 승리가 된 것이리라.

'연극이란 일단 재밌어야 한다!'는 내 모토와도 코드가 같다.

2004-05-18

육신★★ 정신★ 연극

21

〈유리가면〉

   이 작품은 그동안의 〈유리가면〉 시리즈와 차별되는 명확한 특징이
있다.

   나오는 배우들마다 모두 맨발로 연기한다. 마치 연습풍경처럼 신발을
벗어던졌다. 실내극이란 특징을 강조하듯 한사코 맨발을 고집하는데,
그 덕에 신발들 감가상각비 계산할 일도 없고 무엇보다 뚜벅거리는 발
소리가 원천 봉쇄되어 섬세하고 정밀한 몰입을 돕는다. 맨몸, 맨발은 인
간 본연의 원초적 기능을 그대로 살려낸다. 보건위생상 발냄새 하나 안
나면서 소음은 죽이고 감각은 살리는 것이다.

신발을 신으면 현실감이야 있겠지만 무의식 영혼나들이에는 맨발이 제격일 터. 간편하고 가뿐하면서도 탄력 있는 몸놀림은 더없이 훌륭한 선택이요 설정이다. 그동안 맨발 연극이 희귀한 건 아마도 연출의 감각이 그렇게까지 섬세하게 미치진 못해서일 것이다.

그런데 출연배우들 차림새가 모두 꾀죄죄하다. 의상에 스프레이를 뿌려 얼룩덜룩 곰팡이효과를 낸 것일까. 관찰력 없는 무심한 시선으로 봐도 왠지 그런 느낌이 든다. 무의식 속 과거이미지를 도출하려 낡고 퀴퀴한 모습으로 오래된 분위기를 설정한 것일 게다. 바랜 듯 칙칙한 느낌을 주는 의상으로 암울하고 끈적끈적한 메시지를 전한다.

대개는 공간에 차별을 두거나 무대배경 소품으로 이를 대신하지만, 극사실주의劇寫實主義를 고수하는 하이퍼리얼리즘Hyperrealism의 연극 작법 특성상 말하고 행동하는 배우에게 다른 시공간의 이미지를 직접 적용했다.

이런 설득력 있는 연출의 의도에 따라 움직이는 배우들. 현란한 변장술에 힘입어 연기력은 기막힐 정도로 정밀하게 발휘된다. 선량한 듯 야비한 연기의 극치를 능청스럽게 보여준다. 퇴장한 지 5초도 안 돼 전혀 다른 인물로 시치미 뚝 떼고 나오는 배우는 신비롭고 신기하다. 그들의 동선이 어떤 메커니즘으로 이루어지는지 못내 궁금하지 않을 수 없다.

그렇다고 단지 피상적인 겉모습만 보여주는 작품은 아니다. 연극배우를 주인공으로 하여 연극이야기를 다룬 연극인만큼 연극이라는 예술세계 안에서 현실이 어찌 돌아가는지 그 내막을 파헤쳐 보인다. 악랄하고 음흉한 그 속내를, 예술빙자 사기죄를 양심에다 호소하는…….

연극공연이란 한 인간의 예술의식을 투지와 열정으로 세상에 알리고, 사람들 사이에 회자되어 퍼져나가게 하는 행위라는 데 충실히 임한다. 공연중독에서 '왜 연극을 하는가?'란 철학적 화두를 되새기며.

유리가면은 이처럼 육신의 이미지★★에 정신의 메시지★를 담아 관객의 육신과 정신을 파고드는 계몽성이 매우 강렬한 연극이다.

따라서 연극정신이 무뎌진 연극인이 꼭 봐야 할 관극필수품목이기도 하다.

2006-09-02

● ●

장중한 피날레
사과극단 〈유리가면5〉

유리가면 완결편 에피소드5 '또 하나의 영혼'. 일본만화를 개편해 한국연극으로 출시한 화제작이 연극 〈유리가면〉이다.

이 연극은 병치倂置기법을 사용해 극중극劇中劇 형식으로 전개되는 것이 특징인데 이를 통해 실제로 연극이 제작되는 깊은 속내를 적나라하게 보여준다. 이 세계의 희로애락, 약육강식, 적자생존의 법칙, 나아가 연기연습과 대결과정, 기획제작상의 상술논리, 첨예한 연극정신의 대립 등 연극의 모든 것을.

사실 연극도 보고 일본만화영화로도 봤지만 감히 어디 연극에다 비기랴. 더구나 원작만화의 내용도 연극에 관한 얘기인 것을. 짱짱하게 압축된 연극적 재미로 한국연극계의 화제작이 되어 주목을 받았다.

〈유리가면〉이란 연극을 시리즈로 쭉 공연해왔기에 한번이라도 이 연극을 접한 적이 있다면 극의 배후이자 뿌리인 '송연화=홍천녀'를 기억할 것이다. 공연 중 조명기가 떨어져 얼굴이 작살난 비운의 여배우. 훤칠한 키에 검은 드레스 차림으로 지팡이를 짚은 채 늘 가면을 쓰고 나오는 괴기스런 매력의 신비한 그녀를.

자, 그럼 이야기의 모태이자 축인 그녀의 신비를 양파껍질 벗기듯 찬찬히 파헤쳐보자.

이번의 〈유리가면 에피소드5〉는 슈퍼스타 송연화라는 연극배우의 창창한 일대기를 다룬다. 혼을 불사르는 연기자로, 또한 여자로서 살아온 그녀의 사랑과 열정과 증오를.

무대는 전형적인 프로시니엄(proscenium: 무대와 객석을 분리하는 액자모양의 건축구조물) 스타일로, 하얀 아치에 아무것도 없는 단순한 액자형 박스가 호기심을 자극한다. 소품들이 배우의 노동력으로 옮겨지는 연출작전을 예상하길.

극의 시작은 어느 날 송연화가 갑자기 쓰러져 병원으로 옮겨지고 수술을 하면서 무의식 세계를 헤매는 걸로 전개된다. 죽음 앞에서 지난날들이 몽땅 떠오른다는 대사처럼.

너무나 작고 보잘것없었던 어린 시절, 그녀는 극장매표소에서 티켓 판 돈을 훔치려다 들켜 혼나야 할 판국에 외려 생애최고의 인연을 만나게 된다. 극장주이자 극작가이고 연출가인 이안(김대건분)의 눈에 띤 것.

극장주의 와이프는 범죄자인 그녀를 집안에 들일 수 없다고 뻗대지만, 세상을 아우르고자 하는 휴머니스트인 이안의 뜻대로 송연화는 극장의 한식구가 된다. 너와 나의 인연은 '너는 내 운명'이자 '나는 네 운명'으로서.

눈빛이 맑고 살아 있다는 이유 하나만으로 거지꼴에 도둑질이나 하던 고아소녀는 하루아침에 잘나고 부유한 미남예술가의 헌신적인 후원을 받는, 남부러울 것 없는 행운을 얻는다. 그리고 연기를 권하는 극장주의 제안에 힘입어 그와 동고동락하며 자신의 숨겨진 재능을 마음껏 펼치게 되고 마침내 슈퍼스타 연극배우로 거듭난다. 송연화란 이름으로 세상에 명성을 떨치며 밑바닥 인생에서 세상의 정상으로 승승장구 출세가도에 들어선 것이다.

송연화, 그녀에게 이안은 생애의 은인이자 아버지로, 선생이며 오빠이자 친구로, 스무 살 나이차를 초월한 영원한 연인으로, 뗄 수 없는 존재가 된다. 허나 희희낙락 가파른 오르막이 있으면 희로애락 가혹한 내리막도 있는 법.

공연이 끝날 때마다 분장실에 가득 쌓이는 꽃다발 선물들. 송연화의 뜨거운 인기를 짐작케 하는 당연한 현상이다. 그 중에는 송연화의 열성팬으로 집요하게 그녀를 떠받드는 한 사내가 있었으니, 이름하여 민하일(손강국분). 열혈남아 관객마니아로 운수회사를 운영하는 사장이다. 막무가내로 들러붙는 그의 태도가 심상치 않은데.

그녀로부터 대충 무시당하지만 짝사랑이란 비장의 카드를 스스럼없이 내비치는 민하일. 마당쇠로 위장된 근성이 비치는 민하일의 하인체면 '극중극'. 분장실로 찾아온 민하일의 어설프고 조심스런 태도에 마치 귀부인인 양 그를 대하는 송연화지만, 그럼에도 공연이 좋고 그녀의 연기가 더없이 멋지다고 찬사 메들리를 늘어놓는 사내.

그리곤 매번 볼 때마다 감동을 주는 그 은혜에 보답하겠다며 공연에 도움이 될 만한 제안 하나를 조심스럽게 내놓다. 즉 지방공연을 할 때 '수송안전 및 이동책임'을 지원하겠다는 것. 이러한 '관계의 시작'이 처음엔 순수한 도움과 지원의 개념으로 이루어지는 듯하나, 점차 음흉한 속내를 드러내며 압력을 행사하고 결국 송연화에게 그는 생애의 원수로 '증오의 싹'이 된다.

연극기획에서 서포터로 수송담당을 맡은 민하일은 공연도시 물색이나 극장계약, 캐스팅, 체류일정 등 공연전반에 참견한다. 마치 원님 머리

일본만화를 개편해 한국연극으로 출시한 화제작
〈유리가면〉 다섯번째 이야기 '또 하나의 영혼'

'왜 연극을 하는가'란 철학적 화두를 던지며
관객의 육신과 정신을 파고드는 강렬한 작품

The Three Destinies

그렇게 세 사람의 운명은 30년 동안 지속된다

김대건   김태정   손강국

송연화(김태정분) 〈홍천녀〉의 작가 겸 연출자인 이안 선생은 그녀에게 생의 은인이자
아버지이자 오빠이자 친구이며 연인이다. 그를 사랑하지만 감출 수밖에 없는 운명.

이안(김대건분) 자신의 평생의 역작인 〈홍천녀〉의 주인공으로 송연화를 키운 뒤
상연권을 넘겨주고 죽는다. 그녀의 사랑을 알고 있지만 모른 척해야 하는 운명.

민하일(손강국분) 〈홍천녀〉공연에 감동하여 송연화를 사랑하게 된 사업가. 상연권을 차
지하기 위한 악랄한 행동을 서슴지 않는다. 그녀에 대한 비뚤어진 사랑을 해야 하는 운명.

꼭대기에 올라앉아 지휘하는 이방처럼 점점 입김 센 입장으로 발전한 것이다. 극단 운영상 발생하는 사소한 시행착오를 빌미로 점점 더 지배수위를 높여가던 그는 급기야 '송연화＋이안'이란 예술단체를 장악하여 정치폭력을 휘두르는데.

　예술을 상술로 요리하는 배후실세가 되어 교묘한 술책을 펼치는 민하일. 이안의 작품인 '홍천녀'의 공연권을 넘기고 송연화에게 홍천녀역을 맡으라고 협박한다. 그리 안 하면 예술이고 나발이고 없다며 숨통을 조이는 한편, 심복을 시켜 대박나는 증권종목이 있다고 꼬드기는 음모까지 꾸민다. 위태롭게 간들거리던 극장운영은 그나마도 거덜나고 쪽박신세로 전락하는 이안.

　여기서 뻔뻔하고 악랄한 민하일의 태도를 보고 내뱉는 이안의 멋진 대사 한마디.

　　관객동원 능력은 있어도 관객감동 실력은 없는 것!

　상술기획자를 지칭하는 말이다. 대학로에도 이런 '상술'이 판을 치고 있는 더러운 현실이다.

　송연화에게 이안은 '영원한 영혼의 안식처'이나 민하일은 비뚤어진 애정에 '용서할 수 없는 악당'으로 각인된다. 그녀의 생에 은인 1인, 원수 1인을 간직하게 된 셈이다.

　연극은 시종 내레이션을 곁들이며 넘치는 친절을 베푼다. 하여 지금 껏 쭉 써내려온 흔적처럼 심각하고 재미없을 것 같으나 시간가는 줄 모른다. 그 웃음의 최고백미는 연습장면, 극중극에 집중적으로 들어 있다.

　유리가면 시리즈 마지막 편에 들어온 신선한 다역의 홍일점, 아니 홍이점. 바로 투톱으로 나선, 아직 서울예전 학생신분인 '신용숙'과 '가득히'가 그들이다.

이 연극은 앞선 시리즈에서도 그랬지만 출연진이 엄청 많다는 게 특징이다. 그것을 1인다역으로 여러 배우들이 골고루 맡아 소화하는데, 연극에서 천방지축 변화무쌍한 다역연기를 구경하는 것은 연어 먹다 보너스로 청새치 먹는 기분이다. 이번 마지막 편에선 그것이 유난히 심한 메들리 결정판이라고나 할까.

학생신분에서 변장하고 능청스런 둔갑술을 펼치는 신용숙과 가득히, 가득히? 이들이 나오기만 하면 객석은 그야말로 웃음꽃이 가득해진다. 어찌 그리 연기변신이 능란하고 노숙한지. 신용숙이 한술 더 뜬다. 연극에서 이런 재미요소 마구 탐하는 관객이나 캐스팅에 음흉한 관심 있는 캐스터라면 꼭 가서 봐줄 만한 심후한 연기내공이다. 나 또한 이들 보는 재미에 빠져 한 번 더 보고플 정도이니. 이런 연기 싹수를 알아보고 건져낸 안목 또한 박수갈채를 나눠줘야 함은 물론이다. 〈유리가면〉을 일궈낸 그 주인공은 '사과극단'의 대장 전훈이다.

유리가면의 피날레를 장식하는 마지막 편은 송연화란 연극배우의 완료된 과거를 쭉 돌이켜보는 것으로, 연극사회의 현실에 시사하는 바가 매우 크다. 툭툭 던지는 대사나 뇌리에 콕 박히는 장면들은 그 충격을 각인시킨다. 우리가 연극을 어떻게 해야 하는지 그 예술적 방법론을 제시한다.

전훈

오늘날, 특히 요즘에는 대학로에 나가기가 싫다. 타성적 연극들이 난무하는 한심한 작태를 보면서, 퇴색한 연극정신을 마주하는 것은 그리 유쾌하지 않다. 바로 그런 풍토에 〈유리가면5〉는 찬물을 끼얹는 상쾌한 자극이다.

언제나 변함없이 초심初心의 원칙을 고집하는 일관된 정신으로 연극 작업에 임하는 사과극단은 늘 풋풋하고 신선한 초심初心의 매력이 강한 장점이다. 제도적 결탁과 상관없는 뚝심과 정열 또한 그들만의 독보적 가치다. 한국 최고극단으로 명예와 영광과 명성을 지키는 집단이 되길.

2006-08-24

반전에 반전을 거듭하는 미학

22

〈적의 화장법〉

『적의 화장법』이라……. 요새 책방마다 이 책이 방방 뜨고 있다. 그 열기는 연극으로 옮아와 대학로에서 역시나 방방 뜨고 있는 중이다.

독서의 계절이지만 읽는 책보다 보는 연극이 이해하고 뇌리에 박는 데 훨씬 쉽고 나을 듯. 외로운 물만두처럼 쓸쓸해져 고독을 씹어가며 읽는 것보다 함께 보는 연극은 시각에다 말장난하는 청각까지 동원되어 입체감을 즐기며 폭소경비구역 내에서 눈치 안 보고 웃음보 나누기에도 그만이다.

프랑스산 소설, 한국제 각색연출, 한 시간짜리 연극. 각색의 한국명찰은 〈적의 화장법〉, 본바닥 원제 『Cosmétique de l'ennemi』. 얼핏 명찰만 본 나는 무식이 지루박 추듯 '원쑤는 어케, 메이컵하는가' 요령을 알려주는 연극으로 알았다. 그런데 극장에서 한 시간을 보내며 뒤통수를 얻어맞았다.

극장은 인천공항, 무대는 탑승대기 대합실이다. 한 남자가 서울발 도쿄행 여객기 탑승지연으로 책을 보며 기다리는데 그 옆에 웬 껄렁해 뵈는 사내가 접근, 말 걸며 수작을 부린다.

남자와 사내, 비슷한 두 단어처럼 유사해 보이지는 않는 두 인물은 역시나 성질머리도 확연히 구분되게 극과 극을 달리는 정반대의 설정이니 혼동하지 말 것.

남자는 '이요섭', 사내는 '정서류'란 가상이름으로 남자는 배우 김병순에 신사복이요, 사내는 배우 이봉규라는 껄렁대는 캐주얼 캐릭터다. 차림새로 설정된 이미지를 은근살짝 내비치며 말투에 암시가 있다.

하나도 사교적이지 않아 보이는, 무뚝뚝이 뚝뚝 흐르는 무뚝뚝함의 샘플 같은 남자. 낯선 사람에게 치근덕거리는 게 취미생활이고 삶의 특기인 척 즐기려 드는 사내. 어울릴 만한 싹수가 전혀 없어 보이는 이질적 캐릭터 인간 2인분.

사내의 집요하게 약올리는 수작에 냉담한 태도로 일관하는 남자. 허나 그건 당황해 엉겁결에 대처하는 대책 없는 방편으로, 사내의 무식하고 막강한 뻔뻔함에다 지적이고 논리적인 내공 심후한 말재간에는 적절한 방패가 되지 못한다.

사내는 세 살배기 꼬마시절 인기관리 문제로 동네에서 왕따를 당한 증오심과 분노로 살인한 경험이 있노라고 고백한다. 인기짱인 놈을 죽여달라 간절히 빌었더니 죽었다고. 세 살 때라……. 믿든 말든 엄연한 현실이라며 남 잘 되고 행복한 꼴은 절대 못 본다. 비린내와 썩은 내 반죽으로 악취가 진동하는 고양이먹이 뺏어먹고 한없이 역겨워한 얘기도 들먹이고.

뭐, 이런 건 자기 삶에 있어 약과이고 서두에 불과하단다. 진짜 뼈아픈 기억은 스무 살 때 어쩌다 마주친 자신의 이상형인 여자를 즉석 강간하고 찢어졌는데, 그녀를 너무도 사랑하기에 아무 일도 안 하고 집요하게 찾아헤맸다고. 그러길 10여 년 만에 극적으로 상봉, 지독히도 사랑하기에 칼로 여러 번 찔러 죽였단다. 열나 사랑하는 그녀 손에 찔려 죽으려 했는데 죽도록 말을 안 들었다고.

그러면서 그 다음 날 신문에 난 그녀이름을 들먹이는데, 시종 빈정거리고 건성이던 남자는 이름을 들은 그때부터 태도가 돌변하기 시작한다. 사내는 그제야 남자가 자기 말을 진지하게 들었음을 기뻐하고.

묘한 분위기의 만남에, 황당하고 뚱딴지같은 깐죽거림은 여기서 놀라운 충격의 반전을 맞는다. 사내가 죽였다는 여자는 남자가 사랑한 아내였던 것.

길길이 날뛰며 사내를 죽일 듯 해야 할 남자는 신사복 체면에 눌려 엄청 참으며 나름대로 이성분실 관리를 하는데, 사내는 '너도 알 만한 얘기했는데 왜 쌍심지 켜냐'는 폼이다. 남자의 흥분에는 아랑곳없이, 전혀 상관없다는 태도로 외려 차분하게 갖고 노는 폼의 사내. 그가 유일하게 즐기는 것은 너의 불행은 곧 나의 행복이란 등식. 살인과 강간을 일삼는 사내는 꼭 유영철의 형님 같은 말만 한다.

알고 보니 사내는 남자의 내면에 자리한 내 안의 적이자 악의 분신이었던 것. 사내가 지껄인 모든 말은 남자의 과거행로였고 사내는 남자의 양심방어막 같은 존재였다. 양심의 털이 다 빠져 민대가리가 되어가자 지침을 주러 나온 거다.

두 인물의 불꽃 튀는 말싸움은 한 남자의 내면충돌을 보여준다. 결국 남자는 대합실벽에 대가리를 박으며 "자유! 자유!"를 외치면서 죽어버린다.

이 작품의 원작자, 아멜리 노통Amelie Nothomb.

일본에서 태어나 자랐지만 다섯 살 때 외교관인 부모를 따라 베이징,

뉴욕, 라오스, 미얀마, 보루네오, 방글라데시를 거쳐 벨기에에 안착. 프랑스국적을 갖고 있으며 브뤼셀에 살고 있는 서른여섯 살의 소설가로서 고급인력이다.

다섯 살 때 술을 배웠으니 세 살배기가 살인을 모색하는 게 가능한 글이 나올 터이다. 검정바탕에 하얀 물방울무늬 옷을 즐겨 입는 그녀는 '미스터 십만 볼트'란 별명으로 불린다고. 검은 옷에 모자, 긴 머리와 빨간 입술이 트레이드마크라는 그녀의 강렬함에 그런 별명이 붙은 건지? 당당하고 도도하고 거침없는, 오만하고 발칙한 표정과 행동과 필법들. "글쓰기야말로 내가 매일같이 복용하는 일정량의 마약"이라고 힘주어 말하는 멋져 뵈는 여자다.

소설 재벌이 판치는 우리나라는 이런 대단한 소설가 하나 없다. 프랑스를 떨게 만들고 세계를 놀라게 하는 마인드로 노는 여걸이자 전사 말이다.

연극으로 본 〈적의 화장법〉. 재밌고도 별난 흥미로운 충격이었다. 배우 이봉규의 캐스팅과 독특한 캐릭터를 잘 살린 게 압권이다. 능글능글하고 조롱 섞인 빈정댐에 악의에 가득 찬 눈빛연기, 그만의 섬세한 맞춤이다. 유럽동구권의 이국적 분위기는 이 배우의 매력.

원작에 욕심 부려 흠집 내지 않고 엑기스를 잘 뽑아내 압축미 짱짱하게 손질해놓은 각색연출 김낙형의 깔끔한 손맛도 일품이다. 작가이자 연출이 때론 이처럼 외제에 손댈 필요도 있다. 문학적 지평에 문화적 시각확대, 그리고 지적 상상력의 영역도 동반확대되기 때문이다. 아멜리 노통이란 원작자의 성장과정과 행로가 해답의 견본이다.

깊어가는 가을, 독서의 계절을 맞아 보고 듣고 웃음보를 즐기는 연극으로 독후감을 써보자.

2004-10-25

두 인물의 불꽃 튀는 말싸움은
한 남자의 내면의 충돌이었다
결국 남자는 대합실벽에 대가리를 박으며
"자유! 자유!"를 외치면서 죽어버린다

김병순(앞), 이봉규(뒤)

아멜리 노통

〈적의 화장법〉의 원작자
아멜리 노통
"글쓰기야말로 내가 매일같이
복용하는 일정량의 마약"이다
다섯 살 때 술을 배웠으니
세 살배기가 살인을 모색하는 게
가능한 글이 나올 터이다

속속들이 까발린다
수컷의 우정, 자궁얘기
사느냐 죽느냐
연극은 인생이다

Chapter 03

테러·환상·
자궁·웃음보따리
걸작연극

연극=이爾×극장=용龍

23

〈이爾〉

　　　　　내가 40년 넘게 살고 있는 용산에 연극공연을 제대
로 올릴 만한 근사한 극장이 생겼다. 같은 구區, 같은 동洞에서 연극을
만나는 기쁨이라니. 서울 용산구 용산동 6가 국립중앙박물관 극장 '용
龍'에서 보는 김태웅 연극 〈이爾〉.

　국립박물관 개관 이래 극장 용에서 올리는 첫 공연이다. 시대역사의
아픔을 무던히 간직한 용산땅에 연극 심지를 〈이〉로 심는다. 한국최고
명작연극으로 스타트라인을 끊었으니 앞으로 '상술의 전당' 같은 전철
을 밟지 말고, 재밌고 괜찮은 연극만 공연되길 바라본다. 중앙박물관의
핵심에 존재하는 지역문화발전의 길잡이로서.

박물관 정문에서 하염없이 걸으며 엄청난 건물의 덩치에 압도되다가 좁고 홀쭉한 에스컬레이터를 타고 올라가면 남산전경이 시원하게 펼쳐지는 황량한 풍치의 옥외 로비광장. 그 옆으로 몸을 틀면 극장 용의 입구가 떡 버티고 서서 관객을 맞이한다. 광활한 면적, 화려한 품새. 옥내 로비광장에 들어서 빙 둘러본다. 참 잘 꾸며놓은 그 안쪽을 보면 공연장 본래의 속살인 극장 용의 객석과 무대. 1, 2층으로 이뤄진 극장의 공식좌석은 862석으로 그 면적 참 엄청 넓다.

극장 '龍'이란 명찰이 아주 맘에 든다. 연극 〈이〉처럼 함축미는 짱짱, 그러나 단출한 외자-字다. 조잡스럽게 무슨 센터나 무슨 전당, 강당의 친공무원 냄새보단 탈공무원 느낌을 풍기는 감각으로.

〈이〉를 공연한다는 첩보는 세종문화회관 소극장에서 했던 연극 〈막판에 뜨는 사나이〉를 보며 알게 됐다. 그때의 배우 이남희가 이 〈이〉에서 연산역을 맡아 연습 중이라는 말에 혹했던 것. 그동안 연산은 배우 김뢰하가 연신 캐릭터를 다져왔다. 역사극 한 편으로 연극판 전체를 술렁이게 했던 〈이〉의 연산. 캐릭터 전환에 따른 이미지 변화는 충분한 매력충동이다.

누구도 못 말리는 플레이킹Play King이 연극 속에 노는 꼴들. 조선역사에서 최고인기를 누리는 왕 광해와 연산. 왕 아닌 왕, 둘 중에 연산만큼 해석의 시각차를 보이며 쟁점이 되는 인물도 없다. 그간 연극판도 예외 없이 '연산' 하면 난해하고 심각하고 살벌한 폭군으로 피상적인 묘사를 해온 데 대해 일침을 놓듯 흥미로운 장난꾸러기로 둔갑시켜 새로운 희곡작법과 참신한 연출기법으로 궁중코미디를 창출했다.

조선역사를 통틀어 천한 신분 우인優人에게 귀한 신분을 부여하고, 남색男色의 유희를 즐겼다는 옛날얘기는 연산이란 인물특성상 설득력을 확보한다. 세상을 찬미하며 인간을 멸시하고 인생을 탐닉한 자연인인 왕으로서. 그래도 세상은 살 만하지 않나? 놀자, 놀자! 놀다 죽은 귀신은 표정도 이쁘다더라. 피바람의 참혹함을 유희로 승화시킨 왕으로서 심연의 고독으로.

신바람 타고 거침없이 나부끼는 우인들의 재주 퍼레이드. 우인총수 공길과 두목 장생이 충돌하는 긴장감 속에는 놀며 사는 삶의 본질이 녹아 있다. 사교적 결탁과 단호한 뚝심 사이에서 화합의 장벽은 울화통이 터지고.

연극 〈이〉를 초연한 지 어느새 5년, 아마도 2000년도 이맘때로 기억된다. 당시 첨 봤을 때의 충격과 감동은 아직도 생생하다. 따라서 지속적인 공연은 물론이고 당연히 영화로도 만들어져 더 많은 백성들이 마땅하게 향유하길 바랐다. 그 바람이 간절했는지 서울 곳곳에서 공연이 계속되었고, 작금에 이르러 영화로도 제작되어 동시양발로 보여지는 쾌거를 이룩한 것이다. 12월 끝물, 영화 '왕의 남자'는 그 마려움에 기대가 되고.

연극 〈이〉가 관객들 마음을 사로잡는 독보적 매력은 무엇일까. 수백년 전 가상의 현실을 설득력 있게, 사실처럼, 꾸밈과 부림의 교묘한 수작酬酌으로 수작秀作을 일궜다는 점이다. 한편으론 고뇌와 환희와 분노와 절망의 철학적 탄식을 보태어.

말을 함에 있어 방송 사극드라마의 전형인 예법의 존칭들, 쓸데없는 군더더기를 난감할 정도로 홀랑 걷어낸 말투도 진한 친교적 덕목이다. 명분과 체면 빼고 시체놀이 즐기는 연산이란 분위기에도 걸맞다. 궁중

어법의 형식적 틀을 깬 현대화법으로 자유로움을 구사하는 그 극치는 왕 연산에게 개기는 장생의 귀청 터지게 시원한 욕지거리다. 연극에선 오리지널 이승훈, 영화에선 감우성이 뇌까린다.

상감인지 영감인지 탱감인지 어서 쳐. 니가 임금이야, 망나니야!

하하. 나, 장생이 아니면 누가 감히 왕을 능멸하겠소이까?
사실을 고하면 살려주시려오? 나도 죽기는 싫은데…….
하하. 이제야 알겠구만. 오해야, 오해.
내가 저놈과 원래 필체가 같소.
내 언문을 저놈한테 배웠소이다.
보고 따라 쓰고, 쓰고 또 쓰니 어찌 필체가 같지 않을 수 있겠소?
내가 배운 게 따라하기 아니오?
저 소인배 공길을 의심했소? 그 머리로 왕 해도 될까 몰라?

쳐라! 니가 나를 죽여 얻을 게 있다면 쳐라.
어디 할 짓이 없어 지 놀자고 사람 잡길 파리 잡듯 해?
너도 눈이 있고 귀가 있으면 들어봐라.
먹을 것 찾다 등에 업혀 있는 지 자식 죽은 것도 모르고,
먹을 게 없어 지 자식 살점을 뜯는 어미의 울음을 들어보란 말이다.
길을 가다가도 죽은 개를 보면 그게 마음 쓰여
발걸음이 무거운 게 인간의 마음인데,
지 마음 하나 다스리지 못하고 이 무슨 행패고 투정이냐?
그러고도 니가 임금이라고 권력을 휘두르냐?
니가 비록 왕이라 한들 꺾이고 주린 이들에게
싼 웃음이나 파는 이 장생만 하겠느냐?

조선궁중+개그콘서트
이것이 진정 웃음의 미학이다

"상감인지 영감인지 탱감인지 어서 쳐
니가 임금이야, 망나니야!"

김태웅

연극 〈이爾〉를 통해 흥미로운 연산의 취미생활을
도발적으로 묘사한 극본·연출의 총대 김태웅은
배우보다 더한 즉흥성 모노드라마를
펼치는 원맨쇼 재주꾼이다

처라! 잃을 게 없는 나다.

아무것도 두렵지 않으니 나를 처라!

연극 〈이〉는 생사, 죽음 앞에서 극적 표현을 하는 장면이 많다. 장생이 젤 멋지고, 그 담 공길도 멋지고, 그 담 연산도 시적인데, 녹수는 역시 계집이다. 흉내내기의 극치, 연극적 놀이 요소로써 삶과 죽음을 표현해낸다.

이번 공연은 '조선궁중 개그콘서트'답게 놀이마당이 흥겹다. 객석을 의식하기로 작정한 듯 펼치는 재주와 기량은 어여쁜 관객으로 향한다. 마치 잠잠함을 단속하듯 장면 간 리듬감을 살려 아크로바틱(곡예)을 섞었다. 그런 꼴을 보이면 흥미위주로 얄팍해 보이지 않겠냐는 점잖은 엄살에 뒤통수치듯.

사극풍토는 왜 엄숙해야 하나? 왜, 심심하면 수틀리게 심각해? 수천 년 전도 아니고 겨우 수백 년 전인데 같은 풍속 같은 생활에 말투까지 같으면 벼락 맞나?

일전의 〈이〉에서는 연산이 영어까지 쓰며 놀람의 탄식소리마저 읊조린 모양인데. 그 당시에도 서양은 있었고 꼬부랑말 썼을 테니 주워들어 써먹는 건 당연지사. 왕이 '오 마이 갓', '오케바리' 하는 걸 이상하게 보는 게 이상한 거다.

어쨌든, 나라에서 세운 가운데(중앙) 박물관 가운데서 연극 〈이〉를 첫 스타트로 공연함은 말에 뼈와 살이 붙어 있는 의미심장함이 있다. '역사는 과거가 아니라 미래'란 걸 인식시키는 공연으로서 말이다.

조선역사에서 연산은 내 개인적 취향으로 참 흥미로운 캐릭터다. 연극 〈이〉는 그런 연산의 흥미로운 취미생활을 다뤘다. 극본·연출의 총대 김태웅은 바로 그 흥미로운 연산의 취미생활을 도발적으로 묘사했다. 그가 서울대 철학도 출신이 아니었다면 그 도발적 수위는?

사실, 〈이〉를 용산에서 공연하는 첫날 보러 간 것은 배우 이남희의 연산 연기도 볼거리였지만 그를 위시한 여러 다른 꽃배우들과의 공연후 뒤풀이 술자리만남에 호기 어린 역점을 두었던 까닭이다. 배우들과 어울림에 있어 탁월한 재담에 말솜씨로 분위기를 이끄는 작가이자 연출가인 김태웅은 배우보다 더한 즉흥성 모노드라마를 펼치는 원맨쇼 재주꾼이다. 굳이 그날 발걸음을 한 핵심은 연극을 세상에 내논 주인공 김태웅과의 술자리였다.

또한, 이남희라는 연기 잘하는 멋진 배우의 열성팬인 내가 관객으로 그와 함께 술자리한다는 건 유쾌함 짱짱한 이벤트인 것. 이렇게 배우와 관객은 무대와 객석 외에서 친밀함이 빈번해져야 한다.

웅대한 국립중앙박물관극장 용의 화려함에 전혀 상관없는 그 인근의 다닥다닥한 호프집에 자리잡고 앉아 말놀이 말재주 하나로 떠들고 마시면서 작품 전반에 관해 굵고 짧은 얘길 쏟아냈다. 흥겨움에 진지함으로 새벽 2시까지 시간가는 줄 모르고. 만나서 좋은 사람들과 함께 하는 술자리는 생활 속 행복의 촉매제다.

김태웅, 연산 이남희, 연산 김뢰하, 공길 박정환, 장생 이승훈, 홍내관 정석용, 그리고 조연출 이연주에 절대음감을 펼친 라이브악사들. 진국 우인들……

2005-12-06

● ●

아래는 초연공연 때의 연극감상이다.

　연산 + 광대 = 〈爾〉

힘이 없는 민족은 망한다!
역사는 힘이 없어. 나, 이 나라 포기다!

포기? 윗말은 연극 〈청춘예찬〉에서 세계사선생이 지껄이는 말이다. 근데 포기, 왜 그런 말을 할까.

울 나라 역사는 개판이다. 역사를 바로 세운다고 해놓고 땅 파고 묻기 급급하다. 그건 연산군에 대해 교과서가 어찌 말하는가 보면 되고, 연산군과 광해군의 신위가 왜 종묘사적宗廟史蹟에 없고 연산군의 묘는 왜 서울 도봉구 방학동 산77번지 도봉산 남쪽 끝 시루봉 기슭 해등촌에 버려져 있는가 보면 알 수가 있다.

연극 〈이〉는 '깨진 연산 바로 보고, 죽은 역사 바로잡자!'는 차원에서 우인 광대들을 동원, 우회해서 유희적으로 보여준다. 역사를 새롭게 보고 새로이 해석하는 차원이면 이런 연극은 일 년 내내 어디서든 상설로 공연해야 한다.

연극을 보면서 이 작품 한 방으로 작가 연출가로 비상한 김태웅도 주목한다. 이유는 그가 철학을 공부했기 때문. 극 속에서 철학성이 녹아 있는 부분을 많이 볼 수 있는데 그렇게 함축된 철학적 시어詩語들은 배우들 입을 통해 멋지게 쏟아진다.

비상하는 연극임을 입증하는 또 하나는 무대를 수놓는 배우들이다. 연산의 김뢰하, 장녹수의 진경, 두 광대를 맡은 장생의 이승훈과 공길의

오만석이 그들이다. 이들 연기를 잘 관찰하면 이쁘기 그지없다. 미남미
녀라서 이쁜 게 아니라 연기를 잘하니까 이쁜 것. 배우의 미모는 연기력
으로 심사받는 것이다.

배우뿐만 아니라 연극의 희곡, 연출, 조명, 음악, 무대, 의상의 미모도
작용한다. 미추의 드러냄과 감춤에 따라 연극의 종합적 품질이 결정되
는 것이다.

이런 점에서 볼 때 〈이〉는 연극 미모경연대회 진선미 중 진이다. 올해
는 작년보다 더 근사해졌다. 성형외과 가서 막 뜯어고친 게 아니라 살짝
고쳤는데 그리 이쁠 수가 없다. 게다가 더 멋진 건 웃길 줄 안다는 점이다.

한번 가서 봐라. 비극적 상황에서 얼마나 웃기는지. 난 어제 문예회관
에서 젤 많이 웃었다. 웃긴 다음엔 광대사내들의 찡한 의리가 사람을 울
린다. 배우들이 놀면서 당근과 채찍, 줄 건 다 준다. 탄생놀이건, 살인놀
이건, 색출놀이건 한국역사를 깡그리 통틀어 연산보다 지 맘대로 잘 놀
아난 왕은 없다고 본다.

재미라곤 모기 털끝만치도 없는 한국. 연산이 대통령을 해먹으면 어
떨까? 두 조지 부시가 쫄고 정일이와 탈레반이 존경을 때릴 것이다. 오

우, 마이 갓! 하며.

연산은 시인이자 철학자이자 혁명가이자 광대이자 다혈질 총수이자 배우이자 아나키스트이자 테러리스트이자 개그맨이자 도살의 명인 백정으로 직업도 참 많다. 이성연애에다 동성연애를 곁들인 양성연애자이기도 하다. 조선 한복판을 개그맨의 천당으로 만든다. "성균관, 내, 니 낯짝에 침을 뱉으마!" 하면서 놀자판을 만든다. 학문을 항문으로 만들어 놓고 똥구멍을 쑤셔댄다. 반어와 반말이 춤을 춘다!

장녹수 : 젖 주랴?
다 잊어! 내 속에서 다 잊어! 내 더운 이 속을 달래줘!
(공길 잠지를 보려고) 보고 싶어 미치겠어!
본다고 닳아?
눈에는 눈, 흉내엔 흉내, 여자의 비밀을 알려줄까?
현실 앞에선 지독할 정도로 냉혹한 것이 수태하는 암컷들이지.
(공길을 이간질하며) 진실이 태워진다든?

연산 : (게이 근육춤을 보고) 이거야 이거, 이게 놀이지.
(공길 잠지를 보려고) 보여라! 어명이다.
공길 : 몸이 더럽습니다. 한 달에 한 번 마술에…….
연산 : 그럼, 넌 마술사로구나!

연산 : (쫀 형조판서 손금을 보고) 손금보다 오래 사셨군.
연산 : (녹수의 이간질에) 내 속에 불이 들어오는구나.
연산 : (죽일 장생을 보고) 인생이 한 판 놀이면, 죽음도 놀이다!
연산 : (끝부분) 현실? 그런 것이 있었나…….
연산 : (끝부분, 공길을 보고) 날 죽여라! 넌 살아서 광대로 놀아야 할

것 아니냐!!

장생 : 상감인지, 영감인지, 탱감인지, 망나닌지.

장생 : (죽기 직전) 죽는 건 쉬운 일이야. 어떻게 죽는가가 문제지.
　　　나는 내가 벌렁거리고 있을 때만 살아 있다고 믿어!

왕이고, 왕비고, 광대고 나발이고 없다. 맞짱 뜨는 2시간 동안은 현란
하게 말까는 야자타임이다. 삐진 신하에게 엎드려 절하는 연산은 체면
이니 명분이니 고상하게 엄숙 떠는 체통 빠개기를 한다. 성군의 도를 지
키는 조선이 지겨워 부숴버린다.

〈이〉는 카리스마가 학문으로 느껴질 정도로 코미디의 미학이 더해진
카리스마 결정판이요, 카타르시스 완결판이다!

　　　　　　　　　　　　　　　　　　　　　　　　　2001-10-17

배우들, 오버페이스

24

〈대학살의 신〉

그다지 발길이 내키지 않는 극장, '대학로예술극장대극장'. 명찰에 '극장'이 두 번이나 들어가야 하나? 요놈의 극장명찰은 얼마 전, 아르코 어쩌구 하는 극장이름을 쓰다 이미 있던 문예회관아르코랑 헷갈려 하니 명패를 쓱 바꾼다는 게 이거다. 작명의 중요성을 놓고 볼 때 지능과 정신이 있는 건지 아주 의심스럽다.

'아르코'란 내가 알기론 스페인어로 어떤 의미인데, 괜찮은 한국말 놔두고 외제로 지은 태도에 '알코올극장'이라 불리기도 했다. 그냥 관변단체다운 명찰 '문예회관대소극장'이 그나마 나은데.

한화그룹 주차장으로 오래 버티다 언제 빵 하고 지은 대학로예술극장

대소극장. 그동안 여기서 여러 연극을 이모저모 봐준 전과가 있다.

오늘 보러간 〈대학살의 신〉은 검문검색이 심했다. 배우 중 하나가 보러 오란 문자를 소복이 때렸기에 세찬 바람 꽃샘추위를 뚫고 찾아간 것인데, 극장로비에서 요 얘길 했더니 확인통보사항 없어 안 된다나. 연극인 티켓이라 만 얼마 하는 거 있으니 그걸로 보든가 말든가 하란다. 공연시작 몇 분 전인 시간에, 잠시 황당했다. 공연직전이니 배우에게 확인전화를 할 수도 없고.

제작사 기획팀의 입장을 이해 못 하는 건 아니다. 명함 있으면 내놔보라는데 그 일반적이고 사회적인 것 없애버린 지 오랜 데다 내 명함은 '짝재기양말'이나 '바람개비아저씨'로 통하는 형편이다. 날 북한군이나 간첩, 노숙자 취급하는 태도에 답답했다. 결국 인터넷 연극글쟁이라고 카페랑 블로그 확인시켜주고 가까스로 입장할 수 있었다.

연극은 이미 시작되어 약간 지난 시간, 망가진 기분을 씹으며 관람모드로 돌입할 밖에. 하여간 각 잡는 큰 극장의 유연성 없는 태도는 늘 재수없다. 사전에 전화로 확인 안 한 내가 반성할 수밖에. 어쨌든 문전박대를 제대로 당해버린 연극 〈대학살의 신〉을 불편하게 구경해야 했다.

관극에 앞서 먼저 이 극의 작가를 주목해볼 만하다.

〈대학살의 신Le Dieu du carnage(God of Carnage)〉의 작가 야스미나 레자Yasmina Reza. 일본여자 아니다. 1959년생, 올해 연세 쉰하나로 태생과 인종이 다소 복잡한 작가이자 배우이자 예술가. 헝가리인 엄마와 러시아계 이란인 아빠 사이에 태어난 프랑스국적.

세계적 포크싱어뮤지션이자 인권운동가인 존 바에즈Joan Baez만큼이나 다양성으로 섞였다. 우린 이걸 섞음잡탕이란 비뚤어진 시각으로 본다. 혼혈 어쩌구 하면서. 유니버시아드 미인대회를 한때는 남미혼혈이 지배했다. 이상적인 몸매, 다각적 완성도. 껍데기 문화이긴 하지만.

하여간 세계는 이 여성동무에게 토니상을 몇 개 던져줬다. 왜 그랬을까. 연극학과 함께 진지하게 사회학을 연구한 그녀의 열혈 열정과 연극 〈아트Art〉와 같은 통렬하고 훌륭한 작품의 사회적 가치를 인정한 것.

한국에서 이 작가의 작품이 발랄하게 공연되는 이유는 뭘까? 지식사회, 상류사회, 경제만능 후기산업사회, 그런 걸 꼬집고 싶었던 것은 아닐까. 에잇, 확 뒤집어! 서구선진국에선 이미 발랄하게 작살내는데. 돈만 많은 졸부들과 그 언저리 인간들 행색의 역겨움도 이젠 지겹고. 잘난 체, 아는 체하는 인간들 꼬락서니도 이젠 혐오스러울 터.

하여간 공연정보를 이미 알고 보기에 뭔 내용인지 대충 알겠는데 스케일, 사이즈…… 허참! 무대가 억지로 너무 크고 썰렁하다. 이거 뭐, 상술의 전당 뮤지컬도 아니고. 이렇게 개념이 없나? 적당히 줄여서 하면 될 걸.

강영걸 선생이 연출했다면 배우도 네 명뿐이니 사이즈 조절부터 했을 터인데 아쉽다. 어느 잘사는 집 거실 같은 고정세트에, 배우들 동선도 거기서만 꼼지락거리다 끝나기에 무대가 기능성보단 예술성에만 치우친 느낌이랄까?

줄거리는 애새끼들 쌈박질이 어른들 쌈박질 되는다는 내용. 극 편성상 아동극이 아니므로 애들은 안 나온다. 쌈박질한 사후 상황부터 전개되는 웃긴 얘기들이다. 니 새끼가 어쨌느니, 내 새끼가 어쨌느니 시비를 가리는데 첨엔 우아함과 품위가 있다. 경제적으로 유복해 보이는 중산층의 잘나가는 지식인 부모들이니까.

한 아이가 다른 아이를 두들겨패 이빨 두 개가 작살났다. 가해자 부모는 박지일, 서주희 커플이고 피해자 부모는 김세동, 오지혜 세트다. 이들 두 부부가 새끼들 상해문제 해결 땜에 일단은 만난다. 첨에는 대충 그렇다. 안 만나야 할, 안 만나도 될 돌발상황이기에 낯설고 조심스러우면서 진지할 수밖에. 그러나 곧 미국식 이기주의와 유럽식 개인주의가 충돌한다.

배우 4인의 배역 안배는 균등한 듯하나, 기본골격이랑 담겨진 메시지 등 작가가 세상에다 질러대고 싶은 말은 피해자 부모에게 쏠려 있는 듯하다.

네 인물의 면면과 배우의 비중을 살펴보자면,

아프리카 분쟁지역 살육현장의 역사를 책으로 쓰고 있는 극중 작가
- 오지혜/비중1
이런 마누라의 뒷받침인 능글능글 장사꾼 도매상 - 김세동/비중2
재테크컨설팅, 쉬운 말로 '재산관리도우미 마누라'로 남편직업에
뒷받침이 되는 - 서주희/비중4
직업상으로나 일상적으로나 너무 바빠 툭하면 핸드폰 '띠료룡'으로
산통 깨대는 인기변호사 - 박지일/비중3

뭐, 예민한 척 이리 나눠봤지만 보통관객들은 이 따위들 안 따지고 본다. 그냥 그동안 연극영화방송에서 누가 얼마나 튀었는지, 그래서 사람들이 누굴 얼마나 알아보나 하는 경력전과로 기억하는 정도. 김연아나 박지성 정도면 대번 알아보겠으나 그 정도 지명도는 아니니 뭐, 끄윽.

근데, 잘 뜯어보니 극본에서 설정된 배역 안배에 불균형과 엇박자가 보인다. 배우들 오버페이스가 문제인데, 이 배우들 정리 못 한 연출책임이 더 크다. 튀는 데 선수인 배우들 휘어잡는 카리스마가 거의 없어 보인다.

그 대표선수 서주희는 비중1로 젤 높아 뵈고, 젤 안 튀는 선수는 김세동으로 비중4. 뒷받침배우답게 젤 낮아 보인다. 나머지 배우들은 그 중간순위로 어정쩡한 편성이다. 가만 보니 수상경력이 화려한 순위로 정

애들 싸움이 어른 싸움 된다
두 부부의 과격 코미디 〈대학살의 신〉

작가이자 배우이자 예술가인
야스미나 레자는 〈대학살의 신〉
작품을 통해 돈만 많고
잘난 체하는 인간들을
통렬히 비판

오지혜   김세동   서주희   박지일

극본에서 설정된 배역 안배에
불균형과 엇박자가 보인다
배우들 오버페이스가 문제인데
이는 연출책임이 크다

비례하는 것 같다. 김세동은 상 받은 거 거의 없으니 뒤에서 1등이고.

　내 시청각적 촉각이 잘못된 게 아니라면 연출력으로 힘을 내서 정상화시켜야 한다고 본다. 그래도 뭐, 괜찮다. 재미있고, 빡 쏴주는 메시지 풍부하니까. 다만, 아쉬운 건 완성도를 높였다면 기막힌 작품인데…….배우들 균형의 안배가 세밀하게 조절되었다면 좀더 멋지게 서로 돋보였을 텐데 말이다. 그나마 김세동 역할의 침범이 심했는데도 불구하고, '불구'는 아니다. 간들간들하게 지켜진 그 부분 덕에 망가지는 건 아슬아슬하게 피했다.

　오래전부터 여러 번 봐온 연극 〈아트〉처럼 공전의 히트를 치며 사랑받길. 작가와 작품의 세계적 명성에 배우들 명연기가 빛나길 바란다.

2010-04-09

추상트러블, 환상앙상블

25

〈아트〉

　　남자들 세계에 존재하는 친한 친구들 사이의 우정이
라는 개념. 이 개념은 참 아름답기도 하나 때에 따라선 '개 같은 관념'
이 되기도 한다.

　　연극 〈아트〉는 그림이라는 판때기 하나 걸어놓고 이들 친구라는 수컷
들이 벌이는 '자존심싸움'이라는 속내를 적나라하게 해부해본다. 같은
수컷들이 본다면 징글징글한 동질성을 공감할 것이다. 암컷들이 본다면
수컷들의 기질적 속성을 낱낱이 알게 되어 참고가 될 것이고. 이 수컷들
이 '지적 허영'을 놓고 끈질기게 충돌하는 연기놀이를 쓴 작가는 놀라움
을 금치 못하게도 프랑스산 암컷 작가인 야스미나 레자다. 수컷들 세계

를 어찌 그리 속속들이 알고 까발릴 수 있을까, 신비감마저 든다. 연극 〈아트〉는 물론 〈대학살의 신〉도 이 놀라운 작가의 원작이다.

　우리 일상 속엔 동창들 모임도, 친구들 만남도 있다. 어딜 가나 그렇지만 만나면 좋은 친구 중에 개 같은 새끼 하나씩은 꼭 끼어 있는 법. 만나기만 하면 아옹다옹 싸우는 앙숙을 그림을 매개로 그려본다.

　여기 그림이라는 판때기가 하나 있다. 아무것도 없는 그저 하얀 판. 이걸 한 남자가 1억8천만 원 주고 사왔다는 사실에 친구들은 모두 경악한다. (아니, 제일화재 공연 때는 시가 1억2천이었는데, '학전블루'로 팔려오는 동안 그새 6천이나 올랐단 얘기야? '아트'란 참으로 시장경제 논리에 충실하다는 걸 정말 웃기는 짜장으로 보여주는 듯함) 몸서리칠 정도로 지적 허영에 사로잡힌 남자의 갈증이 포스트모던의 해체주의적 관점으로 결집하여 해소된 1억8천의 하얀 판때기다.

　극은 이 아트스러움의 극단적 설정을 놓고 벌이는 친구들 간의 의식적 충돌을 꼬리에 꼬리를 물고 끈질기게 이어간다. 잘난 척하면서 무시하고, 너무했나 하는 연민에 사로잡혀 사과하려다 열 받아 또 싸우고, 경멸하면서 자존심에 흠집 내고, 충돌하고, 극복하고, 화해 와중에 또 충돌하는 감정과 심리묘사를 무지 섬세하고 정교하게 이뤄내면서 관객들을 폭소의 도가니에 빠뜨려 허우적대게 한다. 예술에 대한 지적 관념과 사유는 비판에서 결국 비난으로 치닫고 만다.

　작품의 맥이 맘에 드는 건 아트의 추구보다 친구의 우정에 뷰포인트를 뒀다는 점이다. 지난번 제일화재에서 본 〈아트〉가 정직한 접근법이었다면, 이번 학전블루의 〈아트〉는 장난기가 슬금슬금 내비치는 응용편이라고나 할까.

　탄탄한 맥락의 바탕에 틀짜기 줄기까지 명료한 작품이기에 배우들이 연기를 즐기며 놀 수 있는 여유가 있고 그 '팀'까지 곳곳에 마련된 명작이다. 예술이란 게 품고 있는 모호한 자위를 조롱하는 풍자성은 통쾌할 정도다. 따라서 배우들이 연기놀이적 카리스마로 내뿜는 카타르시스는 관객에게 그대로 전달된다. 이런 점은 여타 작품과 차별된 〈아트〉만이 독창적으로 제공하는 선물이다.

활어처럼 펄떡대는 말의 활기, 살아 꿈틀대는 연기의 활력. 남자배우 3인씩 두 가지 메뉴, 환상의 2백 퍼센트 캐스팅이다. 이팀을 봤으면 저팀은 어떨까? 저팀 봤는데 이팀 안 보면 뭔가 못 다한 것 같은 느낌이랄까? 관극심리를 부추기는 기획적 포석이 사전에 설정됐다는 느낌이다.

화목토팀은 박광정, 정원중, 유연수.

수금일팀은 권해효, 조희봉, 이대연.

수금일팀의 매력은 무엇보다 발칸포 속사포의 대사 갈기기다. 이건 구강구조가 탁월하지 않으면 절대 구사할 수 없는 일종의 재주고 테크닉이다. 관객에게 귀여움 받기는 아무래도 젊음이 받쳐주는 수금일팀이 좋다.

〈날 보러와요〉 이후 오랜만에 연극무대에서 만나는 권해효. 술자리판 벌어지면 끊임없이 주절대며 한 이빨 하는 달변가로 작고 단단한 체구에서 강렬하게 품어오는 알토란 같은 연기는 그만의 전매특허다. 말 잘하는 배우를 보면 삶의 체험이 얼마나 다양했는지 알 수가 있다.

또한 영화에서 자주 보였던 도루코 면도날의 카리스마 조희봉. 연극 〈로빈슨 크루소의 성생활〉 이후 자기영역을 되찾아 똑떨어지는 몰입연기를 보여준다. 찔러도 피 한 방울 안 나올 듯한 절제력 있고 시니컬한 연기를 펼치며 웃긴다.

제일화재 공연 때완 달리 슬쩍 역할 바꾸고 나온 이대연. 텁텁하고 듬직하면서도 부드러운 유연함에다 파워풀한 폭발적 연기가 그의 매력이

귀여운 수컷들의
우정 파헤치기 연극 〈아트〉
〈대학살의 신〉의 작가 야스미나 레자는
〈아트〉에서도 수컷들 세계를
속속들이 까발린다

권해효

조희봉

이대연

황재헌

활어처럼 펄떡대는 말의 활기, 살아 꿈틀대는 연기의 활력

화목토팀은 박광정, 정원중, 유연수
수금일팀은 권해효, 조희봉, 이대연

수금일팀의 매력은 무엇보다 발칸포 속사포의 대사 갈기기
촉망한 황재헌의 연출이 돋보인다

다. 얼핏 개구쟁이 같은 이미지까지 풍기는 연기 폭이 넓은 캐릭터다.

또 하나, 이제 서른 살밖에 안 되었다는 연출가 황재헌. 새까만 후배로서 난다 긴다 하는 선배 배우들을 어떻게 조리해 빚어냈는지 궁금하다. 제대로 된 번역으로 국산 냄새나는 각색과 연출까지, 만나고픈 충동이다.

이 작품을 접할 때마다 남다른 추억의 단상이 있다. 고등학생시절 난 미술부에서 그림을 그렸는데 1, 2, 3학년 통틀어 대여섯 명이 전부였다. 실력들이 쓸 만해서 전국규모 미술대회에 나가면 상도 곧잘 탔다.

우리를 지도한 미술선생은 따로 국전에 꾸준히 작품을 출품했는데 결국 좋은 결과를 얻어 개인전도 여러 번 하고 화단에서 알아주는 화가가 되었다. 날 비롯해 몇몇 동기는 개인전을 한다거나 스승의 날이 되면 종종 선생님을 찾아뵙기도 했는데 내가 연극판에 들어온 얼마 후 술자리에서 선생께 큰 실례를 범하고 말았다.

당시 나는 추상미술이 표현예술로서 모호한 관념적 이상이나 추구하는 허구적 속내가 다분하다고 느껴 탐탁지않게 여기고 있었는데 그날 술기운이라도 빌었는지 선생께 부분예술 갖고 폼 잡지 말고 종합예술하는 날 섬기라며 호기를 부렸다. 예술은 짧고 인생은 길다고. 그때나 지금이나 예술의 본질이 '소통'이란 생각엔 변함이 없다. 미술이건 음악이건 무용이건 연극이건 말이다. 예술이 특정한 누군가에게 그들만의 예술이 된다면 그것은 그들 전용의 자위일뿐 진정한 예술이라고 할 수 있을까…….

제자답지 않은 제자에게 그런 모욕을 당한 스승의 마음이 어땠을지. 젊은 날 한창 성질머리 충천하고 감성 예민하던 시절이었다. 사실 그렇게라도 선생이 한국의 피카소 정도 된다면 원이 없을 게다. 헨델, 바그너의 오페라 보고 조롱하며 〈서푼짜리 오페라〉 만든 브레히트처럼.

혹시 내 생각이 나서 화를 내실까, 아님 쓴웃음을 지으실까…….

내가 젤 경멸하는 건 공감의 벽이 드높은 계급적 예술이다. 포스트모던의 시대도 저물어가고 탈장르의 경향이 짙어져가는 21세기인 지금, 예술도 해체와 결합에 있어 유연해져야 세상의 설득력을 얻는다. 따라서 연극 〈아트〉는 세상의 모든 고리타분한 예술에게 보내는 천공을 쩌렁쩌렁 울리는 도전장이요, 통쾌한 경고문의 으름장 메시지다.

2004-08-25

폼生폼傷 당한 연극

26

〈선데이서울〉

영화적인 기氣와
돈에 잡아먹혀버린
- 박근형 연극

죽이고 죽고, 결국 다 죽어버리는 연극.

죽으면 죽는 거지, 죽을 때 뭔 말이, 잔말이 그렇게 많아.

박근형 연극을 접할 때마다 떠오르는 인물이 있다. 대단한 인물인 폴
란드사람, '가난한 연극'을 들먹인 예지 그로토프스키Jerzy Grotowski.

박근형 연극의 대표선수 〈청춘예찬〉. 만약 그로토프스키가 〈청춘예찬〉
을 봤다면 "박근형, 니가 형님해라! 늙은 내가 동생하지 뭐." 이러지 않
았을까.

찢어지게 가난하다는 게 사치라 여겨지는, 찢어질 것조차 없는 콩가루

집안 애기가 꼭 떠오른다. 생활비 한 5만 원 정도면 넉넉하다고 볼 수
있는 가난의 극치를 달리는 연극, 박근형 연극의 보증수표 〈청춘예찬〉을
들먹일 수밖에 없다.

그 가난에 뭣 같은 역사바로세우기, 개 같은 입시교육시스템의 권력.
비애감 창창한 가운데서도 못난이 뚱땡이를 사랑이란 이름으로 포용하
는 놀라운 긍정성……. 절망의 복판에서도 희망을 꿈꾸는, 지독할 정도
인 삶의 재활용의지 재연.

허나, 그로토프스키가 연극 〈선데이서울〉을 봤다면 뭐라 할까.

"으흠. 내 시력이 망가졌나? 안경이 오래됐나? 박근형 연극이 아닌 것
같아."

그럴 거다. 폴란드 하면 없이 사는 나라 형편이지만 연극, 영화, 음악
의 강대국이다.

영화거장 크쥐시토프 키에슬롭스키Krzysztof Kieslowski의 나라이고,
음악의 거장 헨릭 구레츠키Henryk Gorecki의 나라이고, 연극의 거장 예
지 그로토프스키의 나라다. 연극과 영화의 배합이, 궁합조절이 잘 되어
있음은 당연지사.

상대적으로 한국의 〈선데이서울〉은 폼짱영화 & 폼짱연극, 고로 비애
깊은 실망이다. 폼생生폼살殺 영화 '올드보이'의 입김이 작용한 듯 폼이
들어갔다.

"영화(방송)적 술수의 테크닉에서 자유로워야 한다."

침 튀기며 강조하신 그로토프스키의 논리가 무시됐다. 원초적 배우술術에 의해 모든 것이 표출되는 공식들이 많이 위반되었다.

영화를 보는 듯한 연극. 장면장면의 조각들이 극 흐름을 타고 매끄럽게 이어지지 못하니 따로국밥 같고 개별메뉴판 같다. 장면마다 준비되는 소품과 장치들이 영화적으로 동원되니까 암전이 길어지고 배우들 연기가 자유롭지 못하고, 암전 또한 무진장 많은 점이 거슬린다. 영화에서 요구되는 순발력 짱짱한 연기가 연극이기에 벅벅거리는 것이다.

젤 거슬린 점은 프롤로그와 에필로그의 대사다. 이 글 첫머리에 언급했듯이 죽으면 죽는 거지 잔말이 너무 많다. 유럽산 프랑스제 멜랑콜리의 지겨움에 박찬욱의 방방뜸이라니. 연극의 꼬리인 에필로그 뒤의 또한 꼬리는 진짜 싹 잘라내야 할 쓰잘 데 없음이다. 건방진 영화적 제스처가 살아 숨쉬는, 안타까움이 많은 연극이랄 밖에.

결핍을 다스리고 빚어내는 슬프고도 아름다운 정신, '빈곤의 미학'이 없다. 가난한 '척'하는 연극으로 보이는 탓에 거지발싸개처럼 삶의 나락으로 떨어지는 과정에 비감함이 약하고, 최후의 선택인 자살에서 처절한 절망의 판타지를 보이려 한 것이 와닿지 않는다. 작품에 미치도록 치열한 열정을 쏟아야 하는데 미치지 않았으니 미치지 않는(불광불급 不狂不及) 거다.

안타까움에 아쉬움이 많으니 안쓰러운 안티를 거는 것. 연극 〈청춘예찬〉에 상으로 등까지 밀어줬으면 사심謝心에 초심初心을 잊어선 안 된다. 젤 중요한 것은 돈 가진 관객이고 돈 쓸 후원잔데 실망하면 멀어지는 것이 당연하다.

관객은 냉정하다는 사실을 어떤 연극이든 잊으면 안 된다. 〈청춘예찬〉에서 용필이 대사 중 '수면제연극' 보고 약올라 씨부렁거리는 넋두리가

있다. 연극소감을 잠깐 〈선데이서울〉에서 〈청춘예찬〉의 대사로 옮아가
본다.

> 씨발, 완죤히 졸았다. 연극이, 코메디가 없어.
> 영화나 연극이 뭐냐. 재미 아니냐?
> 액션과 스펙터클! 사람들이 말야. 응?
> 비싼 돈 내고 뭐 빨랐다고 거길 가겠냐? 응.
> 인생이 답답하고 재미없으니까 극장에 가능 거 아냐? 응~
> 뭔가 새로운 그 무언가를 맛보려고, 응.
> 근데, 이건 첨부터 끝까지 질질 짜면서
> 항아리 깨는 소리나 하고. 제목은 좋드만.
> 벗, 꽃, 동, 산.
> 그럼 내용도 쌈빡해야지. 옥수수밭도 아니고.
> 벗꽃동산에서 한 번 해도 되능 거 아냐~
> 낭만적으로 훌러덩~ 관객이 원하는데.
> 씨발, 써비스 정신이 하나도 없어!
> 프로야구나 허준이 백 배 낫다. 십쉐이들! 프로정신이 없어.
> 단체관람은 뭐 호군 줄 아나~
> 5천 원이 땅 파면 나와? …… 자냐?

땅 파면 5천 원 안 나오고, 연극 〈짬뽕〉처럼 땅 파면 빵 안 나온다.

영화적 텍스트 갖고 연극으로 이사 온 〈선데이서울〉. 발상과 출발과
인적 인연과 과정이 어찌됐든 연극의 최종책임은 '연출'이다.

지금부터 10년 전, 내가 한창 연극 하던 1994년. 연극 만들어 올려놓
고 딴 데 가서 딴 짓 하는 연출들 열나게 씹은 적이 있다. 연극의 개막은

연습뜯기의 종終이 아닌 또 다른 시작이라고. 예술은 끊임없이 파고 또 파는 것. 완벽한 예술이 있나? 그저 열정, 고뇌, 인내의 전쟁이다.

그런데 지금의 〈선데이서울〉이 바로 그 짝이고 그 견본이다. 연출이 어디 갔나 싶으니…….

박근형은 연극 다듬기를 진짜 즐기며 잘하는 연출가다. 대사 한 마디, 음악 한 곡, 연극적 속임수의 장치, 차림새 소품 하나, 웃음까지……. 배우들 생산제조관리, 선별출고 능력은 천부적이라 볼 정도다.

하여간 쪼잔한 영화녀석들 욕심은 많아 가지고, 그냥 잘난 사나이답게 연극연출에 탁 맡기고 구경하며 노는 여유가 없나? 알량한 영화적 기량 갖고 까불며 어디 연극세계를 넘봐?

내 생활취미 중 하나는 아직 폼 잡을 만하지 않은데 폼 잡는 것들 마구 미워해주는 거다. 폼은 부리는 게 아니라 은근히 배어나오는 게 멋지지 않나? 말쑥하게 차려입고 각 잡는 게 아닌, 어딘지 모르게 어눌하고 자유로운 편안한 매력으로 말이다.

박근형은 음악적 감성의 선택맞춤 능력 또한 천부적이다. 근데, 이 〈선데이서울〉은 박근형식 음악코드가 아닌 영화적 스타일의 압력이 느껴진다. 극의 성격상 라틴계음악이 생경하고 오케스트라 음악도 껄끄럽다.

인물 면면이 이 시대를 살아가는 X만한 가치도 없는 인생들 아닌가. 이들의 삶의 행로는 절망적 탐색이고 순박한 절규이며, 그런 종점은 집단자살이란 파국이다. 간간이 피아노협주곡도 좋지만 바이올린, 첼로곡으로 다스림이 좋았을 듯.

비참한 인생살이 보여주며 가슴속 후벼파는 데는 현악이 최고다. 음악이 없어도 좋은데 들어간 부분도 있고, 있어야 하는데 없는 부분도 중간마다 눈에 띈다. 뮤지컬도 아닌데 음악이 연극대사를 잡아먹는 부분도 몇 군데 있고.

극 진행상 무대의 장면 짜깁기와 구성도 손볼 데가 많다. 젤 어색했던 건 정자(배두나분)랑 택시운전사 종학(신덕호분)이 벌이는 택시 속 데이트. 정자가 택시에서 나와 어쩌고저쩌고…… 종학의 어설픈 핸들 운전술이라든지…….

연출의 섬세한 손재주 손길이 똑 끊어졌으니 배우도 답답할 터다. 그래도 박근형 연출의 재미나고 아기자기한 카리스마를 확실히 믿기에 다음을 기대해본다. 영화 폼들의 입김엔 반창고 붙이고, 손장난에는 수갑 채워야 작품이 산다.

연극배우 엄마 딸답게 배두나 연기는 연극에서 쓸 만했다. 영화 '플란다스의 개'에서, 고양이 같은 연기에서, 한 꺼풀 허물 벗은 성숙한 연기였다. 연기력이 정체현상 빚으면 보기 싫고 숭숭 나아지는 꼴은 역시 멋진 법이다.

최정우의 첫 장면. 역시 믿음직한 멋진 연설연기다. 끝 장면, 사장답게 똑똑한 권력을 행사하는 카리스마는 어이없음의 코믹이었다. 똑 따먹는 연기는 최정우뿐 아니라 김준배도 암팡진 임팩트다.

개성적 캐릭터로 역할수행에 문제없는 신덕호, 김영민도 좋았다. 젤 인상에 남는 것은 신덕호마누라가 병상에서 링거줄 끊고 자살해버리는 장면이다. 영화감독 이무영, 연극배우에 결코 안 꿀리는 연기도 좀 웃겼고.

박근형 연극에 쓸개소리 디테일 섞어 퍼붓긴 첨인 것 같다. 그동안 달콤한 소리로 도배할 만큼 작품 잘 쓰고 잘 만들어왔지만 아닌 것은 절대 아닌 거다. 역시, 박근형 연극은 제 글발에 제 연출 제 말발로 빚어낸 게 제격이다.

2004-07-24

공무원테러 단막극

27

〈실종〉

작가 최문애가 겪은
체험실화

2009 동아일보 신춘문예당선작 〈실종〉
최문애 작/극단삼일로창고극장/정대경 연출

　　삼일로창고극장 단막전1 〈실종〉. 해마다 3월이면 신
춘문예 희곡부문 당선작들이 공연된다. 뽑혀서 무대화되기까지 몇 대1
의 확률일까? 공연을 전제로 쓴 문학이 신춘문예로 세상에 선뵈고 나면
대개 사장되어 사라진다. 작품과 작가가 봄날 아지랑이처럼 모락모락
나타났다 실종되는 거다. 또 이것이 공연되는 경우는 몇 대1의 확률일
까? 매번 반복되는 안타까운 관례고 현실이다. '관례'. 관료국가에서의
대표적 단어라 본다. 공무원 사회에선 참으로 지극히 익숙한 제도적 표
현이로고……. 연극이란 창작집단에 관습적 사례가 지배한다.
　연극명찰은 〈실종〉. 작가 최문애, 연출 정대경, 드라마트루그 송정아.
출연배우는 창고극장단원들 정현아, 박병건, 신슬기, 김은비, 정여진,
조현하.

공무원 만능관료국가
한국사회에 퉤! 하고 침을 뱉는
독창성 돋보이는 단막극 〈실종〉

 연극판에 혜성처럼 나타난
신예작가 최문애
자그마한 문제점을 세상천지 괴변
일어난 듯 호들갑떠는 꽁뮐사회를
작품 〈실종〉에서 신랄하게 파헤친다

무대는 어느 관청의 초급공무원 사무실 같은 분위기. 일반인들 상대하는 동사무소완 좀 다르다. 폐쇄적인 그들만의, 무슨 국가정보원이나 무슨무슨 연구소 따위로 보면 되겠다. 테이블마다 노트북이나 데스크탑은 기본, 사무용 집기도 가득하고.

각자 자리에서 뭔가 열심히들 일하는데, 아니 일하는 척하는 걸로 보인다. 여기에 통통한 여성 1인이 들어온다. 이른바, 신입.

'학생'이란 명칭으로 적절히 무시되는 분위기에 황당함을 느낌에도 신인답게 그래도 적응하려 애쓴다. 그녀는 국문과나 문창과 출신의 자부심이 있다.

예술창작 알기를 장기판의 졸 대신 쓰는 참이슬뚜껑 정도로 보는 판국이다. 글 쓰는 작가지망 자긍심은 무시되고, 뭔 원고교정 보는 일부터 한다. 시시껄렁 전화받는 일까지 맡겨지니 통통한 여성동무 볼따구니는 점점 부풀어오른다. 시간이 갈수록 자부심은 개차반되고 막장 자존심마저 간들간들할 즈음.

어떤 서류를 어디다 전해줄 막중한 척하는 임무에 그녀가 선발 당첨된다. 시키는 대로 하긴 하는데 그 출장과정에서 그녀는 실종되고 만다.

자그마한 문제점을 세상천지 괴변 일어난 듯 호들갑떠는 꽁뭔(공무원의 적절한 압축이다. 왠지 그들과 썩 잘 어울리는 이 뉘앙스는 뭐지?) 세계의 개드립들. 자기들과 약간이라도 결부되는 '위기'를 '건수'로 만드는 데 출중한 실력을 발휘한다. 기념하면서 표창주고 미화시키는 전시행정에 강력한 인간들.

그러고 잠잠해지면 일상적으로 업무상 복지부동. 있어도 그만 없어도 그만인 일자리창출용 학생들은 줄지어 있다가 하나씩 들어오고. 일을 하지만 아무 일도 벌어져선 안 되는 무사안일 속 서열주의를 지킨다.

독창성이 기특하게 돋보이는 단막극 〈실종〉은 그렇게 끝난다. 공무원 만능관료국가 한국사회에 퉤! 하고 침을 뱉으며.

참 많은 생각을 하게 하는 '공무원 테러극'은 그만큼 거창하고 강렬한 메시지가 담겨 있다. 대학졸업자가 공무원이 되고 싶어하는 인기쏠림도는 아직도 세계최곤가? 배우들 연기를 보면 좀 서툰 연기에 '쪼'가 들어간 발성이 다소 거슬리나 작품을 잡아먹을 정도는 아니니 그런대로 무난했다. 외려, 올라운드 초보배우들 갖고 하나의 그럴 듯한 연극으로 빚어낸 연출력이 돋보인다.

이 극의 극본은 작가 최문애가 직접 겪은 체험실화란 후문. 그럼 그렇지, 논픽션 같다는 느낌이 있었다. 근 10년 세월을 낭비하며 써온 내 극본 세 편도 다 실화를 바탕으로 한 것들인데, 역시 연극은 실화를 바탕으로 한 것이 더욱 실감난다.

연극판에 혜성처럼 나타난 신예작가 최문애. 데뷔 신고식을 성공적으로 마쳤음에 빰빠라밤! 축하하며 다음 작품을 기대해본다. 툭하면 사장되고 사라지는 신춘문예 현실에서 이 얼마나 괜찮은 일인가!

서른여섯 살 먹은 한국 최고령소극장 '삼일로'. 관 주도가 아닌, 민간개인이 운영하기에 친근할 수밖에 없다. 공무원들은 젊었다 해도 늙어터진 재수없음이다. 연륜이나 내세우는 노땅스러움보단 젊음으로 발랄하고 신선하고 활발하다.

신춘문예로 피어난 꽃들 챙겨줄 요량의 '창고극장 단막전'. 공연기획 차원의 발상과 아이디어에 힘찬 박수를 보내며 끈질기게 오래가길 바란다. 여유가 실종된 열악함의 중심 한국 연극소극장 운영실태 속, 이런 판국에서 '창고극장 단막전'을 개최하고 이걸 계속 이어가려는 그 무지막지한 배짱과 기상에 경의를 표하는 건 당연지사 아닐까! 연극결속과 전파에 이처럼 능동적 마케팅을 펼치는 극장이 있나? 하늘은 스스로 돕는 자를 돕는다 했다. 하늘이 함께할 것 같다!

2010-04-10

똥빛 창창, 똥 연극

28

〈무통대변〉

처먹으면 내질러야 하는데
내놓지 않으니 꽉 막혔다.
"당신의 똥을 고통없이
대신 싸 드립니다!"

　　변소. 측간, 뒷간, 정방, 혼측, 해우소, 화장실까지 하
는 일은 똑같은데 이름만 다양한 그곳이 연극판에도 등장했다. 그동안
화장실 연극이 몇 개 나오더니 이젠 한 술 더 떠, 아니 한 똥 더 떠 똥냄
새 장한 '똥 연극'까지 한다. 이 글에서 '똥' 자가 몇 개나 나오는지 한번
세어볼 참.
　　연극명찰은 〈무통대변無痛代便〉이라 붙였고, 극장문패는 아우내소극
장으로 대학로 뒷골목에 있다.

대학로 뒷골목. 오늘도 어김없이 삐끼들에게 꼬드김 당한 군상들이 이 골목 저 골목으로 쪼로롱 줄을 서 있다. 지나다니며 볼 때마다 어이없지만 참으로 기이하게까지 느껴진다. 한국의 서울 대학로 뒷골목의 괴상한 풍경.

삐끼들도 세대교체 하는지 요샌 신규 삐끼들이 설친다. 전엔 날 보면 말을 안 걸었는데 사전교육 미필현상인지 이젠 내게도 말을 건다.

"야~ 착 보면 모르겠니? 내가 뭐 하는 새낀지?"

욕사발을 날리며,

"우리 잠시 대화를 해볼까? 나, 니네 원수야. 원수를 만나본 적 있니? 원수를 사랑하니? 너, 히딩크 알지. 햄릿이란 웃긴 새끼는 아니?"

"너, 엽기살벌 쫙재기양말이라고 모르지? 어디 한번 당해볼래?"

이렇게 개인감정을 실어 쾌통대변을 싸질렀는데, 내 다연발 욕침에 삐끼는 답변능력을 상실하고 도망쳐버린다.

길거리버전의 설舌레발, 사전적 의미로 연극演劇을 풀면 '거짓으로 남을 속이는 일'이라. 즉, 사기지만 삐끼 혓바닥에 놀아나 꼬임 당한 인간들이 내 시각엔 도축된 동물로만 보인다.

참으로 고약한 꼬락서니, 꼴불견 대학로 뒷골목. 어쨌건 이 뒷골목 한

복판에 연극의 정극이 파고들었다. 이건 한국의 모든 연극인과 주변예술인이 어깨를 톡톡 치며 키스해줄 일이다. 아우내소극장, 〈무통대변〉, 극단감동광산, 배우 신철진을 말이다.

똥을 대신 싸주는 회사얘기, '똥 연극'이다. 생리의학 개념을 무식하게 무시해버리는 연극 〈무통대변〉. 쾌변대행 서비스업 종사자들의 똥통 같은 생활.

내겐 공연 안 된, 검열에 걸려 공연을 못 한 '똥바다'란 희곡이 있다. 똥을 빙자해 왜놈들 똥벼락 때리는 얘기가 구린내나게 나온다. 시대가 쪼끔 바뀌어 이공공이 년이 되었으니 〈무통대변〉이란 홍콩영화 제목 같은 이름으로 탈바꿈해 나왔나?

이 연극을 볼 때는 준비물과 주의사항이 있다. 그게 뭐냐면 극장 앞에서 표 살 때 같이 살 수 있는 팸플릿인데, 읽을 게 아닌 막는 용도로 편한 관람을 위해 꼭 살 것을 권장한다. 크기가 적당히 커서 낮짝 방패용으로, 냄새분산 부채용으로 쓰면 된다. 그 이유는 공연하는 내내 배우들 입에서 무차별로 날아오는, 역겨운 입냄새 물씬 풍기는 침덩어리 건더기에 좌변기 똥통 비데물 건더기, 생활 속에 정평난 화학무기 방귀냄새 때문이다. 비위가 비교적 건강하지 못한 인간들, 특히 깔끔바이브레이션 떠는 여인네들은 신경안정제랑 마스크를 준비할 것이지만, 나처럼 똥차 옆에서 카레덮밥 먹을 수 있으면 그냥 가도 된다.

이 연극은 우리가 생활 속에서 터부시하는 몸속 똥통과 몸 밖 똥통의 똥애기를 90분 동안 줄기차게 해댄다. 그 줄거리는 이렇다.

똥을 대신 싸주면 '똥정리 해고요금'을 준다는 회사에서 '똥 사업설명회'를 하는데 여기에 '비참인생 3총사'가 취직한다. 이 극에서는 남자만 4인이 나오는데, 이름하여 오병돌(권오진분), 최동집(김태형분), 박이요(표철환분)가 배우명찰을 단 3총사요, 이들을 사육하는 상무 오부직(김장호

분)이 그들이다.

이들은 둔갑술부리는 여우는 저리 가라 할 정도로 변장술을 부린다. 이들의 다채롭고도 변화무쌍한 코믹변신에 감탄하는 관객들 혀는 입안에서 춤을 추다 못해 입 밖으로 월담할 정도다. 삶은 감자 밟아놓은 것처럼 생긴 못난이 개도 출연하고, 여성관객 몇 명도 즉석에서 끌려나가 즉석연기를 하고 '즉석개런티'를 받는다. 너무나 가난해서 여배우를 쓸 형편이 못 되어 그렇다나.

다역의 연기를 능수능란하게 하는 것도 볼거리지만 객석을 파괴하고, 관객들과 끊임없이 소통하는 애드리브 반응실험도 막강한 볼거리다. 게다가 현란한 말장난 양념까지 관객들 귀를 즐겁게 한다.

'없이 사는 것들은 죽어야 해!'라는 '가난범죄론'도, 딜레마가 디~일래~마!를 거쳐 '디질래 임마!'로 넘어가는 모양새나 조지 부시가 좆이 부시로, 또 좆이 부어가 되더니 결국엔 '좆을 부셔!'로 정착하는 꼬부랑 말장난도 장난 아니다.

서민들과는 전혀 상관없다며 '땡볕정책 쓰지 마세욤' 하는 똥들의 항변도, '이, 인제는 희망이 없다.'고 이인제를 꼬집어 조롱하는 말까지.

사우나에 때 밀러 온 스님에게 '뭐야~ 넌' 하면 '난, 중이다'라는 답변에 이어 '난, 중3이다'라고 받아서 말장난을 한다. 그놈의 돈 땜시 오는 스트레스는 어느새 '그놈의 돈 땜시 오는 스테레오'가 되는 등, 꼬부랑말을 가지고 희롱 조롱하며 노는 수준은 가히 국가대표 선수급이다. 교통정책을 어떻게 한다 씨부렁대는 이명박은 '면박'을 받아야 마땅하고. 하여간, 말장난의 향연은 불꽃놀이보다 더 화려한 '말꽃놀이'를 벌인다.

수컷들이 펼치는 똥세상 까발리기는 똥빛 창창하다. 똥구멍 뚜껑 달린 똥빛 옷으로부터 똥색신문(당사자들은 살구색이라고 우긴다나 뭐라나)이 된 모 일간지까지. 똥통에서 담배도 꺼내 피고 초코파이도 꺼내 객석에

던진다.

'대~한민국'은 대단히 한 많은 민족의 국가라며 한없는 나라가 되길 희구한다. '내~ 놀던 해우소♬' 어쩌구 노래를 부를 땐 얼마 전 지리산 삼성궁 근처 무릉도원에서 도사친구랑 선녀들이랑 놀던 때 친구가 산기 슭에 지어놓은 '원시시골똥집'이 생각났다. 겨울한복판 1월 중순에 10여 일 동안 그 집을 이용했는데, 억새풀 더미와 소나무 둥치로 엮어서 지은 그 똥집은 완전 자연산 그대로였다. 똥을 싸면 똥 떨어지는 것이 보였고, 다 싸고 나면 낙엽송 태운 숯과 재를 한 삽 퍼 똥덩이에 뿌려주었다. 그 이유는 냄새를 죽이고 나중에 농업용으로 쓸 품질 좋은 두엄, 훌륭한 거름을 만들기 위함이다.

겨울이라 그 김나는 똥은 숯과 재로 코팅되고 똥의 물기를 빨아들이며 스스로 냉각되어 얼어버리는데, 그리 계속하면 똥집의 똥통 바닥부터 얼어붙어 쌓인 뾰족한 똥산이 만들어진다. 아니 그보단 거꾸로 쌓여 솟아오른 똥고드름이라고나 할까. 마치 석회동굴의 종유석에서 한 방울씩 떨어진 용액이 만들어낸 석순처럼 말이다.

우리가 암만 깨끗한 척을 한다 해도 더러운 존재다. 누구든 즉석해부를 해보면 똥구멍 근처에는 똥 한 사발 1킬로그램씩은 있으니까. 여성들, 특히 깔끔 떨며 위생적인 척하나 속 더러운 것은 마찬가지다.

허나 똥이 더럽기만 한가? 똥구멍을 꿰매 막아버리면 살 수 있나. 똥을 먹는 똥개는 어떻고. 평생 똥 굴리며 먹고사는 말똥구리는? 배추밭에 뿌려주는 똥거름 먹고 자란 배추는? 우린 그런 배추를 김치로 만들어 맛나게 먹고 있지 않은가.

대사 중에 '처먹으면 내질러야 하는데 내놓지 않으니 꽉 막혔다'는 말이 나온다. 먹을 만큼 먹을 것 먹어야 살고 먹은 만큼 나올 게 나와야 산다는 거다.

난 이것이 이 극을 압축해 대변하는 말이라 생각한다. 니 똥 내 똥 구별 말고 똥 더럽다 미워 말고 똥 나오는 똥구멍을 사랑하자. '물은 생명'이라고 하는데 물만 그런가, 똥도 사실 생명이다.

흔치 않게 똥에 접근해 연구하고 고찰한, 별난 '똥구멍론'을 유쾌 상쾌 통쾌 똥~쾌하게 한번 구경해봄은 어떨까!

개똥 천지인 프랑스 파리 시내에서 눈에 띄는 개똥마다 손바닥 크기의 프랑스 삼색국기를 꽂아놓는, 프랑스제 화가 겸 전위예술가의 행위예술이 있었다. 똥은 이처럼 예술적 재료로 쓰이면서 국민 계몽용으로 길거리 곳곳의 시각전시물도 된다. 똥을 똥이라 무시한 무식한 인간은 똥 공부용으로 꼭 볼 것.

헤~ 지금까지 쓴 '똥' 자가 겨우 64개밖에 안 되네. 지금까지 내가 쓴 글 중에 젤 더러운 글로 써보려고 그랬는데.

2002-08-14

상투적 웃음보따리

29

〈먼데이 5PM〉

　　〈Monday 5pm〉. 월요일 오후 5시. 연극제목도 참 독특하지만, 포스터의 왕창 큰 빨강 권투글러브가 웃음나게 한다. 그리고 열라 얻어터진 초췌한 몰골이나 악다구니로 버티는 기운 농후한 오달수의 못생긴 표정은 인상 깊은 심연, 그 어떤 이미지가 있다.

　　권투연극. 헝그리복서. 한때 내 후배 중에도 권투선수를 하던 이가 있었다. 동양랭킹 라이트급 3위 급수, 해당체급 선수가 별로 없어 3등이란다. 1984년 공간사랑에서 〈관객모독〉을 보여준 기억이 있는 그 친구, 마포에서 골프용품 파는 가게를 했었는데 지금은 죽었는지 살았는지 모르겠다. 워낙 뚝심이 세고 생활력 강하니 어디서 잘 살고 있겠지.

운동선수 중에 누가 쌈을 젤 잘할까? 태권도, 유도, 가라데, 이소룡의 쿵푸 어쩌구 다 아니다. 진짜 쌈꾼은 복서라는 걸 알게 된 일이 있었다.

나 때문에 시비가 붙어 광화문에서 그 친구가 왈왈이들과 1대 7로 맞서 싸우는데, 진짜 거짓말 하나 안 보태고 그야말로 주먹이 안 보인다. 한 대도 안 맞으면서 펀치 한 방에 깡패들 한 놈 한 놈이 길바닥에 쫙쫙 뻗는다. 피하면서 때리는데 폭력도 하나의 예술로 보였다.

이 연극에서도 쥐여패는 싸움질장면이 나오지만 복서의 펀치는 진짜 주먹이 안 보일 정도로 빠르기 때문에 맞았는가 싶은데 상대가 나가떨어지는 건 이해가 간다. 그런데 그 우스움은 어디다 하소연을 해야 하나. 한 방 퍽! 갈겼나? 닿지도 맞지도 않았는데 맞은 척 멋지게 쓰러지는 그 모습들. 평소 난 때리는 걸 '빨리 갖다댄다'로 말하길 좋아하는데, 너무나 빨라서 그럴까? 자꾸 내 눈을 의심하게 만든다.

어쨌건 이 연극은 본바닥 한복판에서 떵떵거리며 사는 인간들이 아닌, 변두리 주변부로 밀려나 어렵사리 살아가는 하찮은 인생들을 그렸다. 봉세란 남자와 민자란 여자가 있는데, 주변부 인생이지만 이 극에서는 나름대로 주인공이다. 봉세는 복서로는 늙은 선수이나 그다지 화려하지 않은 전적을 가졌고 부업으로 흥신소 일을 한다. 봉세가 첫눈에 뽕 간 여자는 민자, 라운드걸이다.

봉세가 권투를 하는 이유는 순전히 민자를 짝사랑하기 때문이다. 짝짝이 사랑. 징한 숫기로 무장되어 있는 봉세는 민자를 어떻게 해보려 하지만 그것은 마음뿐, 그놈의 꼬실레이숑러브가 잘 안 된다.

봉세를 중심으로 이렇듯 민자가 있고 흥신소장, 흥신소 동료, 그리고 흥신소 일로 알게 되는 강 변호사와 그 마누라, 거기에 건달과 건달깔치가 있고 권투선수, 코치, 주정뱅이, 또라이, 친동생인 군바리 봉호까지 줄줄이 알사탕으로 굴비 엮듯 착실히 순서대로 나온다.

봉세역의 배우 오달수를 주목해볼까. 어눌하고 띨하고 과묵하고 무식하고 어딘지 좀 모자란 듯 덜떨어진 그의 연기는 시종 관객들의 기운을 압도하며 이끌어간다. 극본·연출이 배우출신이라서 그런지 배우들의 개성과 장점이 잘 살아 있는 자유로운 리액션이 돋보인다. 액션상으론 연출의 초감각적 감성과 지각도 살아 있다.

연극이 시작되면 고속도로 휴게소에 파라솔 같은 분위기로 민자가 앉아 있다. 약속장소인 이곳에 가다마이(양복) 차림의 남자가 나오는데 경상도사투리가 진짜 웃긴다. 초장부터 웃기기로 작정을 했나, 하여간 열라 웃을 수밖에.

여기서 민자역의 여배우이름이 박수영인데, 경상도남자로 나오며 여러 역할을 하는 배우이름도 박수영이다. 그는 전에 이봉규 형이랑 〈설탕쫀드기〉를 볼 때, 코믹연기가 무척 출중한 배우였다. 그래서 그것 하나만으로도 대성할 만한 배우라고 했던 형의 말이 생각난다. 〈불티나〉에서도 룸살롱 기도역으로 나와 무지막지 웃겼다.

연극 〈먼데이 5pm〉의 설계와 구조상 특징은 기억의 파편들을 순서 없이 잡히는 대로 더듬어보게 되어 있지만, 복잡하지 않고 절묘하고 치밀하면서도 쉽게 짜여 있다는 점이다.

결과부터 얘기하면 주인공 봉세와 봉호는 버스 타고 가다가 정말 어이없고 황당하게도 또라이한테 총 맞아 죽는다. 이 부분에 대한 디테일은 이따 짬나면 뜯어보기로 하고.

흥신소랑 직업소개소란 데가 있다. 흥신소는 남 뒷조사하고 돈을 받는 곳으로 미행하고, 사진 찍고, 녹음하고, 하여간 집요한 직업적 스토커라 보면 된다. 직업소개소는 남을 어디다 소개해주고 돈을 받는 곳이지만 비슷한 건 둘 다 인간을 상대로 하는 인신매매, 장물장사를 한다는 것이다.

봉세는 흥신소, 민자는 직업소개소에서 일하게 된다. 우직하고 꺼벙한 복서인 봉세가 흥신소 일을 잘할까? 소장에게서 오더가 떨어지고, 뭐 그런대로 어설프게 하기는 한다. 봉세가 만난 의뢰인은 변호사 강인데, 엄청 깡다구 있는 척 샤프한 척하는 좀스러운 변호사다.

근데 이거 변호사 맞아? 무늬만 그런 것 같다. 의처증 중환자로 안달이 난 변호사의 의뢰오더는 지 마누라 뒤캐기다. 여기서 왕 시니컬 오버연기로 관객들의 입과 눈을 사정없이 주름잡아버리는 강 변호사역의 배우 박성준을 주목해본다.

그 특유의 싸늘한 냉소를 뿌리는 냉동실 눈빛은 오뉴월에도 냉장고를 녹일 카리스마의 결정판으로 심후한 내공의 힘을 보여준다. 그 살벌한 눈빛을 본 여성관객은 가슴이 철렁 내려앉을 듯. 허나 이 연극에서 최고 웃기는 시한폭탄이 그다. 스테이지의 하이에나라고나 할까. 그의 쌀쌀맞은 눈빛에 관객은 나름 가지고들 있던 스트레스를 짱 날려버리기에 충분하다. 너무나 똑떨어지는 연기력을 갖춘 배우다.

그런 배우가 하나 더 있는데 이름하여 안경찬. 근데 안경을 안 쓰고 나온다. 누구냐면 봉세하고 맞장뜨는 권투선수역으로 나오는 길거리 건달. 얼마 전 〈햄릿 분신놀이〉에서 열나 열연했던 배우다.

연극은 봉세와 민자의 행적, 그리고 봉세의 동생 봉호의 행적과 그들 주변인물들의 행적을 파헤치며 예측불허로 긴장감 있고 박진감 넘치게 흘러간다.

그리고 콩! 찍어주는 철학적 메시지가 있다. 개똥철학도 철학은 철학이다! 개똥 같은 인생도 인생은 인생이니까. 인생이란 이러한 인생도 있을 수 있는 거니까. 요상하게 꼬여가는 삶의 알레고리를 조각조각 맞춰보며 삶의 존재론에 질문을 던진다. 인연이란 것, 사랑이란 것, 운명이란 것, 그리고 덧없음에 대해.

한동안 썰썰한 가슴을
훈훈하게 채워줄 연극
코 풀듯 확 풀어버리고 싶은 세상
엿 같은 세상에 대한 부르짖음
실컷 웃고 나올 수 있는 철학이 있는
복싱연극 〈먼데이 5pm〉

봉세역의 배우 오달수
어눌하고 띨하고 과묵하고
무식하고 어딘지 좀 모자란 듯
덜떨어진 그의 연기는
시종 관객들의 기운을 압도하며
이끌어간다

철학이 없는 연극은 정말 탄수화물 덩어리 밥맛이다. 여기서 말하는 철학은 어렵고 고상한 문자나 써갈기며 건방떠는 지적 허영에 가득 찬 그런 학문적 철학을 얘기하는 게 아니다. 우리네 인생은 영원할 것 같았는데 어느 날 갑자기 사라지면서 알게 모르게 끝장나버리는, 아님 안 보이는가 했는데 조용히 사라진 먼지나 티끌이자 바람 같은 존재라는 것을 느끼면 되는 거다.

복싱연극 〈먼데이 화이브 피엠〉은 소재, 희곡, 연출, 드라마투르그, 캐스팅, 연기궁합에 무대까지 어디 하나 흠잡을 데 없이 보기 드문 수작이다. 앙코르를 반드시 때려야 할 작품으로 전혀 손색이 없다는 것. 이런 연극은 주야장천 공연해 많은 사람이 봐야 한다. 한동안 썰썰한 가슴을 훈훈하게 채워줄 연극이다.

2002-03-21

· ·

〈먼데이 5pm〉 술자리 친교 설왕설래

정육점 쥔이 잊어먹는 것도 재주라 그러더라.
삶은 아름답다. 삶은 참 아름다워.
니들 덩치 큰 철학자 봤니? 쏘크라테스, 나폴레옹…… 응.
어, 이놈은 아니잖아.

연극 〈먼데이 오후 5시〉에 나오는 말이다.
최근 사랑티켓신문에 이 연극제목이 오달수 어쩌구로 나왔단 웃긴 얘기가 있다. 제목이 그렇게 헷갈릴 정도로 독창적이고 특이했나?

소극장 '혜화동1번지'에서 이 〈먼데이 오후 5시〉 연극을 한 번 더 봤다. KBS에 자유소속 성우로 있는 사촌동생에게 꼭 보여줄 의무감으로. 내 주변엔 괜찮은 연극 발견하면 보여줄 사람이 참 다양하다.

공연이 끝나고 주인공 배우 오달수를 비롯하여 만나고 싶던 연출 최명수, 초장부터 줄곧 경상도사투리를 성기발랄하게 주절대는 남자 박수영, 신창원 비스름한 티셔츠를 입은 왈왈이 건달역의 안경찬, 그리고 게스트로 관객이자 배우인 묘한 여자와 극장 근처에서 돼지고기파티를 열었다. 지글지글거리는 그놈의 지겨운 삼겹살.

허나, 난 이런 자리를 연극 보는 것보다 무진장 좋아한다. 새론 연극, 새론 연출, 새론 배우들을 알게 되고 낯익은 배우들과 좀더 밀접하게 사귀는 보약 같은 친교의 시간이라고 할까. 이런 형태의 사교적 인프라구축은 영양가가 똑똑하다.

이 연극은 포스터부터 어리숙하고 촌스러운데 그에 걸맞게 주인공을 중심으로 한 주변 등장인물 전부가 소외계층 시시한 인물들인 것. 잘 못나가든 잘 안 나가든 걸레는 빨아도 걸레 군상들이지만 그 어리바리함으로, 단순무식으로, 촌스러움으로, 엉뚱함으로 객석을 뒤집어놓는다. 그러면서도 고감도의 섬세한 감각으로 고품격 웃음을 선사한다.

극본상 스토리의 파편들은 모욕에 강하게 반발한다. 무지하게 반사적이고 반항적이면서 다이얼로그상의 반전성향이 풍성하다. 마치 코 풀듯 확 풀어버리고 싶은 세상을 노래하는 듯, 답답하고 안 풀리는 엿 같은 세상에 대한 부르짖음으로 강한 카타르시스를 제공한다. 실컷 웃고 나올 수 있는 연극이니 스트레스 푸는 덴 최고다.

연극 〈먼데이 오후 5시〉가 갖는 철학성도 참 똑똑하다. 최고로 웃겼던 강 변호사역의 배우 박성준과 연극 끝나고 술자리 얘길 나누고 싶었는

데, 요새 금주기간이라고 튕겨 한통속으로 놀지 못한 게 내내 아쉬움으
로 남았다.

연극이 갖는 사회성도, 희곡성도, 연극성도, 철학성도, 사람들을 웃기
는 급수나 단수도 하급에서 고단수까지 천차만별로 있겠지만 이 〈먼데
이 오후 5시〉처럼 단수 높은 연극도 드물다.

누누이 강조하는 것 중 하나는 쉽고, 재밌고, 웃기는 이런 연극은 그후
로 오랫동안 많은 사람들이 볼 수 있도록 앙코르를 때려가며 계속해야
한다고 치설합동齒舌合同, 침 튀기는 바. 진짜 벤처마인드 짱짱한 연극인
데 돈줄들은 어디서 뭘 하는지.

2002-04-03

우들 '보지' 얘기

30

〈버자이너 모놀로그vagina monologues〉

왜?

넘 적나라하게
까발리면서 야하니까

여자의 그것, 보지(陰部)! 〈버자이너 모놀로그〉.

이 공연을 보고 먼저 짤막한 담화문을 발표한다. 연극을 볼 때마다 소
감을 쓰면서 여러 가지 스타일의 다양성을 추구하고는 있지만 항상 부
족함이 많다는 걸 느낀다.

구닥다리 낡은 가치관과 선입견으로 무장한 채 내 글에 대해 거부감
을 느끼는 사람은 글만 읽고 쌈마이처럼 토 달지 말고 연극을 보고나서
달아주길 부탁하는 바다.

〈버자이너 모놀로그〉만큼은 소감문형식의 스토리텔링이나 다이얼로그 따라가기 식으로는 안 쓸 것이다. 왜? 넘 적나라하게 까발리면서 야하니까. 어설픈 폼생生, 금욕주의자나 도덕군자에게 쓰잘데없이 모럴테러moral terror를 가하고 싶지 않기 때문에 그렇다.

연극 버자이너 모놀로그는 모럴해저드의 결정판이다!

이상, 담화문 끄-읕.

이후, 소감문 시작.

보지는 비속어나 음란한 표현이 아니다. 눈, 코, 입, 팔다리, 종아리, 허벅지, 가랑이 가운데의 보지. 보지는 여자 신체의 한 부분을 말하는 일반명사다. 여성생식기인 대음순, 소음순, 질, 자궁, 난소, 남자들이 공알이라 하는 음핵 중 바깥 생식기관을 가리켜 우리는 일상용어로 보지라 말한다.

한편, 보통의 경우 보지를 지칭할 때 여자의 거기, 아래, 그 부분으로 품위 있는 척 말하곤 한다. 배우 자신도 첨엔 충격적인 이 말을 입에 담으며 부끄럽고 창피하고 천박하고 음탕한 기분이 들었다는데, 연습하면서 매일 수백 번을 쓰다보니 쑥스러움이 사라졌단다.

배우 자신을 비롯하여 기획제작팀 식구들은 '보지의 독백'으로 제목을 정하고 싶었지만, 관객들이 티켓박스에서 "그거…… 독백 5장 주세요" 하는 상상을 해보니 참, 기가 막힐 것 같아 어쩔 수 없이 〈버자이너 모놀로그〉로 명찰을 달게 되었단다. 한국문화의 자연스럽지 못한 현실에 그런 슬픈 고백을 한다.

보지란 단어는 영어나 한자로 많이 쓰는데 서양애들은 버자이너 vagina나 호올hole로, 서당 폼생들은 소문小門, 여근女根, 음문陰門, 하문下門, 옥문玉門 등 대문이나 현관처럼 들락거리는 문門이라 썼단다. 남자들이 붙여준 한자이름이 유난히 많음도 보지라는 말을 감추려는 수작이

라. 보통남자들이 사용하는 속어로는 도끼자국, 조개, 씹구녁, 냄비, 옹 달샘, 짬지, 아래구멍 등 비어 은어의 메뉴도 참으로 다양한 편인데, 한 편으론 '꽃두덩'이란 이쁜 말도 있다는 것!

연극 〈버자이너 모놀로그〉에선 보지란 말이 여배우의 입에서 수백 번 나온다. 첨엔 어색하나 점점 익숙해진다. 첨엔 낯뜨거운 이 단어가 시간 이 갈수록 평범한 일상언어가 된다. 익숙해진 관객들은 자발적으로 숙 성에 물들어간다.

보통 보지는 여자보다 남자가 더 잘 안단다. 가만, 여자의 그걸 여자는 잘 모르고 외려 남자들이 더 잘 안다고? 현실은 그게 상식으로 되어 있 다. 성형외과의사, 산부인과의사, 일류 미용사나 의상디자이너가 여자 보다 남자가 많은 걸 보면 여자는 소중한 여자의 그걸 나 몰라라 하는 게 아닐지. 여자의 핵, 여자의 중심, 여자의 애기집 대문인데도.

이것을 버자이너 모놀로그는 친절하게도 기획편성상 '보지 애드리브' '보지 워크' '보지 토크쇼'로 보여주면서 vagina monologues, one girl's speaking show로 1시간 반 동안 유쾌, 상쾌, 통쾌에다 장쾌하게까지 보 여준다.

보지라는 말이 공식적으로 표현되는 이런 상황에서 언제쯤 만인이 사 용하는 상용어가 될까? 한 백 년쯤……. 한국이니 한 5백 년쯤 후에? 근 데 지금 연극으로 쓴다!

보지란 말은 나쁜 게 아니고 좋은 뜻의 말이다. 깡패 쌈마이의 치기, 창녀의 자존적 비하, 무식의 무시, 유식의 외면, 먹물의 폼생 자위당착自 慰撞着으로 수천 년간 남자들에 의해 명칭이 유린됐다. 한국이나 미국이 나(아마 세계 어디든) 언론방송에서는 섹스스캔들을 두고, 그 행위를 고상 하게 표현한다는 것이 '부적절한 관계' 어쩌구 한다. 그냥 씹, 오입, 보지 사업 하면 될 걸. 보지를 어필하려 드는 프롤로그는 여기까지다.

난 20일 21일 연이어 두 번을 봤는데, 재미난 것은 매일 보지토크쇼의 게스트가 바뀐다는 점이다. 첫날은 〈첼로와 케찹〉의 여배우 김호정과 〈록키호러쇼〉를 연습하는 남자배우 김준성이 나왔고, 다음날은 배우 오현경 선생의 딸인 오지혜가 나왔다.

사전에 짜지 않은 즉흥적 생생함이 좋았다. 모노드라마의 아킬레스건인 단조로움을 지혜롭게 극복한 아이디어의 하나로서, 관객에게 접근해 하나가 되려는 연출적 마인드라 본다.

실제로 맨 앞 관객은 배우 서주희가 던지는 눈빛, 몸짓, 손짓의 신들린 추파에 마취되어 뽕 가게 되는데, 마취가 안 되는 관객은 열라 아랑곳하게 된다. 관객이 관객을 보는 그 모습이 보는 이로 하여금 웃음을 참을 수 없게 만든다. 달리 보면 사이비교주가 신도를 우롱하는 꼴 같다.

초장에는 먼저 '보지 털' 얘기부터 시작한다. 남편의 요구로 털을 싹 밀고 섹스를 해야 하는 여성의 이야기를 들려준다. 불평등에 비민주적으로 일방적인 성희 차별을 감수해야 하는 여자의 슬픔, 고통, 폭력에 의한 섹스 스트레스다.

다음은 보지에 물이 많아 고민했던 할매의 고백이다. 흥분하면 보지에서 나오는 액체를 바르톨린선액(애액)이라 한다. 이 바르톨린선 bartholin's gland은 대전정선大前庭腺이라고 질입구 양쪽에 있는 점액분비선인데, 이게 넘 많아 구박받았던 할매의 인생고백. 나중엔 그게 콤플렉스가 되어 수십 년 동안 안 쓰다보니 퇴행성 반응으로 완전 망가져 자궁암이 되고 결국은 들어냈단다. 그래 보지는 자주 써먹어야 한다는 말이다. 자주 쓴다고 닳아 없어지는 거 아니니 수틀리면 퍽퍽 쓰라는 말.

다음은 보지 워크숍에 참여한 여성얘기. 어쩌다 경험한 오르가즘 찾아 삼만 리 떠난 여자가 도착한 곳은 '여성 성클리닉센터'란 곳이다. 여덟 명의 여자가 나란히 쪼로롱 앉아 손거울로 자기 보지를 자세히 살펴

서주희

관객에게 접근해 하나가 되려는
연출적 마인드가 돋보인
〈버자이너 모놀로그〉
사전에 짜지 않은 즉흥적
생생함이 좋았다
실제로 맨 앞 관객은 배우 서주희가
던지는 눈빛, 몸짓, 손짓의
신들린 추파에 마취된다
일방적인 성희 차별을 감수해야 하는
여자의 슬픔, 고통, 폭력에 의한
섹스 스트레스를 들려준다

본다. 그리고 왕 쪽팔림 무릅쓰며 오르가즘을 찾아 떠난다. 내 안에서 없어진 클리토리스를, 원시적 여성본능을 되찾는다.

오르가즘 종류는 내가 아는 상식으로 3천 가지라고. 근데 일생 동안 그런 거 한 번도 못 느끼고 살다죽는 여자가 80퍼센트 정도라나. 통계수치는 세상의 3대 거짓부렁이니 대충 믿으면 된다.

다음은 하마 같은 아빠의 친구에게 강간당한 열 살짜리 소녀의 고백. 극 진행방식은 완행 옴니버스를 타고 스타카토로 달린다. 열여섯 살에 동성애 오르가즘을 경험하고 성장한 뒤 한 관능, 한 요염 뿌리며 섹시한 굼벵이 남자와 엑스터시ecstasy를 느낀다는 애길 하는 대목에서는 배우 서주희 특유의 농염연기에 객석은 동시다발 온통 웃음바다가 된다.

요염눈빛이나 교태몸짓, 즉 이성에 대한 교태나 추파를 코켓트리coquetterie라 하고 보지를 봐야 흥분하게 되는 관음증을 스코프토필리아scoptophilia라고 한단다. 그리고 그걸 빨아주는 걸 쿤닐링구스cunnilingus라고.

굼벵이 남자는 선수로서 그 황홀한 테크니컬섹스를 종합선물세트로 해준단다. 보지란 더럽고 흉하다는 선입견을 확 뽀개주는 데다 그것을 아름답고 신비로운 튤립 꽃잎으로 보는 그가 사랑스럽단다. 촉촉하게 젖은 입술에다 키스해주고픈 그것처럼.

담은 세계 도처에서 벌어지는 전쟁강간 얘기. 명랑 모노드라마의 섹시한 분위기는 돌연 현충일 분위기로 바뀌고, 젖과 꿀이 흘러도 될까 말까한 보지에 독극물과 피고름이 강물처럼 질펀하게 흐르는 처참한 시 하나를 낭송으로 뿌려준다. 무참히 유린되고 아작나버린 보지의 영혼을 다독여주는……. 보스니아내전, 걸프전, 한국전, 월남전, 731마루타부대, 종군위안부. 현재진행형 '아프간'의 '아픈 보지'를 생각케 한다.

다음은 이 버자이너 모놀로그의 꽃, 신음소리. 『소리나는 여자가 사랑받는다』는 책에 있지만, 섹스에서 내지르는 신음소리는 몸의 언어, 내면의 언어, 은밀의 언어다. 목구멍 신음소리, 클리토리스 신음소리, 둘을 합친 것, 강아지 신음소리, 며느리 할매 신음소리, 고통의 신음소리, 형그리 신음소리, 정상을 앞에 둔 조금만 더 더……의 그 신음소리, 니폰 포르노필름 속 뇨자의 신음소리 등. 객석은 완전 뒤집어진다. 마지막 팬서비스로 첫날밤 숫처녀의 신음소리까지…….

출산의 시를 읽으며 〈버자이너 모놀로그〉는 끝난다.

지금부터 10년 전이라면 이런 연극이 한국에서 공연될 수 있었을까? 생각해보며 한국땅에서 이 연극을 개막공연 초연으로 테이프를 끊은 여배우 김지숙에게 존경의 마음을 가져본다. 〈버자이너 모놀로그〉는 건강하게 진실을 밝히는 연극. 만만한 엽기스러움, 시시껄렁은 아니고 왕 파격에 충격파가 짱이다.

'여자들에게 오만하고 공격적이며 경멸하는 태도를 취하는 이는 자신의 남자다움에 가장 자신없어하는 사람'이라고 열정적으로 설파한 시몬드 보부아르Simone de Beauvoir가 '제2의 성'으로 타자화된 여성의 성에 대해 사회적 격랑을 일으킨 지 50여 년. 우리에겐 이제야 생물학적으로나 사회적으로나 여성의 성을 얘기할 무대가 열린 것인지.

'보지 얘기'의 원작자는 이브 엔슬러Eve Ensler. 그걸 캐치해서 국산화한 연출가는 이지나다. 〈록키호러쇼〉〈메이드 인 차이나〉 등 특출한 작품을 무대화한 작은 여걸. 한국최고의 여성연출가이자 카리스마의 본질이다.

페미 어쩌구를 떠나 〈버자이너 모놀로그〉를 사랑하자!

2001-11-20

남성에 반기를 든 여성들
『제2의 성』의 저자 '시몬 드 보부아르'
〈버자이너 모놀로그〉의 원작자 '이브 엔슬러'
이를 국산화한 연출가 '이지나'

시몬 드 보부아르   이브 엔슬러   이지나

● ●

집단 인터뷰당한 – **여자의 '보지'**
대학로생중계

어제는 명랑발랄하게 보지 얘길 했는데, 오늘은 객석이 꽉 찼는데도 불구하고 썰렁한 분위기다. 초상집에서 포카 치다 죄 잃고 온 사람들만 왔나? 알고 보니 끝나고 보지에 대해 단체로 이것저것 물어본다는 새끼줄이 있었다. 어쩐지 뭔가 이상하더라니. 취조당할 범인은 서경대 철학들, 덕성여대 학생들이었다. 지금부터 집단 인터뷰당한 보지를 극장객석에서 현장 생중계로 시작하겠다.

♀=대학생 암컷, ♂=대학생 수컷, ★=여배우 서주희

문) ♀1 여자로서 아름답다는 느낌이 들었는데, 그렇지만 아직 연약하다는 생각이구요. 그래도 뭐, 성性에 대해 잘 모르고 있었는데 자신감이 들게 해줘서 좋았습니다.

답) ★ 세상의 보지는 70퍼센트가 상처받았다고 생각해요. 그걸 따뜻한 시선으로 치유하려는 방향으로 접근해보려고 했죠. 하지만 전쟁강간만큼은 어쩔 방도가 없다고 봐요. 작가는 지금도 계속 피해 여성들과 인터뷰 중이랍니다. 그중 우피 골드버그Whoopi Goldberg 아시죠, 여러분? '화가 난 나의 보지'라고 인터뷰에 응하면서 엄청 흥분해서 그랬다더군요. 당당하고 건강하게 개방적으로 고쳐 나간다고 하더랍니다.

문) ♀2 자료가, 사전정보가 없어서 엉겁결에 봤는데 여자로서 성이란 그냥 내숭떨어야 하는 게 미덕인 줄 알았는데, 보지란 과감한 표현으로 접근한 게 충격이었어요. 배우로서 내리기 힘든 결단이었을 것 같은데 어떻게 하게 되었는지요?

답) ★ 저도 보지란 말을 한 번도 쓴 적이 없었죠. 근데 1차공연을 보면서 나오는 인물들의 진실에 맘이 갔어요. 연극의 교육성도 생각했고. 우리가 '공부'하면, 남의 일처럼 생각하고 그다지 관심을 안 갖잖아요. 피상적으로 보는 우리의 교육현실. 현실에서 섹스는 남자주도하에 거의 음지에서 하고, 여자는 거기서 음지조차도 아닌……참, 자포자기와 무심, 방치……거기서 벗어나야죠. 거기서 용기가 생기더군요.

문) ♀3 신음소리가 넘 리얼해서 에너지가 엄청 들 것 같아요. 최선을 다하는 모습에 감동……감동인데, 어떤 의도와 기치로 했는지요?

답) ★ 연습할 때 많이 힘들었어요. 극 속에서 신음소리를 내는 인물은 여자변호사거든요. 설정대로 했는데 몸 파는 창녀처럼 하면 안되잖아요. 실제로 하는 것도 가짜가 많고 영화나 비디오도 가짜,

다 허상인데. 고민을 많이 하다가 결심을 했죠. 척하는 가짜는 안 된다. 가짜를 역으로 치니까 되더군요.

문) ♀4 여자로서 세상을 보면 억압과 은폐가 넘 많은 것 같고, 그게 일반적이고 상식이 된 것 같아요. 그걸 깨기 위해 페미니즘이 있는 거라 보는데, 하지만 사회구조를 보면 암담하고 답답하고. 어떻게 해야 할까요?

답) ★ 사회전체를 보는 것보다 먼저 자신을 사랑하세요. 자기를 사랑해야 사랑받지 않겠어요? 어떤 것이든 아름답다는 건 스스로 도취되는 것에서 찾을 수 있다고 봐요. 저두 못생겼잖아요. 극에서도 생얼굴로 나오지만, 무대에서만큼은 누구보다 아름답다고 믿는 자신감이 있습니다. 쪽 빠진 미녀완 다른 거니까요. 대답이 맞는지, 호홍~

문) ♂5 음지에서 박차고 나가자. 양지로의 탈출. 남자들만의 문제점이라 했는데, 남자들 빼고 다르게 볼 순 없나요? 남자니까 이런 질문을 드리는 겁니다.

답) ★ 우리 사회는 가부장적 이데올로기의 바다입니다. 원인은 교육 자체에도 있지만 요지부동, 안 되고 안 되는 게 문제지요. 봉건적 도덕관에 젖어 살기에 인식의 변화가 없죠. 딴 나라와 비교해보면 우린 너무 다르게 살고 있고 다른 방향으로 가고 있다고 봅니다. 분명 고칠 것은 고쳐져야죠. 그런 것들 땜에…….

문) ♂6 개인적 질문인데요. 보지라는 말을 쓰게 되면서 달라진 것이 있다면?

답) ★ 첨엔 저두 '미스캐스팅이 아닌가?'라고 생각할 만큼 사적으론 폐쇄적인 여자였거든요. 연습하고 공연하면서 많은 사람들과 얘기하다보니 개방적인 마인드를 갖게 되었죠. 지금도 변하고 있다는 걸 느끼고 있구요.

문) ♂7 공연을 보고 나서 느낀 것인데 사회적으로 성은 늘 살아 있어야 한다고 생각했습니다. 한 가지 더는 스스로 변강쇠라 생각하고, 여자들도 스스로 옹녀라고 믿는·당당한 자신감을 가져야 한다는 용기를 심어주는 것 같아 참 좋았습니다. (싸이클로 하이킹한다며, 여행 삼아 돌아다니다 찍은 '돌보지' 사진을 선물한다. 뇌물?) 이 사진도 찍을 때 누가 볼까봐 망설이고 눈치보였는데 지금은 상관 않고 막 찍을 수 있을 것 같아요.

답) ★ 선물 고맙구요. 분장실에 붙여놓을게요. 젤, 잘 봤다고 봅니다. 연기할 때 오르가즘이나 신음소리에 반응하는 걸 보면 이십대, 삼십대, 사십대 관객들이 다 다르죠. 한 사십대 부부는 공연을 보고 공감되는 부분이 넘 많았다며 고맙다고 하시더군요. 맞는 것 같아요. 모두 다 다르다는 것이 옳다고 생각합니다.

-- 짝 짝 짝 --

'보지' 인터뷰인지, 마구 헷갈렸다.
보지클리닉 카운슬링인지는 그렇게 끝이 났다.

2001-11-21

세계적 걸작! 리투아니아 연극

31

〈햄릿〉

얼음이 주렁주렁 매달린 샹들리에에
불, 물, 얼음, 연기, 파편.
하얀 옷들이 찢어지고 찢겨져 나가고
.
.

컵이 깨지고 물이 흐르고
그 물에 옷이 젖고 몸이 젖고.

난 오늘 10년 만에 진짜 예술 하나를 보았다. 세상에서 가장 처참하고 아름다운 연극을 먹어가는 행복한 기분. 오늘 이 작품을 보면서 그동안 한국에서 공연된 셰익스피어 작품에 대해 가졌던 통념의 시각과 인식을 온통 바꾸는 계기가 되었다.

지금까지 국내산 햄릿을 본 것만 40여 편이 넘는데, 오늘 나는 세계적인 걸작연극을 본 감동과 함께 우리 번역극 현실의 비애감도 같이 느껴야 했다. 여지없이 들통나버린, 교만의 극치를 달리는 한국 번역연출가들의 그 잘난 재주의 한계를 오늘을 통해 속속들이 읽어낸 것이다. 역시 속인다고 속으면 바보가 되는 것이 인지상정. 비애감이 아니라 비참함을 느껴야 했다.

오늘 배우들은 연기를 하는 게 아니라, 마치 무대에서 놀고 있는 것처럼 보인다. 한마디로 거리낌이 없는데, 그 거침없음은 공연 내내 빈틈없고 현란하다. 230분 동안의 열정, 신들린 연기란 바로 이런 걸 두고 하는 말이다.

텅 빈 무대 앞 가운데 녹이 슨 동그란 톱날 하나가 쇠사슬에 매달려 시계추처럼 움직인다. 수직으로 떨어지는 조명에 비치는 이슬비, 아니 안개비처럼 보인다. 크고 작은 쇠공이 굴러다니고, 얼음이 깨지고, 의자에 불이 붙고, 주전자로 물을 뿌리고, 화분통에 불을 지른다.

허공을 난무하는 재와 연기, 천이 타들어가는 냄새, 흥건히 젖은 바닥, 흩뿌려지는 물의 파편. 아크로바틱 원통 굴리기, 손으로 원통구멍 때려 소리내기, 원통으로 바닥 찍어 소리내기. 얼음이 주렁주렁 매달린 샹들리에에 불, 물, 얼음, 연기, 파편.

하얀 옷들이 찢어지고 찢겨져 나간다. 조각이 되고, 파편이 되고, 가루가 되고, 먼지가 되고, 물과 불과 연기와 재가 섞이고 범벅이 되어 어두운 허공에 흩뿌려진다. 컵이 깨지고 물이 흐르고 그 물에 옷이 젖고 몸이 젖고.

이 모든 오브제들은 신선한 충격으로, 희롱으로, 처절한 몸부림으로, 탄식과 절규로, 역동적 아름다움으로, 페이소스와 코미디로, 인공의 조율과 조화의 극치로 무대에서 펼쳐지고 감동의 도가니를 만들어간다.

햄릿을 몇 년 전에 영화로도 본 적이 있다. 영화와 연극의 차이는 무엇일까? 죽어 있는 잠잠한 박물관과 살아 펄떡거리는 운동장? 그 영화가 박제된 듯한 평면의 영상미학이라면, 이 연극은 살아 숨쉬고 생동감 넘치는 입체적 공간미학과 자연미의 극치가 아닐까. 휘파람소리, 늑대 울음소리, 누군가 부르는 소리들은 공간성을 배가해 장소의 효과를 높인다. 무대 위 배우들이 노니는 움직임은 왕족이 사는 성의 느낌을, 특히 오필리아가 나와 뛰노는 장면에서 그런 느낌을 강하게 풍긴다.

시작할 때의 그 목소리는 주인공 햄릿역을 맡은 안드리우스 마몬타바스Andrius Mamontovas다. 그는 리투아니아의 유명한 록가수라고. 잘생긴 매력남에 음울하고 매력적인 그의 목소리에는 나도 홀려버릴 것 같은데, 하물며 여자들은 어떻겠는가?

햄릿의 원한에 사무친 탄식과 절규를 보다 못한 선왕이 혼령으로 나타나 햄릿의 발을 얼음 위에 올려놓고 씻겨주며 위로하고 복수의 칼을 갈게 하는데. 선왕역을 맡은 비다스 페트케비시우스Vidas Petkevicius라는 배우의 인상은 북극곰 같은 의상과 잘 어울려 어떤 신비감마저 갖게 한다. 단조로운 피아노소리에 실려나오는 장중한 목소리도 너무나 매력적이다.

참고로 이 연극에서 털외투와 얼음이 자주 나오는 건, 이 나라가 위도상 북위 53도 54분에서 56도 27분에 자리하고 있기 때문이다. 위도상 한반도를 기준으로 볼 때 리투아니아는 시베리아 한복판쯤에 위치하는 거다. 또 극중 물을 많이 뿌려대는 것도 발틱 3국 중에서 젤 큰 나라라는 이 나라가 면적은 한반도의 4분의 1밖에 안 되지만, 2천8백 개나 되는 빙하호와 거기에 거미줄처럼 얽힌 수많은 강이 있어 그러한 생활환경과 기후가 반영된 것이라 여겨진다.

종합예술이라 일컫는 연극은 문학, 음악, 미술, 무용 등 모든 장르의 총체적 압축이다. 한편 또 다른 시각으로 본다면 자연을 구성하는 물과 공기, 불, 흙 등 원소와 함께 물리학, 화학, 인문학, 고고학, 지리학, 기상학, 천문학 등 모든 과학이 어우러져 종합적 학문으로 지구전체를 총괄하는 압축이라는 거창한 생각도 해본다.

잠시 그런 엉뚱한 생각 속에 연극을 보는데, 옆에 앉았던 아줌마가 더 이상 못 보겠는지, 아님 속이 안 좋았던지 뭐라 지껄이더니 일어나 나가버린다. 순간, 잔뜩 몰입해 있던 감흥이 깨져버렸다. 아니, 이렇게 다른 사람들의 관극을 방해하며 나가도 되는 걸까. 통로까지 2열종대로 꿇어앉아서 몰입해 보고 있는 젊은 연극인들이 안 보이는가? 생각할수록 화가 치밀었다.

이 극단은 유럽국가 중에서도 좀처럼 접하기 힘든 동북 끄트머리의 조그만 나라에서 지구 반대편의 한국이란 나라에 연극을 보이려 어렵사리 찾아온 이들이다. 이렇듯 귀한 기회를 즐기느라 몰두해 있는 수많은 사람들의 분위기를 혼자서 휘저으려면 첨부터 왜 들어온 걸까. 참으로 어이없고 한심해서 말이 안 나온다. 잠시 흥분한 감정을 다스리고 연극에 집중하느라 애를 먹었다.

무대에선 햄릿과 오필리아가 나뒹굴며 인공호흡놀이 비슷한 걸 하고 있다. 오필리아역을 맡은 배우는 빅토리자 쿠오디테Viktorija Kuodyte로 체격이 가냘프다. 여기서 우리나라 연극배우들, 특히 여배우들이 하나 배워야 할 점은 리투아니아의 배우들이 도대체 몸을 아끼지 않는다는 것이다. 신체훈련을 얼마나 지독하게 했는가는 무대에서 적나라하게 드러나게 되어 있다.

그런데 공연을 보는 내내 곳곳에서 눈알 돌아가는 소리가 요란하고 시끄럽다. 왜? 자막이 양 사이드에 배치되어 있기 때문. 사실 자막은 무대 중앙 상단에 설치하는 게 바람직하다. 아비뇽에서 루마니아 연극 〈우부대왕〉을 볼 때도 자막이 중앙 상단에 있었고, 이태리 연극을 볼 때도 가운데 상단에 설치되어 있었다. 객석 맨 뒤에서 본다면 별 문제 없겠지만, 내가 앉은 1층 앞자리 중간지점만 해도 보기가 상당히 부담스럽다. 얼마 전 국립극장에서 공연했던 〈드라큘라〉도 자막을 양쪽 사이드에 설치했는데, 그때는 눈알 돌리는 차원을 넘어 호박을 돌리느라 정신이 없었으니 끝나고 나올 때는 목이 얼마나 뻣뻣하던지. 자막은 무대중앙에 설치하는 게 정석이다.

무대는 화분통에서 불꽃과 연기가 피어오르고, 허연 잿가루가 날리고, 천이 타면서 냄새가 나고, 먼지가 흩날리고, 안개비까지 내리면서 난장판을 이룬다. 배우들은 어지르고 청소하고 던지고 연기하고 뛰노는데 아랑곳없고 거리낌도 전혀 없다.

드디어 실성해버린 햄릿은 혼돈 속에서 비정상적인 유희를 즐기며 놀고 있다. 그의 혼란스런 정신세계가 마음껏 무대에 펼쳐진다.

그리고 멋진 대사가 한 마디 터져나온다.

인간은 참으로 조화의 걸작이지만 알고 보면 먼지나 다름없다라고.

광대들이 등장하고, 햄릿이 한 광대에게 말한다.

머리가 하늘에 더 가까워진 것 같군.

왕의 본심을 밝힐 수 있는 길은 연극만이 길이다! 라고도 주절대고.

왕에게 '쥐덫'이란 연극을 만들어 보여주고 감춰진 진실을 알아내고자 하는 햄릿의 아이디어다.

여기까지가 1막인데 진짜 인간들이 너무 많다. 내가 문예회관대극장에서 수십 번 연극을 봤지만 오늘처럼 통로까지 관객들로 꽉 들어찬 적

생동감 넘치는 입체적 공간미학과
자연미의 극치 연극 〈햄릿〉

휘파람소리, 늑대 울음소리, 누군가 부르는
소리들은 공간성을 배가해 장소의 효과를 높인다

사느냐 죽느냐 그것이 문제로다!
To be or not to be that is the question!

난 연극을 본 게 아니고 먹었다
맛있게 먹어버렸다

햄릿은 죽고, 왕비도 죽는다. 레어티스의 한 맺힌 절규
안개비를 맞고 있는 선왕. 빨간 북에 떨어지는 물방울
그리고 물방울이 떨어져 때리는 북소리. 마지막 절규. 그리고 북소리
천상의 미성 같은 소리, 여자의 아름다운 노래
연극은 그렇게 끝이 난다. 265분의 시간을 소비하면서
4시간 25분의 시간을 먹어버리고

은 한 번도 없었다.

가뜩이나 썰렁한 서울연극제 와중에 그나마 이 작품이 축제분위기를 내는 데 큰 몫을 하고 있다. 이런 점에서, 이 작품을 초청한 악어기획은 짱이다. 일반적으로 잘 모르고 생소하거나 겁나게 어렵고 난해한 작가와 작품을 빌려와서, 열라 헷갈리고 썰렁하게 했던 지금까지의 사례에 비추어본다면, 이렇게 〈햄릿〉 같은 알 만한 작품을 선정해 배급한 그들의 기획마인드에도 박수를 쳐주고 싶다.

이 연극을 보면서 나는 기존의 한국 연극인들이 그동안 만들어보인 셰익스피어 작품은 압축과 생략과 비약을 하는 과정에서 현학적인 편협함 일색으로 세련되지도 조화롭지도 못했고, 거기다 매너리즘까지 가세해 세계명작이 갖고 있는 희곡의 묘미와 연극의 백미를 잘 살려내지 못한 행적을 뼈저리게 느꼈다. 그런 졸작들은 모두 자기 본위적 자만의 결과라 본다.

비극의 엄청난 깊이를 보이려면 충분한 사건의 개연성이 있어야 하고, 그로 인한 갈등과 혼돈의 시간 안배도 충분히 있어야 행동으로 인한 사건화와 전개상의 당위성이 성립되는 것이다.

햄릿은 쌈마이 동네건달이 아니다. 암만 그래도 왕족이 아니던가? 그러한 슈퍼지식인이자 고급인간이 아버지의 원수를 갚기 위해 누굴 죽이려는데 잘 알아보지도 않고 갈등도 없이, 오로지 불타는 복수심으로 무협지나 홍콩영화처럼 어설프게, 혹은 홧김에 서방질하듯 그렇게 경솔하게 결판을 내겠는가?

3시간50분짜리 연극을 그 절반도 안 되는 시간에 보여주면서 삶, 비극, 철학, 갈등, 사랑, 극복, 복수, 죽음을 무슨 기막힌 재주로 드러내 감동을 이끌어내겠는가? 원래의 희곡을 줄이거나 늘이는 데 있어서도 고무줄 미학이 존재한다.

고로 나는 희곡 번역과 각색도 예술의 범주에 넣어야 한다고 생각한다. 특히 희곡번역은 외국어에 능통하다고 아무나 막 하는 게 아니다. 동시통역이나 논문번역보다 더 복잡하고 섬세한 문화해석과 문학세계 안에서의 피땀 어린 재창작 작업이기 때문에.

호흡이 깊어야 노래를 편하게 잘 부르듯, 영양가 높은 고품질의 학문과 배경지식이 풍성하게 저장되어 있는 브레인이 혜안을 가지고 빼고 넣는 조절미학을 보였을 때 비로소 진정한 백 퍼센트 국산의 우리 것이 될 수 있다.

일본의 도에서 말하는 수(守: 기본에 충실하여 기술에 통달하기), 파(破: 깨고 개성을 살려 철학과 구조를 다지기), 이(離: 자기화로 독창적인 자기기술 창조하기)의 전통처럼 예술세계에서 사기는 물론 억지도 있을 수 없고 기적도 우연도 없다. 단지 상상을 초월한 노력의 대가와 필연만 있을 뿐.

2막이 시작되고 다시 멋진 대사가 나온다.

연극의 목적은 예나 지금이나 자연을 비춰보는 거울이란다. 사도세자의 뒤주가 연상되는 철제옥궤 안에 스스로 갇힌 햄릿.

광대들은 발로 원통을 굴리며 나와 묘기를 보인다. 왕을 안심시키고 기분을 돋우기 위한, 극중극으로 보이는 연극을 통해 왕의 속마음을 알아내기 위한 계략인 거다. 얼음이 주렁주렁 달리고 불이 촛불처럼 타고 있는 샹들리에가, 시종 공중에 매달려 있는 톱니바퀴 아래 달린다.

얼음이 녹아 물이 뚝뚝 떨어진다. 천장에선 다시 안개비가 내리고, 햄릿은 선왕의 혼령이 입혀준 흰옷을 입고 물과 이슬이 떨어지는 샹들리에 밑에서 그 유명한 대사를 읊조린다.

사느냐 죽느냐 그것이 문제로다!

To be or not to be that is the question!

가혹한 운명의 화살……
죽음이야말로 우리가 열렬히 바라보는 결말이 아닌가?

허공에서 줄기차게 내리는 안개비와 떨어지는 얼음물은 공간예술의
극치 그 자체다. 찢겨져 흩어지는 옷조각, 물에 젖은 파편들, 성가곡이
장엄하게 흐르고. 얼음이 눈물이 되어 떨어지는 물기의 향연이다.

내 눈에 눈물이 배어나온다. 배어나온 눈물이 흐른다. 조용히 두 뺨을
타고 뱀처럼 흘러내려간다.

햄릿이 오필리아에게 저주의 씨앗 어쩌구…… 하면서 수녀원으로 갈
것을 종용한다. 이뤄질 수 없는 사랑. 젖은 옷을 허공에 팽개친다. 물이
허공에서 춤을 추고 수를 놓는다. 왕이 나타나 샹들리에에 매달린 얼음
덩이들을 박살내버린다.

관객들의 동공은 열리고 벌린 입은 다물어질 줄 모른다. 신들린 듯 배
우들의 거침없는 연기에 객석은 반쯤 혼이 나간 상태. 눈물이 앞을 가려
잘 볼 수가 없다.

왕도 회개한다. 처절하게 절규한다. 큰 컵을 탁자 양쪽에 두고 얼음을
집어넣고 손을 씻는다. 참으로 멋진 오브제다. 갑자기 컵이 쩡 깨지고 물
이 흘러내린다. 어떤 징조로써의 계시인가?

햄릿, 유리컵에 물을 붓고 철제 벤치에 기울여 앉는다. 햄릿, 왕비를 갖
고 놀며 해코지하니 왕비는 절규한다. 왕이 나와 진정시키고 폭정을 일
삼는 장면이 그려진다. 여기까지 2막이 끝난다. 그냥 계속 이어서 하지.

3막 시작. 죽은 오필리아를 묻어주는 광대들. 여자가 아무리 화장을 하
고 꾸며도 결국 이렇게 해골이 된다는, 여자가 꾸며대는 것에 대한 의미
심장한 대사와 그 대단한 알렉산더도 결국 흙으로 돌아가 지금쯤 술단지
의 마개가 되어 있을지도 모른다는 대사가 삶의 덧없음을 말해준다.

생에 있어 영원한 것이 어디 있는가? 욕망과 유희의 끝은 허무라는, 먼지나 같다는 암시를 한다. 가끔씩 느끼는 대리만족이라고 해야 하나? 아침에 일어나 세수할 때마다 비누가 점점 작아지듯 우리의 인생은 점점 닳아 매일매일 사라져가고 있을 터.

햄릿과 레어티스의 칼쌈. 칼 휘두르는 소리가 효과음과 리듬감을 주며 한 퍼포먼스를 보여준다. 결국 햄릿은 죽고, 왕비도 죽는다. 레어티스의 한 맺힌 절규. 안개비를 맞고 있는 선왕. 빨간 북에 떨어지는 물방울. 그리고 물방울이 떨어져 때리는 북소리. 마지막 절규. 그리고 북소리. 천상의 미성 같은 소리, 여자의 아름다운 노래.

연극은 그렇게 끝이 난다. 265분의 시간을 소비하면서. 4시간 25분의 시간을 먹어버리고. 난 연극을 본 게 아니고 먹었다. 맛있게 먹어버렸다. 3장에서는 계속 눈앞을 가리는 눈물 때문에 제대로 볼 수가 없었지만. 어쨌든, 10년치 보약을 한꺼번에 먹은 듯 포만감에 젖었다.

리투아니아의 대표극단인 '메노 포르타스Meno Fortas' 설립자 중 한 사람이자 이 작품의 각색 및 연출자인 아이문타스 니크로시우스Eimuntas Nikrosius는 배우이기도 하다.

리투아니아 〈햄릿〉 같은 명작연극을 한국국민 4천5백만 중 2천 명도 못 본다는 현실이 안타깝다. 따져보니 그 경쟁률 22,500대 1. 지구 반대편에서 12시간 동안 시속 천 킬로미터의 속도로 날아와 3일 동안 세 번 공연하고 끝난다. 정말, 진짜 콤팩트해도 너무 울트라콤팩트한 직수입 공연. 배우, 스태프 몽땅 다 합치면 대충 스물두 명쯤 되나? 체재비도 안 나올 건 뻔하고.

리투아니아 햄릿전사 여러분! 안녕히 잘 가시고 내년에 꼭 다시 오길. 그리고 원컨대 이번처럼 비싸지 않고 싸게 오시길 바라는 바이다.

2000-10-01

국립극단 박근형 연극

32

〈집〉

　　여자란 자고로, 뭐 남자도 마찬가지지만 그년이 그
년이고 이년이 이년이니, 이년저년 따지지도 가리지도 말고 인연을 소
중히 여기자. 인연을 저버리지 말자! 인연은 함부로 끊는 게 아니다. 인
연이란 맺기 위해, 맺으라고 생겨난 단어다. 그것이 비록 악연일지라도.
　　0.1톤 나가는 뚱땡이 못난이는 못났으니 못살아야 하나? 왜, 못났다
고 인간취급을 안 하려드는가? 그도 행복할, 사랑할, 사랑받을 권리가
있다. 그러니 따지지 말고 통밥 재지 말고 오순도순 같이 삽시다.
　　이게 바로 박근형식 사고방식이요 연극표현의 문법이며 철학이다.

　이번 박근형의 연극 〈집〉은 나눔의 휴먼미학이 징하게 들어간 결정판이라 본다. 가족사랑이란 것이 도대체 무엇인지, 달동네 오밀조밀한 촌스러움을 담아 뚝배기 장국처럼 맛깔나게 보여준다. 그만의 단골메뉴, 특유의 육자배기 코믹버전을 실어서.

　국립극단 가족사랑시리즈 2탄 〈집〉. 국립극단 식구들의 협박공갈에 쫄아 첫날 첫 공연으로 먹어치웠다. 그 맛은 앞서 말한 그대로다.

　박근형 연극의 주특기 메뉴는 가족사랑인데, 이번에 국립극단과 계획적으로 만나 선을 본 것은 색다른 경험. 촌스러움과 세련됨이 잘 비벼진 극단적인 버무림이랄까.

　삼류가족얘기를 담은 희곡이 일류극단 극장 및 배우들과 만난 기운찬 조우랄까. 촌스러운 가운데 정감이 넘치는 얘기들과 풍경들이 그렇다. 〈청춘예찬〉 이후 콩가루집안시리즈2로 야멸차게 웃기면서 보기 좋게 연극세상에 등장한 성공작으로 연극 수준의 신용등급을 한 단계 올려놔야 할 수작이다.

　자, 그럼 도대체 연극을 어떻게 만들었기에 이토록 방방 뜨는지 지금부터 그 원인을 소상하게 밝히겠다.

국립극장 달오름극장. 소극장이지만 작지 않은 무대에 세트가 꽉 차

있다. 연극제목이 〈집〉이라고 해서 무대 위의 집 안 곳곳을 유심히 뜯어
보니 어느 변두리 달동네 반지하 셋방을 해부해논 느낌이다. 알고 보니
13.5평짜리 셋방 세 칸인데, 이 집이 반지하임을 감지할 수 있는 건 가
운뎃방 주방 위로 난 납작하고 긴 창문 때문. 그 색깔을 잘 살펴보면 알
수 있다.

　부실하기 짝이 없고, 엉성하기 그지없는 풍경은 대충 짓고 오래되어
망가지기 일보직전의 꼬락서니다. 방과 방 사이의 벽은 울퉁불퉁 찌그
러져 있다.

　살림살이는 구닥다리 촌스러움으로 내가 석 달 동안 살았던 난지도
쓰레기마을, 세트랄 게 없는 짝짝이문화가 판치던 곳을 연상시킨다. TV
도 그렇고 색경도 그렇고 흑백사진틀도 그렇고 이불인지 요인지도 그렇
고 위아래가 다른 주방 씽크대도 그렇다. 한마디로 얼기설기, 뒤죽박죽,
천방지축.

　그 가운데 억지로나마 안정된 폼새가 나는 건 세월의 녹녹함에 다져
진 탓일까. 확 부숴버려 흔적 없는 예전의 창신동 하꼬방 같은 풍경들.
이런 집에 사는 사람들은 누굴까?

빨깔 나는 시를 쓰는 폼 시인 – 아부지(오영수)
그의 시를 숭배하며 고스톱 연마기술을 갈고 다듬는 마누라
　– 어무니(이혜경)
눈탱이가 밤탱이가 되어 애기 안고 이곳 친정으로 토껴온 딸 – 경숙(이은희)
찜질기 배달로 가정경제를 도맡아 이끌고 있는 막내이자 독자
　– 철수(김진서)
아부지의 따끈한 배려로 빈대붙어 사는 월남전 전직 군바리
　– 전씨(우상전)

요 5인 가족이 몽그작몽그작거리며 살고 있다.

이 집에 시끄런 동네아줌마들이 몰려와 화투치며 수다 떠는 장면으로 연극의 시작과 끝을 장식하고. 눈탱이가 밤탱이 된 딸의 남편(서상원)은 가족들 모두 가까이 하기엔 너무나 엽기적인 개 같은 폭탄놈팽이라서 보기 싫은 당신인데, 개 같은 버릇 개 못 주고 집에 찾아와 문 열라고 방방 뜬다.

딸의 남편, 즉 매형이란 명찰을 달고 나오는, 서세원 동생 같이 생긴 서상원이란 배우를 국립극장에선 처음 본다. 쌈마이 무대뽀 건달역으로 손색없는 막가파 연기를 유감없이 보여주는 그는 짱짱한 내공에 심도 깊은 무공을 간직한 것처럼 보인다. 하여간 그의 등장으로 연극은 환기가 되는 전환점이 마련된다.

상스런 표현이지만 아무튼 존나리 웃긴다. 나랑 친구도 열라 웃었고, 우리뿐만 아니라 객석의 미적지근한 분위기도 여기저기서 폭소가 폭발하면서 설설 달궈지는 기폭제 역할을 한다. 착한 장모랑 폭탄 사위랑 말쌈 기쌈 한판승부는 뻔할 뻔 자.

그런데 이보다 더 엽기적인 사건이 발생한다. 어리바리 순진뽕, 막내 독자 철수가 대형사골 친 거다. 박근형 연극에서 단골이 된 0.1톤의 뚱땡이, 찜질기회사 경리뚱땡이(김지희)를 회식자리 끝물에서 어쩌다 건드렸는가. 〈청춘예찬〉에서도 그랬지만 이치적으로 맨정신엔 불가능한지 여기서도 이 순진뽕이 술김에 뚱땡일 건드려 코 꿴 것으로 보인다.

다행스러운 건 이 뚱땡이집이 부자라는 것. 그리하여 부자라는 당근으로 가난뱅이 집안의 순진뽕을 뚱땡이엄마(조은경) 장모님 후보가 회유에 공감협박으로 만지작거려, 마침내 양가부모와 신랑신부 후보가 만나게 되는데…….

골목길 사이사이로 정감 넘치는 말들이 오가더니 막판에 판을 깨고,

이번 박근형의 연극 〈집〉은
가족사랑이란 것이 도대체 무엇인지
달동네 오밀조밀한 촌스러움을 담아
뚝배기 장국처럼 맛깔나게 보여준다
그만의 단골메뉴
특유의 육자배기 코믹버전을 실어서

박근형

오영수

서상원

이런 집에 사는 사람들은 누굴까?
뻥깔 나는 시를 쓰는 아부지(오영수)를 비롯
5인 가족이 몽그작몽그작거리며 살고 있다
딸의 남편(매형 서상원분)이 건달역으로
손색없는 연기를 보여준다

결혼 빙자해 부모자식 찢어져
따로따로 사는 건 안 된다
따로따로 따로국밥 먹으면서 살면
결코 안 돼!

그 깨진 판을 다시 복구하는 연극 속 연기, 속 연기가 펼쳐진다. 그건 다름 아닌 철수아부지 시인 오 작가가 전씨로 돌변하고 나와 너스레를 떨며, 반전으로 깨진 분위기조각을 또 반전으로 되돌려 꿰맞춘다는 것.

어쨌건 혼전임신, 즉 3개월짜리 아가를 볼모로 우여곡절 끝에 이들은 결혼에 골인하는 승리투수에 포수가 된다. 이 과정에서 생명존중이 무참하게 무시되는 낙태문제랑 핵가족에서 더 분열되어 반半핵, 아니 반의 반핵화하는 사회문화적 문제를 제시하며 박근형 특유의 가족사랑, 나눔의 휴먼미학이 나온다.

암만 어쩌니저쩌니 해도 헤어져 사는 것은 안 된다. 결혼 빙자해 부모자식 찢어져 따로따로 사는 건 안 된다. 따로따로 따로국밥 먹으면서 살지 맙시다. 60년대 가정관을 들먹이며 삶의 형편은 삶의 방식 나름이 아니냐고 물어보면 대답은 조각조각 찢어져 살면 그 삶이 찢어진다고. 그러니 오순도순 같이 삽시다.

이게 이 연극의 이미지이자 메시지로 작품이 내뱉는 말이다. 박근형 연극의 공통점은 '세상 아래 있을 법한, 있을 듯한' 얘길 꺼내놓는다는 것. 이 극은 특히 인물들의 성격구축이 희곡연출에 확실히 들어맞는다.

특이점은 아부지 오 시인을 들어 문단의 아성을 점유하고 있는 시성들의 성질을 건드려본다는 것. 시는 어렵고 고상한 게 아니다. 시의 기원은 어디서 왔고 그 용도는 애초에 무엇인지, 예측불허의 즉흥시 쓰는 걸 여러 번 보여주면서 호쾌하고 장쾌하게 풍자한다.

생활 속에 녹아 있는 소재를 난데없이 들먹이는 생활시. 평범하나 범상치 않은 그 매력은 천상병의 시, 황지우의 시를 생각나게 만든다. 시란 고상해서 우매한 백성은 범접할 수 없는 게 아니란 것.

밖이 소란하니 학문이 잘 안 되시죠?

학문이 어디 환경 탓으로 되고 말고가 있는가.

갑자기 시상이 떠오르면(시상은 꼭 갑자기 떠오른다),

적어!
아, 순식간에 흘러갔구나.
생각은 우주를 그리며 살아왔는데 몸은 말을 안 듣고
초가삼간 움막에 의지해 겨우겨우 숨쉬는구나.
허, 인물은 썩고 있는데
세월은 알아주지 않고 초가삼간 움막이 내려앉는구나.
내 머리를 누르는구나, 내 목을 누르고
세월은 까딱도 없이 저 혼자 빠르게 달려가는구나.

                                           -끝

이런 즉흥시가 3개 정도 등장한다. '왜, 시를 쓰냐?'는 물음에 '영웅이 가족을 선택했다고나 할까' 하면서. 시는 사는 생활의 일기이고 말놀이, 글놀이라고.

이 작품은 다이얼로그와 스토리텔링이 아주 풍성하고 재밌는 데가 많아 눈뜬장님이 연극을 본다 해도 심심치 않을 것 같다. 〈청춘예찬〉 이후 손 볼 구석이 거의 없는 수작이다.

                                         2002-09-04

희곡 돈벌레

극본 박영욱

무대배경 1960년대~1980년대 남산 언저리 판자촌.
등장인물 아부지, 어무이, 큰아들, 아가씨, 그 외 주변사람들.
　　　　　(주변사람들 4명은 다중배역이다)

이 극에서는 〈나〉가 등장한다.
〈나〉는 극에서 〈큰아들〉로 극 속에 들어갔다 나왔다 한다.
〈큰아들〉은 극 안에서 유형 또는 무형의 존재다.
극 흐름상 성장과정에서 줄곧 나오는 큰아들은 자유로운 존재다.
극 안에서 없는데 있기도 하고, 있는데 없기도 한 것.
극을 설명하는 내레이터가 되기도 하고 극 전반을 구경하는 관찰자도 된다.
따라서 퇴장하는 일 없이 시작부터 끝까지 존재한다.

아부지나 어무이나 둘 다 전라도 사람.
서울 올라와 아부지는 남대문시장 장사판에서 무시 안 당하기 위해
이북말을 배웠고, 이 이북말을 자랑스럽게 구사하는 아부진
어무이에게 촌년 티내지 말라고 구박한다.
엄마는 서울말을 배우는 중이다.
허나 아부지 이북말이나 어무이 서울말이나 어설프다.

제1장

일상적이고 통속적인 오프닝음악이 있어야겠다.
이미자나 배호의 유행가로.

　　　　　아부지 방. 조명이 들어오면,

　　　　　아부지가 소반 앞에 앉아 콩나물대가리를 세고 있다.
　　　　　옆에는 어무이가 무릎을 꿇고 앉아 있는데 그 옆엔 시장바구니가 있다.
　　　　　시장바구니에는 미원, 오이, 두부, 파, 멸치 등이 있다.
　　　　　아부지는 콩나물대가리를 세며 계속 메모지첩에 숫자를 기록하고 있다.
　　　　　큰아들은 그 광경을 좀 떨어진 곳에서 떨면서 보고 있다.

어무이　한 번만 봐주세요.
아부지　잘못한 거이 읎다면서, 봐달라구? (아들을 보며) 야, 봐, 도둑년 지 발 저린 꼴 봐봐.
큰아들　…….
어무이　잘못헌 것 정말 없어요. 여보…….
아부지　여보? 내가, 니 여보야? 이년이(빰을 한 대 때리며) 나, 니 여보 야냐!
어무이　진짜여. 전 똑같게 백 원어치 샀당게로…….
아부지　이년이, 이젠 사길 쳐? 날, 우습게 봤다 이거디. (메모지첩에 적은 걸 어무이에게 보여주며) 이
　　　게 그저께 산 콩나물 백 원어치 198개야. 오늘 산 이건 187개구. 물가가 3일 만에 지 꼴리는
　　　대로 널뛰기 하니? 내 이래서 적어둔다니까!
큰아들　아부지…….
아부지　(들은 척도 안 하고) 분명 90원어치 사고 10원 빼묵은 기야. (딴 찬거리를 가리키며) 요것들 안
　　　봐도 뻔해. 요기서 쬐끔, 조기서 쬐끔, 나 몰래 줄창 요렇게 빼먹은 거디. 안 기래?
어무이　아니여. 절대로, 하나님께 맹세…….
아부지　구라치지 마! 이년아. 하나님은 무슨, 예수쟁이 다 똑같애. 내래 그리 호락호락 속을 것
　　　같니? 딴 인간은 속여도 난 못 속여. 이리와 이년, 맞은 지 꽤 오래 되았디? 오늘 날 잡자!
어무이　아들아…….

　　　　　아부지, 어무이를 일으켜 벽 양쪽에 박힌 큰 못에 개줄로
　　　　　어무이의 양팔을 묶고 굵은 철사가 박힌 채찍을 집어든다.

큰아들　…… (떨면서 어쩌지 못하고, 감히 말릴 엄두를 못 낸다)
어무이　나, 안 그랬어라. 정말로……. (공포에 떨며 어쩔 줄 모른다)

아부지 기래, 끝까지 오리발 내봐! (채찍을 살피며) 오리발엔 이거이 최고디. (어무이 때리기 시작) 그동안 을매나 빼먹었니, 교회에다 헌금했디?

어무이 어 흐…… 아, 아…… 아 악, 아니에요. 여보, 살려주…….

아부지 여보, 여보 하지 말라니까 이년이, 매를 벌어. 히히……. (마구 때린다)

그렇게 잔인하게 때리길 한참.

어무이 큭, 헉…… 흑흑…… 그만, 그만, 잘못했쓰요.

아부지 잘못했다. 이제야 바로 부는군. (어무이 머리를 채찍으로 톡톡 치며) 잘못했으믄 어케 해야디? (아들을 보며) 야, 어케 해야 하누?

큰아들 아부지…….

어무이 (아들을 보고) 아들아…… (아버지를 보며) 제발…….

아부지 제발? 길믄 안 되지, 잘못했으믄 맞아야 돼. 기래야 다신 안 하디…….

큰아들 (조금 다가서며) 아부지, 엄마 용서해주세요.

아부지 용서? (장갑을 고쳐 끼며) 잘못했으믄 혼나야 되는 기야!

큰아들 (떨며, 아버지 손을 잡으려 하며) 아부지 한 번만 용서해주세요.

아부지 안 돼! 이 새끼레 니도 맞을래? 속이면 어케 되는디 보라!

아부지 사정없이 어무이를 때린다.
어무이 외마디 비명, 아부지 징그런 웃음소리 여운.
음악(비창이 좋을 듯)이 흐르고 조명 점점 붉어지다 어두워지면서 서서히 암전.

잠시 후, 아버지방 옆 건넌방.
조명이 밝아지면 큰아들이 한쪽에 엎드려 꼼꼼하게 뭔가 하고 있다.
좀 지나자 상처에 붕대투성이 어무이가 들어온다.

어무이 다 돼가니?

큰아들 (몰두하다 어무이를 힐끗 보더니) 엄마, 많이 아프지…….

어무이 아프지…… 너를 보면…… 아픈 거슨 어뜩하든 견딜 수 있는데…….

큰아들 (하던 일을 멈추고) 엄마, 우리 나가 살자. 응, 나가 살자.

어무이 또, 그 소리. 그런 소리 허지 말라고 했지, 혼난다고.

큰아들 이렇게 맨날 맞으면서 어떻게 살아.

어무이 아부지 매일 집에 들어왔으면 엄만 벌써 맞아 죽었을지 몰러. 그나마 며칠만에 한 번씩 들어오니께 다행이다.

큰아들 (다시 하던 일을 하며) 아부지 집에 들어올 것 같은 날은…… 대따 무서워.

어무이 나도 그려. 대문 삐꺽거리는 소리만 나도 소름끼치는디……. (아들 하는 걸 보고) 정말, 니

나이에 못헐 짓 허는구나. 다 돼가?

큰아들 어, 이거…… 공납금통지서는 됐고 육성회비도 다 돼가. 실수하면 안 되니까 있잖아, 대따 떨려……. 1자는 4자로, 3자는 8자로…….

어무이 그렇게 해서라도 그림 그리는 거슬 사야 허다니……. 시장 가는 것 외엔 어디 나가지도 못하게 하니 원…… 그 놈에 돈이 뭔지. 내가 벌 수 있으면 네 학용품 정도 사줄 수 있는디…….

큰아들 근데 엄마, 아부진 부자 같은데 엄만 거지 같아 보인다구 애들이 놀려.

어무이 그건 아부진 돈을 벌고 엄만 돈을 못 벌고 받아 쓰기만 하니 그런 거야. 놀려 창피해?

큰아들 응…… 놀리니까.

어무이 창피할 것 없다. 그런 것으로…….

큰아들 딴 집들은 다 안 그런데 우리집만 이상해.

어무이 친구들 함부로 사귀지 마라.

큰아들 친구도 돈이 있어야 많은데 없으니 친구도 없어, 나 혼자야. 돈이 없으니까…… 이렇게 해서라도 난 그림 그릴 거야. 크레용은 재미없어. 에노구랑 붓이랑 사면 돼. 물 묻혀 그리면 되니까……. 선생님이 그렇게 그리는 걸 수채화라고 했어.

어무이 수채화, 그런 그림이 있니?

큰아들 응, 중학교 가면 배운다는데. 난 미리 그려보려고……. 아 참, 4B연필이란 것도 사야 한다. 야, 다 됐다.

어무이 어디 좀 보자. (자세히 보고, 불빛에 비춰보고) 정말이지, 감쪽같네.

큰아들 그치…… 똑같아 보여?

어무이 감쪽같다니까. 근데 왠지 죄 짓는 것 같다. 계속 이러다 들통이라도 나믄……. 니 나이에 벌써 사람 속이는 일이나 허고……벌 받는 일인데…….

큰아들 엄만 참, 어쩔 수 없잖아. 아부지가 돈 갖고 저러는데 뭘…….

어무이 암만, 힘들어도 살 수 있는 날까진 살아봐야지. 사는 하루가 일 년 같구나. 내, 너만 아니면 그냥…….

큰아들 또, 그 소리…….

옆 건넌방 조명 아웃.
아부지방 조명 인 오버랩.

아부지 혼자 TV 권투중계 보고 있다.
신문도 건성으로 보면서.

아부지 저러언 븅신새끼. 어딜 보고 갈기는 기야. 어퍼컷!으루 배때기, 배때길…… 옳티…… 옳디…… 턱주가릴, 길티……. 하, 븅신. 어쭈, 어쭈…… 그렇디…… 그렇디, 거림, 쥑이라 죽여!

어무이 (쟁반에 수박을 들고 들어오며) 수박 사왔어요.

아부지 이거이 200원짜리야? 근데 와 이리 작아. (엄말 흘긴다) 찔러보고 샀갔디?

어무이 네, 잘 익었던데요. (아부지에게 수박과 칼을 건넨다)

아부지 (수박 쪼개 한 점 잘라 맛본다) 으흠. 깎아 사야 제 맛인데, 물론 깎디두 못했다? 내래 샀으믄 20원은 깎는 건데. (TV를 보고) 그렇디…… 기래. 하휴, 조고 맞었으믄 케이온데……. 새끼, 그로기네 그로기야. 완전 갔구만, 맛이…… 헤헤…… 꼴통타.

어무이 (공납금과 육성회비통지서를 내밀며) 큰애, 학교에서 고지서 나왔어요.

아부지 이년은 항상 기분 좋을 때만 골라 돈 얘기하데. 어디…… 음, 뭐 이리 비싸. (왕주판 가져다 튕기며) 4,560원하고 8,880이라…… 그럼, 13,440원인가. 하~ 아새끼 하나 땜에 돈 참 많이 들어가네. 좀 싼 학교 없나?

어무이 핵교는 다 똑같다든데요.

아부지 무식한 년, 다 틀려 이년아. 산 저쪽 밑에 있는 리라국민학굔가? 거긴 대따 비싸, 촌년아. 언제까지 내는 기야? (달력 보고) 음, 20일까지라. 낼모레네……. (메모지첩에 적으며) 앤, 어딨어?

어무이 건넌방에요.

아부지 (건성으로 신문을 집어 보며) 머, 해?

어무이 그림 그리고, 이것저것 뭘 모으는 거슬 좋아해요.

아부지 쓸데없는…… 이 새끼 공분 잘해?

어무이 성적표 보니께 손가락 안에는 드는 모양이데요.

아부지 (신문을 넘기며 본다) 성적푠 볼 줄 알아?

어무이 한자는 없고 한글이랑 숫자만 있어서 알 수가…….

아부지 자식이 대가리 좋은 건 나만 쏙 빼닮았구만.

어무이 지난번 선상 왔는데 공불 별로 안 허는데도 공불 잘한다 그러던데요. 집에선 공부허나요? 그래서 집에서 공부허는 걸 못 봤다 했더니, 머리가 보통은 아닌 것 같다고 하던데요.

아부지 (신문에서 눈을 떼며) 그래? 자식이 천잰가? 대가리 때리면 안 되겠네.

어무이 미술이나 예술 쪽으로 가르치면 좋겠다고 그랬어요.

아부지 무식한 년……. 그림 그리면 가난하게 살아! 예술하는 것들두 마찬가지구. 넌 가난하게 살면서 가난이 그리 좋네? 무식한 촌년, 멀 알아야 말이 통하디……. 민한 년, 내래 니만 보면 아무 생각 없어져 멍해. 그저 무식, 무식, 무식을 주딩이에 달아야 하구…….

어무이 죄송허유…… 무식해서…….

아부지 이 세상에 돈보다 좋은 거이 있는 줄 아니? 돈이 최고야. 돈보다 센 것두 없디. 돈 걱정 안 하는 판사나 의사 봐라, 보기 좋잖아. 가만, 이 새끼 크면 법대나 의대 보내야겠군. 자식 덕 좀 보게. 서울대 장학금으로 거져 다니도록……. (다시, 신문을 본다)

어무이 그 고지서 낼 돈 오늘 주셔야…… 혹시라도 낼 안 들어오시면…….

아부지 하, 이년은…… 잠시 희망에 환상 꾸는데 다 깨버리네. 그 샐 못 참구…….

어무이 죄, 죄송…….

아부지 그래 무식한 년이라는 기야, 넌. 얼마었어?

어무이 13,440원…… 공책이랑 연필도 사야 헌다고 그랬어요. 100원이믄 된다고…….

아부지 허, 참. 이상하지. 이년이랑은 돈 얘기 한참이기만 하면 꼭 돈이 불어나……. (지갑에서 돈 꺼내 세어 15,000원을 떡 주며) 나머진 이 새끼 케키 사먹으라구 그래. 나쁜 년, 중간에 삥 치지 말구.

어무이 저…… 찬거리도 사야 하는데…… 쌀이랑 연탄도 떨어지고…….

아부지 쌀이랑 연탄? (메모지첩을 뒤적인다) 하! 이년이, 산 지 얼마 됐다구.

어무이 한참 됐어요.

아부지 한참이라고라고라…… (계속 뒤적이더니) 음, 여기 있네. (달력을 보더니) 오늘이 9일이니까 야, 달력 넘겨봐.

어무이 (잽싸게 일어나 달력을 넘긴다)

아부지 또.

어무이 (한 장을 더 넘긴다)

아부지 39일에다…… (메모지첩을 힐끗 보더니) 23일이었지…… (다시, 달력을 힐끗 보고) 거럼 9일 더 하문 오늘까지, 48일밖에 안 됐디아나. 그 참 이상하네……. 둘 다 두 달치 사라구 한꺼번에 줬잖아. 쌀이랑 연탄이랑.

어무이 그게…… (서서 불안한 표정으로 떨면서)

아부지 그때 날짜 따져서 이달 22일까지, 응, 근데 오늘이 9일. 야! 이 쌍년이…… 또 어더렇케 된 기가, 엉! 13일이나 비잖아. 아니, 12일…… 하루 이틀 것은 남았다 치구……. 그냥 10일이 다 치자. 어더렇케 된 거냐니까 이년아.

어무이 그, 그게…… 시, 실은…….

아부지 안 봐도 뻔해. 너 또 성미다 뭐다 쌀 갖다 매주 교회에다 바쳤디?

어무이 …….

아부지 좋디! 예수쟁이로 헌금도 못 내는 처진데 머 그거라두……. 교회가 쌀 가지구 있는 눔 주겠냐 없는 눔에게 주겠디 함서 거룩한 맴으로 납득을 하디만, 우리 또한 지독히 가난하니 그 양을 한 바가디에서 한 주먹으로 줄이는 것은 마땅한 일이라구. 내래 지난번 돈 줄 때 납득하기 쉽게시리 얘기했잖아. 두 달이면 한 주먹 여덟 번, 여덟 공기 밥이고 이틀 반 조금 넘는 밥값이니 쌀값에 별 심각한 영향을 끼치디 않는다구. 내래 예수를 생각해서 부처님처럼 너그러운 맴으로 이해했디 않아.

어무이 그렇게 했어요.

아부지 길티, 이 집 식구 통을 넷으로 칠 때 10일이니 40공기…… 글면 40에서 성미 8을 뺀다 해도 나머지 32공기는 오데 갔난 말야?

어무이 그건…….

아부지 아냐, 분명 딴 집에 쌀 팔아먹었거나, 아니디? 아예 첨부터 사라구 한 만큼 안 샀을 수도……. 하, 이거 사온 거이 확인 안 한 나의 실수. 이년이 이젠 나의 불찰을 내가 깨닫구 스스로 반성하게시리 만드네. 가만…… 돈벌이에 바빠 내래 띄엄띄엄 들어오는 것을 이용, 역으로 날수 따져 삥땅칠 수두 있갔네. 하! 니 대가리가 그케 좋나? 아냐, 그건 또 아닌데…….

어무이 그 그럴 리가요…… 저, 절대로…….

아부지 쌍년, 터진 아가리라구 말끝마다 토는…… 아가릴 찢어놓는다.

어무이 …….

아부지 연탄만 해두 기래. 한여름에 연탄불 때며 열병 걸려 죽을 일 있니? 내래 한겨울에도 그랬디…… 제발 얼어죽지 않을 만큼만 태우라구. 내 띄엄띄엄 들어오는 날 따져 하루 이틀 건너 한 장씩, 연탄 불구녕 맞추디 말구 넣으라…… 기래야 오래오래 간다구. 대가리 나쁜 니년을 위해 절약의 지혜를 소상히 가르쳐줬디 않아? 긴데, 기렇게 안 했디! 뻔해. (잠시, 메모지첩을 보며) 가만, 지금이 여름 지나간 가을인데 연탄 30장을 두 달 동안 땠다구? 지금 몇 장 남았어?

어무이 글씨…… 그게…….

아부지 하요간 이년은 숫자감각이 없어. 빨랑 갔다와 이년아!!

어무이 (황급히 나간다)

아부지 어휴, 내래 이런 년을 데리구 살아야 하다니……. (신문을 보며) 버러지 같은 나쁜 년……. 저런 년을 누가 데리고 살겠어. (TV를 보며) 착하디착한 나나 하니까 데리구 살지, 참.

어무이 (황급히 들어오며) 넉 장 남았네요.

아부지 뭣 한다구 다 때먹었냐, 그동안…….

어무이 그때 시킨 대로 고대로만 했구마니요. 비 와서 끈적끈적한 날만 골라서 넣은 것인디…….

아부지 기냥 지난 48일 동안이 장마철이었다구 해라, 차라리 이년아. 터진 아가리, 할 말 있음 해봐! 나, 디금 화딱지 나구 있으니…….

어무이 …….

아부지 어휴, 이걸…… (1,000원짜리 석 장을 던지며) 앞으로 10일 동안 물만 먹구 살아!

어무이 ……. (뿌려진 돈을 눈치 보며 조심스럽게 줍는다)

아부지 너 나가는 교회선 수틀리면 금식이니 단식이니 기런 기도한데메? 그걸 집에서 하는 셈 치면서 기도로 쌀이랑 연탄이랑 내려달라구 해봐. 착하디착한 니 기도는 예수가 특별히 들어줄 거다. 알았어!

어무이 …… 알았당께여…… 고마워요…….

아부지 머가 고마워, 고맙다? (다시, 신문을 보며) 이거이 수상한 머가 있긴 있어…….

어무이 수박은, 더 드실 거예요?

아부지 수박씨 까는 소리 하딜 말구 저울 가져와!

어무이 (잼싸게 저울을 가져온다)

아부지 (수박을 들어 저울에 올려놓으며) 역시, 작아. 여기두 의혹이 있어. (저울눈금을 바라보며) 미리 말해두지만 아니, 경고하디만 허기 못 참아 이거이 건들 생각은 꿈에두 하지 마! (메모지첩에 수박무게를 적는다) 냉장고에 넣어!

어무이 알았어요……. (수박을 들고 나간다)

촌스런 유행가가 흐르면서 서서히 암전.

제2장

조명이 서서히 밝아지면
아부지 있는 방에 어무이랑 큰아들이 함께 들어온다.

아부지 (TV를 보며) 역시, 잘난 인간은 잘 먹고 잘 살아야 돼. 나처럼. 머 별루 생각도 안 해봤는
데…… <u>흐흐</u>…… 자식 덕……. (엄마 보고) 야, 넌 나가 있으라.

어무이, 눈치를 보더니 조용히 나간다.

큰아들 부르셨어요? 아부지.
아부지 (TV에서 시선 떼고 아들을 보더니 으스대는 표정과 폼을 잡고) 음, 그래……. 거기 앉아봐.
큰아들 …….
아부지 너, 이 담에 크면 뭐이 될 거니?
큰아들 어, 어른이…….
아부지 마, 어른 중에서 어떠런 어른이 될 꺼냐니까. 그 흔한 대통령 같은 거 말구…….
큰아들 훌륭한 화, 화가요.
아부지 화가? 그림 그리는 거? 화에 환장한 환쟁이? 이 새끼, 또 화가 나게 만드네. 너, 예술이란
게 있는데, 아직 뭐이 어떠런 건디 모르다? 알구 기러는 거네?
큰아들 알아요. 그림 그리고 노래 만들고 음악도…… 또, 글도…….
아부지 새끼, 오데서 줏어들은 건 있어 게지구……. 똑똑헌 아들아, 훌륭한 이 아부지 말 잘 들
어. 예술이란 게 말야, 이상하게 하고 다니면서 정신상태래 괴상한 어른들이 하는 짓거리야.
알간? 돈두 못 벌믄서 스스로 멋있다구 믿구 폼이나 잡는 인간들이다……. 세상 사람들이 알아
두디도 않는데 잘난 척이나 하구 말야.
큰아들 그게 아니라고 그러던데요.
아부지 누가?
큰아들 선생님이요.
아부지 선생이 메라 그랬는데…….
큰아들 아름다움을 만들고 감동을 전해주는 것이라 그랬어요. 사람의 감성을 일깨워주고, 영혼
을 행복하게 풍요롭게 해주는…….
아부지 감덩? 니가 크믄 알겠디만 기건 선생이 뭘 모르구 한 소리야. 진짜 감동적인 거이 돈보다
나은 게 없디……. 자고로 예술 위에 상술이란 거이 있는 기야. 말이 넘 어렵나? 쉽게 말해 돈
이 있어야 예술도 한다는 거이디…….
큰아들 그렇지만…….
아부지 글긴, 뭐이? 조용하라. 세상은, 세상을 잘 살려면 말야, 나보란 듯이 대학 나와 떵떵거리

며 사는 거이 최고디……. 아부진 비록 대학은 안 나왔지만 따로 독학이란 거이 한 거이 있어
훌륭한 거디…….

큰아들 독학이 뭔데요?

아부지 흠……. 좋은 질문! 독학이란…… (종이에다 홀로 독獨자를 크게 써보인다. 스크린 영상으로도 잠
깐 보이고) 학문을 독하게 혼자서 배우는 거이디.

큰아들 학문을 혼자서 배워요?

아부지 길티. 보통사람은 학교에서 배우는데, 특별한 일이 있는 사람이 큰 뜻을 품고서리 공부래
하는…….

큰아들 특별…… 큰 뜻…… 그런 것들 중에 젤 멋있는 게 예술이라고 그러던데요? 저기요, 화가
이중섭도 그런데……. 고흐나 뭉크도 돈을 떠나 세계적인 화가가 되었고……. 글고 모차르트,
베토벤, 슈베르트…… 세계적인 음악가들도…….

아부지 고흐, 뭉크? 무슨……르트……? 사람의 이름이간? 머, 걔들이 뭘 했는디 알 거이 없디만
하요간, 중요한 건 돈 버는 거이야. 돈이 있어야 예술하고 예술도 비싸져……. 예술이 비
싸…… 뭔가 말이 이상해디디만…… 하요간, 이 새끼야! 넌 니가 농꾼의 자식이 아닌 거이 타고
난 미덕이란 기야. 알간?

큰아들 네.

아부지 지지리 궁상, 일 년 내내 땅바닥 박박 기믄서 고생고생하며 그거이 뭔 짓거리디……. 그
런 환경에서 안 태어난 거이 복터진 놈이란 말야, 넌. 알간?

큰아들 예.

아부지 널 부른 건, 내래 널 위해 중학교랑 고등학교까지…… 심지어는 그 돈 많이 들어간다는
대학까지두 보내주겠다는 거이야. 순전, 이 아부지가 널 위해 헌신하는 맴으로 무상교육을.
웅? 그러니 넌 무지 감사하는 마음으로 이 아부지 말을 무조건 들어야디……. 그렇디? (그러며
담배 한 대를 빼물고 불을 붙인다)

큰아들 …….

아부지 와 대답이 없니?

큰아들 아…… 알겠습니다.

아부지 아부진 널 법대나 의대를 보내 나쁜 놈들 혼내주는 법관이나 병들고 아픈 놈들 보살피는
의사…… 하요간, 널 박사로 만들 것이야. 화가는 있어도 그만 없어도 그만이디만…… 법관,
의사는 세상에 꼭 있어야 하디. 어떻게 생각해? 와 말이 없니…….

큰아들 아, 예 알겠습니다만…….

아부지 와, 싫어? 안 할 거가?

큰아들 그게 아니고…… 그걸 하려면 넘 힘들고 어렵다고 그래서…… 적성두 안 맞다고…….

아부지 적성? 선생이 기딴 소리했니? 선생이 점쟁이고 예언가가? 선생이 니 커서 뭐 하는 데 돈
대주니? 말이 나왔으니까니 말인데……. 선생의 정체가 뭔디 아니? 좋게 얘기해 월급쟁이고
나쁘게 얘기하믄 돈벌레야. 가르친다는 교육을 빙자한 교육돈벌레…… 알간?

큰아들 설마, 그…… 그럴 리가요.

아부지 니가 순해 세상을 몰라서 기러는데 착헌 아들아, 커보믄 알겠디만 세상에 쉬운 일이레 없는 거이야. 학자들이 쓰는 어려운 말로 고진감내라고 하는데……. (종이에다 크게 苦盡甘內라고 맨 끝자가 틀리게 씀. 스크린 영상도 잠깐 보이고) 쉽게 풀면 어려운 걸 이기믄 만사형통이란 거이다……. 또, 어려운 말……. (종이에다 크게 萬事亨痛이라 쓰는데 맨 끝자가 또 틀림. 스크린 영상도 잠깐 보이고) 쉽게 한마디로, 음…… 그렇디. 고생 끝 출세라고 보믄 되긋다. 하~ 난 참, 말을 왜 이케 잘 하지…….

큰아들 출세는 세상에 나오는 거니, 누구나 출세하는 것 아닌가요?

아부지 무식헌 놈, 기런 출세가 아니라 세상에서 뜬다는 말이야.

큰아들 세상을 뜨면 죽는 거잖아요.

아부지 뭐이 어드래? 이 새끼 말귀를 못 알아듣네. 내래 말을 너무 잘해서 못 알아듣나. 말하는 수준을 조절해야겠네. 자슥이 민하긴……. (약간 머쓱해져 아들을 보더니) 너, 지금부터 말대답 함부로 하지 마! (담배불을 재털이에 비벼 끈다)

큰아들 …….

아부지 (TV를 보며) 마, 대학까지 보내준다는데 가기 싫어!

큰아들 …….

아부지 (아들을 흘기며) 와, 말이 없어? 새꺄!

큰아들 …….

아부지 (아들을 계속 노려보더니) 이 새끼……. 이젠 아주 묵비권이네. 와, 말 안 하니? (주먹을 쥐고 들더니 아들의 아구창을 때릴 듯하면서) 이 훌륭한 아부지에게 지금 니 반항하는 거이가?

큰아들 아, 아뇨.

아부지 기럼?

큰아들 말대답 하지 말라고 해서…….

아부지 민한 쉐이……. 누굴 닮아서 그게 민하니? 니 엄마 닮안?

큰아들 아부지……. 제가 하, 하고 싶은 것 하면 아…… 안 될까요?

아부지 화가? 넌, 내래 화가 나길 원해? 야, 이 새꺄! 아까 알아듣게 말했디 안 했니? 이 새끼 이거 대가리 나쁜 거이 아냐? (대가릴 갸우뚱거리며) 지 에미나일 닮아……. 하긴, 대가리 나쁜 논이 대가리 좋은 걸 알 리 없지……. 좋은 게 좋은 건데……. 이논 말을 어쩌다 믿은 내가 뷰웅신…….

큰아들 (무의식적으로 놀란 듯) 예, 녜에…….

아부지 (안면 싹 바꾸더니) 너, 이 시키 똑바루 들어! 아부지 시키는 대로 안 하믄 대학이고 나발이고 중학교도 안 보내! 국민학교 나오면 니가 알아서 벌어. 학교는 가든지 말든지 알아서 하고. 신문배달을 하든 우유배달을 하든, 구두닦이를 하든지 케키장사를 하든……. 엉?

큰아들 (기어들어가는 목소리로) 녜……에.

아부지 알았어, 못 알았어? 이 새끼야!

큰아들 (바짝 쫄아 경직되어) 녜! 알겠습니다.

아부지 꺼져! 이 새끼야. 나가 엄마 불러와!

큰아들 네!

　　　　나가면서 엄마를 부른다.
　　　　잠시, 영문도 모르고 들어온 어무이.

어무이 부르셨어요.
아부지 너, 이년 저 새끼 가정교육을 어떻게 시킨 거야! 집구석에서 살림이나 하는 년이…….
이눔시키, 아부지 앞에서 말대답이나 콩콩하구……. 쥐방울만한 게……. 그 에미 그 자식이야!
어무이 …….
아부지 꺼져! 이년아. 재수없어, 뵈기 싫어!

　　　　어무이 바짝 얼어 화들짝 나간다.
　　　　그 사이, 나갔던 아들이 무대를 가로질러 들어와 객석 한 귀퉁이에 앉는다.

아부지 (다시 TV를 보며) 허헛 참, 무식한 년이나 밥통 같은 새끼나. (다시, 담배 하나를 빼물며) 내 이
놈에 집구석 다신 오나봐라! 에이 쌍.(불을 붙인다)

　　　　그 상태에서 조명 50퍼센트 정도 다운되고,
　　　　잔잔한 음악에 실린 큰아들의 내레이션이 들린다.

큰아들 어무이를 한없이 불쌍하게 만들어가는 아부지……. 어무이는 하루가 일 년 같다는 말을
달고 살았습니다. 죽고 싶다는 말도 입에 달고 살았고……. 아부지가 없는 날은 천국이었고 아
부지가 들어온 날은 지옥이었죠. 어린시절부터 전 이처럼 천국과 지옥을 넘나들며 자라났고
어른이 되었습니다. 아부지는 희망보다는 절망을, 소망보다는 허망을…… 갈망보다는 그 갈망
을 포기하도록 만들었습니다. 가족이라는 말은 저의 가정에선 사치라 보였으니까요.

　　　　암전.

제3장

(진행, 정지, 진행, 정지……. 스타카토 연출법으로)

　　　　명절인가보다.

어무이 친척 홍씨 오빠(촌놈 A)와 아부지 친척 박씨 동생(촌놈 B)이
아부지와 함께 명절 술판을 벌이며 이야기꽃을 피우고 있다.

촌놈 A　아니, 동상 고거시 증말이여?

아부지　거럼.

촌놈 B　그랑께, 이 방 천장까즉 가득……. 아까, 뭐시라고라. 응, 긍께 사, 사지쯔봉잉가 뭐인
가……. 미제바지라 했능가? 고거시 긍께 한 날, 한 시, 한 방에 한 차 들어와 이 방에 쌓여 있
다, 한 날 한 방에 싸그리 팔려나간단 말이시…….

촌놈 A　글구 남기는 이믄이 이 방 하나 얻는 돈이 생긴단 말이줴…….

촌놈 B　그란 걸 공장에서 만든 공산품으로서 뭣여…… 보세라 했쓰요? 성님.

아부지　시장에선 길케 말하디 않구 기냥 물건 물건 기래. 이 정도 약과야. 어떤 땐 집 한 채 살 돈
을 한 방에 벌기두 한다니까니…….

촌놈 A　화, 집 한 채를……. 그것도 이 시울에서 말이줴이…….

촌놈 B　시골보다 땅값도 솔찮이 비쌀 틴디…….

아부지　이런 식으루 한 십 년 벌믄 어더렇케 되는디 알아? 동네 집들 깡그리 사서 그 동네재벌두
될 수 있디 않카서. 흐흐……. 기 정도 돈을 내래 벌어놨다구 한분 상상해보라! 동네재벌 아니
라두 돈이믄 안 되는 거이 없는데 딴 뭔 일이든, 머든 맘먹은 대로 몽땅 할 수 있디 않카서.

촌놈 B　닝기미…… 걸레는 빨아도 걸렌 거여. 우리 같은 촌것은 백날 빨아봤자 수건이 될 수 없
당께로…….

촌놈 A　뼈빠지게 농사 지어봤자 말짱 도루묵이구먼. 일 년 내내 땅바닥 기어봤자 기껏 입에 풀
칠허고 남아봤댔자 게우 이런 방 한 칸 값이 생길 똥 말 똥 한 거신디, 시방.

아부지　허~ 촌스럽게시리 신세타령은……. 이보라! 촌 양반덜. 기러니까니 농사 때려치고 서울
올라와 나랑 같이 장사해 돈벌자 아임메.

촌놈 B　장사도 장사 나름이제. 성님처럼 수단이 있어야지, 성공하기 어디 쉬운감? 망해먹는 것
도 있을 틴디…….

촌놈 A　아, 장사를 아무나 요. 사람 후리는 기술도 있어야 하고, 돈 계산도 빠삭해야 하고.
그…… 그 뭣이냐, 시장갱제원칙이란 것도 알아야 하는 것 아닌감.

아부지　(촌놈 A를 보고) 호~ 촌 양반덜……. 보기보다 많이 알고 있습메. 장사에서 젤 둥요한 거슨
이믄 확실하게 챙기는 정확한 돈 계산, 또 머이가……. 음, 숫자감각있슴 별문데 없다 아임메.
주고받구 남기는 기브 앤 케이크…….

촌놈 A　그렁가, 나도 가능성이 쪼깨 있어 보이능가?

아부지　태어나믄서 장사꾼 있슴메? 거저, 귀동냥 눈동냥으루 하는 거이다…….

촌놈 B　가마니 생각해봉께 성님 말이 이해가 가 잡네. 아, 시상이 요로코롬 겁나게 싸게 싸게 바
뀌어가는 감도 모르고 우린 그저 촌구석에서 방뎅이 깔고 헛짓만 켜고 있었던 것 아니여, 시방.

아부지　그러니까니 시작이 하트란 말도 있잖카서. 내 말대루 내가 시키는 대루 해보라우, 틀림없
이 돈 벌 테니까니.

촌놈 A 시작, 하트……. 그거시 뭔 말이여?

아부지 그런 전문용어가 있어메. 영어라는……. 기브 앤 케이크……. 쉐이크?

촌놈 B 그거 꼬부랑말 아녀? 어서 들은 거 가튼디…….

아부지 암튼, 기계 듕요한 거이 아니구……. 촌스럽게시리 촌구석에서 농사를 왜 짓누? 다 때려 치구 돈 벌라! 돈으루 못 살 것 어디 있어메. 민하게시리, 제조업을 와 하누. 제조해논 걸 사다 팔구 이문 챙기는 유통업, 기것두 도매가 최고디. 바쁜데 온제 제조하구 자빠졌네? 기것두 제조에 일 년씩이나 잡아먹는 농사를…….

촌놈 B 성님, 말이 예까정 나온 김에 하는 말인디. 내 성님 말대로 논밭 정리해 퍼떡 장사판에 뛰어들랑께 도와줄 참이가? 사실 말이제, 오늘 성님 만나러 온 거슨 이것 땜시랑께.

아부지 눈치래 그런 거이 갔었어메. 사랑스런 동상이 시대 현실적으루 이런 야멸찬 용단을 내렸는데, 똑똑한 이 형이 가만히 앉어서리 옆집 불구경하듯 하갔음? 확실하게 도와주디.

촌놈 B 고맙소 성님. 독헌 맴먹고 이판사판이다 악다구니로 달겨들틴디 설마 까먹기야 하것소? (촌놈 A를 보고) 안 그라요, 성님? 성님도 이참에 저그 뒷라…… 용단을, 야멸찬 뜻에 동참해 볼 생각 없소?

촌놈 A 자네 맴이 글타믄 난 그냥 이하동문이여. 난, 자네보다 쪼까 빠른 시간, 즉 일 초 빨리 결심을 해부렀당께로.

아부지 이거이 맘과 뜻이 보람차게 통하는 뭐이가…… 기렇티! 화통, 화통 아임메? (술잔을 들더니) 자, 건배는 요럴 때 하라구 있는 거지비. (셋이서 술잔을 부딪치더니 한 잔씩 쭉 빤다. 안주 하나를 집어먹은 다음) 긴데 말이야, 가장 중요하고도 고질적인 문제 하나가 남아 있어야!

촌놈 B 워따, 뭣이여 고거시?

아부지 참나, 고거이……. (촌놈들 눈치를 살핀다)

촌놈 A 아, 얼릉 말해보랑께?

아부지 전라도말, 깽깽이 사투리. 머, 기분 나쁘게 생각 말구 화내디 말라우, 현실이 그러니까니……. 시장통에서 말이디 전라도말 쓰믄 장사하는 데 득 될 거이 하나 없어야.

촌놈 B 요거슨 또, 먼 소리당가?

아부지 전라도 사람 하믄 장사판에서는 안 좋은 소문이 있어 거랠 안 하려 들어. 먼 말이냐믄, 첨엔 잘 나가다가도 끝장에 가서는 꼭 사기친다고, 거저 사투리만 썼다 하믄 덮어놓고 색안경 끼고 보는 기야. 알간?

촌놈 B 옴마, 시방 듣고 보니께 참말로 개 같은 소리네.

촌놈 A 동상, 나도 들은 소리가 있어서 하는 말인디 개 겉어두 할 수 없네. 서울바닥에선 전라도 개똥새들을 고로코롬 차별한다는 거슬…….

아부지 내래 오죽했으믄 전라도말 버리고 서울말 쓰면서 니북말 배우고 있갔니? 팔자 쎈 이북 아새끼들이레 서울바다 장사판을 꽉 잡고 있으니까니 기렇디……. 나두 첨엔 그랬어야. 하디만, 속이 개 같디만 어떡갔어. 개판에서 돈 벌어 묵으려믄 말부텀 바꿔야 한단 강한 깨달음이 있더랬어메. 촌스럽다 성이랑 이름도 바꿨써야, 이문기로……. 본적까디두 싸그리…….

촌놈 A 아니, 전라도 사람은 인간도 아닝감?

촌놈 B 긍께, 화내지 말고 꼬우믄 출세하라는 것 아니여? 꼬우믄…….

아부지 내래 요 대목에서 냉정하게 한 마디 하갔어. 인간이라고 다 같은 사람이네? 불행히도 현실은 길티 않어. 돈 잘 벌믄서 떵떵거리는 사람하구 뼈빠지게 고생해봤자 맨날 기 모냥 기 꼴루 거지같이 사는 인간하구 어케 같을 수 있가서. 어더런 박사가 기랬디만, 가난, 기거 어케보믄 죄악이라구 말했슴메.

촌놈 A (좀 취한 폼새로) 뭐여, 자네 시방 지금 말 다했능가?

아부지 아니, 좀 남았는데……. 와, 말을 끊구 기러네. 잘난 것, 못난 것, 현실적으루 엄연히 구분 돼 있는데 어케 똑같이 취급될 수 있갔어? 기저 현실과 동떨어진 학문이구 윤리뿐이디. 예전부터 양반 쌍놈이 와 있었구, 노예 귀족이 와 있었는데. 성님이 끊어논 말 뿐드로 이어붙치믄 여기까디디비…….

촌놈 A 호, 이거 기분 좋게 술먹다 기분 좆돼버리네이.

촌놈 B 좆 같고 개 같어도 참으시쇼잉. 그랑께 우리가 이참부텀 잘 살아보자능거 아니여. (좀 취했다. 술잔을 들며) 자, 한 잔씩 하시더라고……. 찌끄러부러.

촌놈 A (완죤 삐진 투로) 난, 못 혀!

아부지 하, 성님도 사내대장부가 쪼잔허게 고런 말 했다고 삐즈브리믄 내가 어떻게 돈 벌게 도와준당가? 푸쇼, 푸시쇼잉.

촌놈 B 어따, 성님 전라도말 안 잊어부렀구먼이여. 방가부러이……. 한 잔 허여.

　　　셋, 마지못해 한 잔 한다.
　　　분위기 망가지려다 간들간들 가까스로 복구되는데,
　　　그때, 어무이가 주안상을 들고 들어온다.

어무이 모처럼 명절이랍시고 올라왔는디. 차린 거시 읍써 어찌 대접허여 쓰겄는지 모르것소.

아부지 더 이상 놀 데 없이 꽉 차 있는데 차린 거이 없다구? 상다리 부러지겠다.

촌놈 A 어따, 마누라 속상허게 뭔 말을 고로코롬 하능가.

어무이 연락도 없이 불현듯 오셔븐께 송구스러워 우짜야 쓰겄는지 모르겠써라.

아부지 아, 씰데없는 소리 말구 빨랑 놓구 나가!

촌놈 A 음마, 말이 쪼깨 껄쩍지근 헌디. 박 서방 쪼깨 폭폭해부러……. 인자 완죠니 자네 마누라가 되어부렀지만 내겐 둘도 없는 여동상인디, 어찌 사람을 대놓고 고로코롬 쥐 잡듯 매몰차게 몰아치능가?

아부지 화, 화딱지 나는 기런 일들이 있슴메. 부부간에 기런 일…….

촌놈 A 뭔 그런 일인지는 모르나 그래도 그렇지……. 조선시대도 아닌데 서방이 마누라한테 종년 부리듯기 고로코롬 대하면 쓰능가. (어무일 보고) 동상, 잠깐 이리로 앉어보랑께. (어무이가 눈치를 보자) 아, 어서!

어무이 (눈치보다 엉거주춤 앉으며) 예에…….

촌놈 A (아부지와 어무이에게 번갈아 눈길을 주며) 시집가서 어케 사는지, 그동안 통 말이 없어 고생

함서 그럭저럭 어케 사는갑다 생각했는데……. 오늘 박 서방이 내 동상 대하는 태도를 보니께 심상치 않아 보이네, 섭섭해부러.

어무이 오라버니 근게 아니고 아무런 일 없어라. 죽은 듯 조용조용 해야 쓰는디, 요노무 조동이가 방정맞아서 그만…….

촌놈 A 아, 동상은 가만히 있고 박 서방 자네가 무슨 말 좀 혀봐. 말하기 거북한 부부간 거시기 아니믄 사내답게 속션히 말해보더라고.

아부지 살다보니까니, 거저 시도때도 없이 무식이 철철 넘치고……. 밥에 반찬에 바느질밖에 할 줄 아는 거이 없는데, 게다가 지독한 예수쟁이로 세상물정을 넘 몰라 그런 것 같다나 그간 다투는 일이 많았슴메.

촌놈 A 이 사람, 첨 만나 첫눈에 뿅 가 순수토종천연기념물 어쩌구 그럼서 침 질질 흘리며 따라다녔는데 몇 년 사이 고거시 고땁시 바뀌어부렀남? 강산이 십 년이면 변하는 게 아니라 일 년이면 변하는구먼.

아부지 요새 강산은 일 년이 아니라 일주일이믄 변하는 세상 아이요. 아니, 세상 돌아가는 흐름에 순발력 있게 잘 적응하는 거이 어더렇게 잘못이네. 누군 그케 하려구 죽을힘을 다해 생동을 싸도 안 되는데…….

촌놈 A 아, 고 대목은 소문이 파다해 우리 모두가 대단하게 인정하고 있잖여. 내 말인즉슨 가정생활이라는 것의 부록편을 말해보라는 것이여. (어무일 보고) 어이 동상. 동상도 이참에 속에 있는 말 속션히 꺼내놓더라고. 든든헌 이 오빠가 앞에 버티고 있잖여. 응, 어여.

어무이 …… 시, 시집살이가 아니고 시, 식모살이나 다름없지라. 딴 거슨 다 맞춰가며 살 수 있는디 그 놈에 돈……돈 땜시 피말리는 일들이 쌔고 쌨구만요.

촌놈 A 아니, 요거슨 또 먼소리당가. 식모살이? 돈 잘 번다는 박 서방 집에서 돈 땜시로 피를 말리다니…….

어무이 돈만 잘 벌면 뭐 한다냐, 떡 걸린 그림의 떡일 뿐인디…….

촌놈 A 아, 박 서방 요거시 먼 소린지 말해보더라고…….

아부지 먼 소린 먼 소리……. 기냥, 슬픈 개소리디. 돈 좀 있다고 기분 내키는 대로 팍팍 써보라! 밑빠진 독에 물 붓기디…….

촌놈 A 머라고라, 슬픈 개소리?

아부지 기래, 슬픈 개소리.

촌놈 A 고러케까정은 안 봤는디, 생겨먹은 쌍판관 달리 허벌나게 쌍것이네.

아부지 뭐이 어드래! 쌍판? 싸~앙껏? (벌떡 일어선다)

촌놈 A (같이 벌떡 일어나 아부지 멱살을 잡으며) 그래, 이 쌍녀러 새끼야!

촌놈 B 하이구, 성님덜 참으시쇼잉.

셋이 일어나 서로 멱살을 잡고 하나는 말리고, 개판이 된다.

아부지 무식한 촌것들이라 힘들 좋구나야. 기래, 패든지 뜩이든디……. 오데 맘대루 해보라! 내래 얼어터지구 고소해서 돈 벌갔어. 어디 패보라! 패보라!

촌놈 A 어휴, 이 썩을놈을 그냥. 서울서 돈 벌고 출세했다고 촌것들을 개로 보네?

촌놈 B (말리다 말고.) 뭐여, 촌것들? 개? 우리들이 개여? 내 이 잡놈의 새끼. (아부지에게 같이 덤빈다) 개새끼에게 어디 물려봐라, 새끼야!

아부지, 촌놈 A, 촌놈 B.

서로 멱살 잡고 뒤엉켜 엎어지고 일어나고 아수라장이 된다.

어무이 (어쩌지도 못하다, 목놓아 크게 울면서) 아이고, 이게 웬 난리당가. 나 죽어유! 나 인제 죽는단 말이여. 못난 나 가지고 왜들 그러시요! 참말로 폭폭혀 죽것소.

아부지, 촌놈 A, 촌놈 B, 잠시 주춤 수그러진다.

오래된 애잔한 유행가가 흐르고…….

쪼그려 앉아 우는 어무이.

어무이 촌 양반들…… 시골로 다 가시게. 여긴 싸가지 없고 인정머리도 없는 서울이랑께여.

큰아들의 내레이션, 무대 뒤를 맴돌며

큰아들 무늬만 있던 아부지와 친지간의 친분은 그날 이후 사라져버렸고 모든 왕래도 끊어져버렸습니다.

이어지는 내레이션, 무대 앞으로 나와

정지된 인물들과 객석을 바라보며 천천히 한 바퀴 돌며 나간다.

큰아들 그 일로, 어무이에게 하는 아부지 해코지는 또 하나 늘었습니다. 과거의 회한과 현실의 통한에 빠져 괴로워하는 어무이에게 아부지는 사투리와 모자란 대가리 탓을 하면서 집 내놓을 테니 보따리 싸서 나와 함께 '촌스런 당신, 어여 싸게 촌으로 떠나라'고 했습니다.

서서히 암전.

제4장

무대, 어스름한 저녁 무렵 조명.
방 안과 방 밖의 마당이 보이고 대문 옆 담도 약간 보이는 풍경이다.

아부지 뭬이야, 교회에서 심방 온다구? 와, 기런 걸 오게끔 하구 기러네? 내래 지난번 오디 말라 했디아나?
어무이 말이사 그렇게 했디요. 막무가내라서······.
아부지 니 입으루 잘두 했갔다, 오디 말라구.
어무이 참말로 오지 말라고 간절히 말렸구마니요.
아부지 시끄러! 교회에서 예배보는 것도 모자라 이젠 집집마다 돌아댕기며 예배보네? 은제 오기루 한 기야?
어무이 (벽시계를 보며) 올 시간이 다 되었당께여.
아부지 이거이 모야, 종교의 자유 내세워 남에 집 사생활 마구 침범해두 되는 기야? 이거이 종교폭력 아니구 뭐갔어? 에이 씨앙, 참······.

아부지, 투덜거리더니 윗옷을 입고 마당으로 나간다.
담배를 하나 빼물더니 불을 붙이고.

아부지 종교의 자유니까니····· 안 믿을, 안 믿두룩, 간섭 안 받을 자유도 있디 않캈어. 이놈에 나라 민주주의는 오데 어믄 데 가서 까막눈 잡구 있는디······. 나 원.

그때, 웅성웅성····· 심방을 오는 듯.

전도사 계십니까, 안녕하세요? 홍집사님 댁 맞죠?

집 마당에 있던 아부지는 이 소릴 듣더니 돌연
물바가지에 물을 가득 퍼 대문 밖으로 확 끼얹어버린다.
객석까지 떨어지는 물벼락. 그리곤 싹 숨는 아부지.

일행들 끼약! 아이쿠머니나, 이게 뭐여!
전도사 웬 날벼락이지요? 권사님, 요샌 일 초 동안 오는 소나기도 있나부죠.

물벼락 맞고 어벙벙해져 물기 젖은 걸 닦는 사이.

집사님 홍집사님, 안 계세요? 남산교회입니다.

어무이 아이고, 귀먹어버린갑네. 못 들어부렀쓰요. 어서 들어오세요.

전도사 안녕하세요? 집사님.

어무이 (손수건으로 물기 닦는 걸 보고) 오메, 목사님. 요거시 뭔 봉변이당가. 참내, 시방 뭔 날벼락이여.

목사님 산동네 심방 댕기니 수고한다 굽어살피신 주님께서 시원하게 은혜의 단비를 뿌려주셨나 봅니다. 허허……. 아멘, 할렐루야!

어무이 원, 세상에나……. 누추하지만, 어서들 들어오세요.

　　　마당으로 해서 방으로 들어가는 심방 일행.
　　　자리에 앉더니 엄숙하고 경건한 예배 분위기를 잡는다.
　　　주여…… 주여…… 아멘…… 소리가 나직이 들리고……

목사님 자비로우신 주님, 이 가정에도 안위와 평강을……. (사이) 기도하십시다. 사랑의 하나님, 홍집사님 가정을 기억하여 주옵소서. 모태신앙으로 일편단심 주님만을 섬기며 영광을 돌리는 이 가정에 복락이 가득하면서 영원히 함께하길 바라옵니다. 어려운 생활 속에서도 오로지 아버님의 말씀대로 살기에 애쓰는 성도의 가정에 사탄의 시험으로 말미암아 환란과 핍박이 틈타지 않도록 주님께서 늘 함께 하시길 간절히 바라옵고 비옵나이다. 예수님 이름으로 기도드렸사옵나이다. (일동) 아멘!

　　　약간의 사이

목사님 찬송가 383장입니다.

　　　모두들 찾고 있는 사이,
　　　전도사의 선창에 의해 다같이 찬송을 부른다.

일동 환란과 피~입빡 쭈~웅에도 성도는 신앙 지~이켰네. 이 신앙 새~앵각 하~알 때에 기쁨이 충만하~아도다. 성도에 신앙 따라서 죽도록 충성하겠네. (3절까지 쭉)

　　　부르는 중간쯤,
　　　마당에서 이 광경을 훔쳐보던 아부지가 전기 두꺼비집 스위치를 내려버린다.
　　　방안은 순간 깜깜해지고 찬송소리는 간들간들…….
　　　박자와 가사가 엉망이 되어 망가지려는데
　　　돌발적 상황에서 당황하는 그 와중에도
　　　어무이는 극적으로 초를 찾아 불을 켠다.

망가질 듯 간들간들 했던 찬송이 간신히 이어져 끝까지 간다.
아부지는 껄껄거리면서 그 장난을 즐기고 있고.

목사님 이 가정에는 예배 중에도 어두운 환란이 밀려오는군요. 이런 와중에도 흔들림 없는 위기
관리능력을 보이니 참 다행입니다.
어무이 뭘요. 어느 정돈 예상했던 일이라…….
전도사 예상이라니…….
어무이 아, 평소 생활에서도 항상 위기를 생각하고 살다보니…….
아부지 조런, 여우 같은 논.
권사님 좋은 습관이지요. 전 위기관리를 잘 못 해서…….
전도사 전기 대신 촛불을 켜고 예배를 보니 성탄절 다락방 분위기 나서 좋은데요.
목사님 다, 주님이 함께 해주시기 때문일 겁니다. (사이) 아버님의 말씀은, 잠언 11장 22절부터
24절까지 봉독하겠습니다. '아름다운 여인이 삼가지 아니하는 것은 마치 돼지코에 금고리 같
으니라. 의인의 소원은 오직 선하나 악인의 소망은 진노를 이루느니라. 흩어 구제하여도 더욱
부하게 되는 일이 있나니 과도히 아껴도 가난하게 될 뿐이니라.' 다윗의 아들 이스라엘왕 솔로
몬의 지혜가 담긴 잠언은 교만과 겸손, 탐욕과 베풂에 대한 풍성한 진리의 말씀이 들어 있습니
다. 우린 여기서, 가진 자와 못 가진 자에 대해 짚어보겠습니다. 고단한 생활 속에서도 흔들림
없이 신앙을 지켜나가는 이가 있고, 풍요로움 속에서도 갈팡질팡 신앙의 갈피를 못 잡는 성도
가 있습니다. 부자가 천국에 들어가는 건 낙타가 바늘구멍에 들어가는 것에 비유되는 것처럼
하늘나라는 부자보다는 아무래도 빈자가 들어가기가…….

이때 갑자기 방문을 열고 나타난 아부지.

아부지 잠깐, 돈에 관한 거라면 내두 한 마디 하갔습메.
일행들 옴마! 깜짝이야! 누구신지…….
아부지 흐흐……. 내래 이 집 주인 되는 사람입네다.
목사님 그러면 홍집사님의…….
아부지 길티요. 남편이자 재정적으루 막강한 후원자라 보믄 됩네다.
목사님 아, 그러시군요. 집 안에 왠지 딴 분이 있는 느낌이었습니다.
아부지 딴 분? 내래 딴 집사람이 아인데. 느낌이라…… 예감이 잘 맞아떨어집네까? 예감 잘하믄
예언자로서…… 고조 '딱 맞췄네' 용한 점쟁이, 쪽집게 아임메?
전도사 말씀이 좀 심하신 게 아닌지……. (그를 제지하는 목사)
아부지 흐……. 말 속에 유감이 있갔디만 목사님은 생활일 테니 잘 참으리라 믿습니다.
목사님 호, 허허…… 저보다 더 잘 맞추시면서……웬, 격려까지…….
아부지 경건한 예배 도중 돌연 도깨비처럼 나타난 데는 이유가 있습네다.
목사님 허허, 참 잘 나오셨습니다. 그 이유를 말해보시지요.

아부지 머, 기런 일로 칭찬씩이나 흐흐……. (어무일 잠시 보더니) 여의도에 생긴 무디 큰 교회 말입네다. 술김에 들어 이름이 가물가물한데 순댓국교회가 순두부…… 아니 아니……하, 순볶음교 흰지, 순복음, 맞아…… 하요간, 두루……. 복음도 진짜 가짜가 있고 타락 순수가 있습네까? 와 '순' 입네까? 순은……?

목사님 하, 그게 아니고……. 복음을 왜곡시키는 일부 몰지각한 무리가 있어 복음을 순수하게 전파하고자 하는 의도에서 순복음으로 지었다고 봅니다.

아부지 우쨌건, 내래 이 나라 종교의 자유 맘에 안 듭네다. 자유가 너무도 많다 보니까니 방종하는 것 가따나 보기 싫습네다.

목사님 듣고 보니 종교에 남다른 관심이 있어 보입니다. 이런 일을 계기로 해서 교회라는 곳에 관심을 가져보심이 어떨지……?

아부지 기잖아두 관심을 가져보려 기랬댔시오. 긴데 밤만 되믄 켜지는 '롱다리 적십자들', 고조 웬 빨간네온 십자가들이 기케 많은디 무신 체인점 같다나 괜히 싫어져 관심 밖으루 버렸댔시오.

전도사 체인점이라고요? (목사가 그를 또 제지한다)

아부지 (그러는 전도사랑 목사를 보고) 전도사 맞디요? 목사님은 와 아까부터 전도사 옆구리를 만지작거리며 애무하십네까. 둘이 이성적으루 은밀히 사귀십네까? (전도사를 보고) 헌법에 명시된 표현의 자유가 있으니까니 할 말 하도록 하시라요. 흐흐…….

전도사 교회를 가지고 체, 체인점이란 표현은 심하다고 봅니다.

아부지 아까부터 툭하믄 심하다 심하다카는데 목사는, 교회는, 빤스에 금테 둘렀네까? 거저, 고매하고 거룩하고 자비로운 척 종교적 폼 잡디 말라요. 나이 어린 사람이 벌써부터 기만 노땅 흉내내믄 이 나이 많은 사람 징그러워.

전도사 아니, 무슨 말씀을 그렇게…….

아부지 또, 심하다 기룰려구 기랬댔다. 심한 거이 없으니까니 조용하라우! 말이 통해야 표현의 자유를 교환하디……. 거저 목사님이 한 말씀 하시디요.

목사님 다른 시각으로 보면 님의 말씀도 일리가 있다고 봅니다.

아부지 체인점이 아니구서야 어더렇게 싸이즈와 색깔까지 기케 똑같습네까? 일제히 빨개가지구. 한 집에서 찍어낸 것처럼.

목사님 호, 허물없는 만인의 집, 하나님의 교회를 어찌 체인점으로 보셨는지…….

아부지 그 하나님의 집이 너무 비스무리하게 많으니까니 그렇지요. 지 집 하나 없어 밥 굶어가며 사는 힘없는 인간들이 얼마나 많이 널려 있는데……. 거저, 교회만 많아지구 교회만 커지는 건 문제 있는 거 아임메?

목사님 결국 헐벗은 그들을 구원하고자 교회가 있는 것인데……. 눈에 안 띄게 티 나지 않게 도와주고 있기에 보지 못할 수도 있습니다. 왼손이 하는 일을 오른손이 모르게 하라는 것처럼. 허허…….

아부지 기러기 위해선 헌금을 되도록 많이 거둬야겠디요? 요 대목에서 요기 여성동무들, 바쁘지 않슴? 갈 사람 먼저 갔으믄 좋갔음. 와 기러냐믄, 평소 교회에 대해 목사님이랑 할 말이 많았는데 오늘 극적인 상봉을 했디 않갔슴메? 기래 말이 길어질 것 같으니까니 말인데……. 바쁘건 안 바쁘건 가보라우. 남에 집에 오래 있는 건 실례 아임메?

목사님 오늘 심방은 여기서 끝낼 예정이니 권사님이랑 집사님은 먼저 가보시지요.

권사와 집사는 일어나 가볍게 목례를 하고 나간다.
목사, 전도사, 어무이, 아부지로 구조조정 정리해고가 된 분위기.

아부지 쪽수가 줄어드니까니 분위기가 훨 낫습메다. (어무이를 보고) 이보라! 아까 보니까니 부엌에서 멀 준비하는 것 같았는데……. 빨랑, 내오라!

어무이, 목례를 하고 조용히 나간다.

아부지 아까 어드메까디 얘기 했디요? 오, 길티……. 헌금. 내래 교회에 헌금메뉴가 분식집 메뉴판보다 많은 걸 보구 깜짝 놀랐댔시오. 분식집 메뉴판, (전도사를 보고) 또 심하다 어쩌다 기룰려구 기러디?

전도사 (아부지 말 흉내를 내며) 기래요. 맞습네다.

아부지 교회에 관심 가졌을 적 헌금내용을 보니까니 길탄 겁네다. 돈이 웬만큼 많디 않아 가지군 그 다양한 종류의 헌금을 감당하기 힘들 것 같았습메. (전도사를 보고) 이보라, 대표적인 헌금메뉴 몇 가지만 불러보라.

전도사 주, 주정헌금, 십일조, 감사헌금, 건축헌금…….

아부지 가만, 거기까지……. 그 감사헌금이레 내래 젤 엽기적인 특별메뉴였어야. 별루 감사할 일이 많지 않은 것 같은데 툭하면 감샤 감샤…… 시도 때도 없이 와 기런 많은 감샤를 해야 하는디? 심젼 장례 감사두 있다 않갔음. 죽어 슬프고 아파 괴로운데 와 기뻐 감사해 돈 싸서 바치는디. 돈벌이도 못 하고 돈도 없는 가난한 신도들은 어떻게 감당하라구.

전도사 감사헌금을 비롯하여 모든 헌금은 신도들 자율에 의해 내는 겁니다.

아부지 내래 자율인디 모르갔네. 은근히 학습을 시키고 있으니까니 문제디. 자율학습. 이 나라, 아적 감사원이 없으니까니 기러티……. 감사헌금, 감사원에 감사 의뢰하고 싶어야.

목사님 사실, 성경에 적힌 대로 증거하지만 너무 공격적이란 생각은 듭니다.

전도사 오머나, 목사니~임.

목사님 안 전도사님, 세상을 보는 시각은 균형감각이 있어야 한다고 봅니다.

아부지 헤~ 난 또, 전도사가 아닌 줄 알았습메. 히히……. 성씨가 안 씹네까? 안 전도사……. 헷헷……. 미안합네다. 기분 나쁘게 웃어서리…….

그때 어무이가 과일 접시를 들고 들어와 놓는다.

아부지 (어무일 흘기며) 무슨 돈이 있어 이런 고품질 비타민을 사왔습메? (한 개 콕 찍으며) 목사님, 전도사님도 말 많이 했는데 한 점씩 드시라요. 이런 건, 감샤기도 하디 말구 기냥 먹읍시다. 번

거롭디 않갔음? 내래 하나님 눈, 살짝 가려났으니까니 모르는 척 드시지욤.

목사님 (못 이기는 척 들며) 허허……말재간이 보통이 넘으십니다.

아부지 또, 칭찬…… 이르믄 내래 맘 약해져 말 못 하는데.

전도사 말 한 마디 하라고 해놓고 말문 콱 막아버리는 그 기술엔 삼가 경의를 표합니다.

아부지 흐흐……. 전도사님, 아까는 초면에 미안했시요. 거저 승질이 개떡 같애서리. 기건 기렇고, 오데까정 얘기했지비? (목사를 보더니) 아항, 그 감샤…… 헌금.

목사님 허허……. 허심탄회하게 얘기해 보시지요.

아부지 헌금에 관한 찬송가를 보니까니 '다 주시니, 다 바치자!' 기런 것두 있구, '내게 있는 모든 것을 아낌없이 바치네', 이거이 헌금할 때 대표적인 찬송 아임메. 그 가사 고대로 실천하자믄 불알 두 쪽만 남기구 몽땅 갖다 바치자, 여성동무들은 불알이 없으니까니……으……그 젖통, 젖통 두 쪽만 남기구 다 바치자, 이런 말이 되디 않갔음? 너무도 무시무시한 '바침'이 아임메.

목사님 말이, 아니, 가사가 그렇지만 실제 생활과는 차이가 있지 않겠습니까?

아부지 길티 않아요. 순진한 부지 같으믄 착해서 고대로 하디 않갔슴메? 최악의 경우를 생각해 보라. 불알 두 쪽 부여잡구 굶어 죽어가는 착한 부자의 모습을……. 전도사 오데 말해보라. 기게 어더렇게 자율인가? 심한 선동이다. 당신, 툭하믄 심하다 심하다카는데…… 진짜 심한 건 당신네들이야, 알간?

전도사 (찔끔, 말을 못 한다) …….

목사님 그 찬송도 성경과 함께 다소 공격적이며 선동적이라 생각합니다. 심금을 울리면서 마음에서 자발적으로 우러나오게 해야 하는데 말입니다.

아부지 목사님 말마따나 세상일은 균형감각이 있어야 한다 봅네. 길티요, 세상에 모든 일이 기렇디만 돈이라고 하는 사안이 결부되믄 예민해디는 겁네. 교회가 체인점으로, 헌금이 식당 메뉴판처럼 보여디면 되갔습네까.

　　　그 새, 먹던 과일 양이 너무 적어 바닥난다.
　　　아부지는 말을 많이 하면서도 주로 먹었고 목사님이 한 점 먹었다.
　　　엉거주춤한 전도사랑 어무이는 하나도 못 먹었다.

아부지 (그걸 보더니 호주머니에서 돈을 꺼내) 이보라! 암만 돈이 없다구 기래 배 한 개 달랑 쪼개 내놓네? 쫌스럽게끔……쪽수하구 양을 생각해야디. 아까 여성동무들까지 있었음 어떡하려구 기랬네. (돈을 주며) 한 개만 더 사오라우. (좌중을 보며) 음식 남기는 일이란 적어두 저희 가정에서는 있을 수 없는 일이 돼놔서……흐흐…….

　　　돈 받은 어무이, 그 사이 나간다.

목사님 말씀 많이 하면서도 참으로 잘 드십니다.

아부지 (이빨 사이를 이쑤시개로 쑤시며) 흐흐…… 멀 고런 것 갖구 칭찬씩이나……. 목사님, 내두 종교가 있는데 기거이 어더런 건디 아십네까?

목사님 그게 무엇인지요?

아부지 (소반에 돈다발을 꺼내 툭 던지며) 바루 이겁네다. 요거이, 와 나의 종교냐? 이것은 믿구 섬기믄 섬길수록 절대 거짓말을 안 합네다. 속이는 법이례 없구 간단하디비……. 100원어치를 팔면 50원이 남습네다. 먹여주구, 입혀주구, 재워주구, 병 걸리믄 고쳐주구 고민거리 생겨두 풀어줍네다. 흐흐……. 이거이 지상최고의 종교적 가치라 볼 수 있디 않갔습메?

전도사 돈이 종교라. 너무 심, 아니, 뭐…… 흐흠…….

아부지 말을 하려면 똑바루 하라! 더듬긴 와 더듬네. (허공을 보며) 어딜…… 더듬구 있네? 젊은 사람이 박식을 바탕으로 한 박력이 있어야디. 박씨가 아닌 안씨라 기러네?

목사님 그런 걸 젊은이들은 성고문이라 하지요. 허허…….

아부지 아차……나의 완벽함에서 무지 드물게 나타나는 미미한 실수……. (전도사를 흘기며) 말이 잠깐 고문 땜시 끊겨졌다만……. 내 종교는 이 도~온입네다. 난 이놈을 믿고 이놈은 자길 믿어주는 날 믿습네다. 내 신조는 돈 = 나, 나를 믿는 것입메. 어디 말해보라, 세상에 돈 없이 존재하고 돌아가는 종교가 있습네까? 없디요. 돈 없이 교회 세울 수 있습네까? 여기 계신 목사님, 전도사님 돈 없이 먹여 살릴 수 있습네까? 돈 없이 사는 인간들, 돈 없이 도와줄 수 있나요? 돈, 돈만이 세상의 모든 일을 움직이고 해결할 수 있는 해답입네다. 물질만능이라 빈정대는 말을 내는 숭상합네다.

목사님 뭐 틀린 말 하나 없으나, 돈은 수단이 돼야지 목적이 되면 안 된다는 것이지요.

아부지 누가 기런 상식적인 원칙을 모릅네까? 행동 따루 놀믄서 말만 앞세우니까니 기렇티요. 목사님이야 달달 외우겠디만 루터의 종교개혁 살생부에 면죄부…… 그 200년의 자전주기를 갖고 있는…… 돈으로 땜빵해온 그 웃기는 종교역사는 어떻게 생겨난 전통입네까? 바로 말해보라요!

목사님 그거야…… 타…라ㄱ…….

아부지 바루 말 못했으니까니 내래 계속 하갔시오. 타락이라구 말하려 기랬디요? 바루 기겁네다. 한국땅에 들어와서리 독특하게 재구성된 기독교의 사상과 이념과 체계는 토착 샤머니즘을 바탕으로 해서리 유교적인 가치관이 입혀진 데다 기독교적 세계관으로 포장돼갖구 줏대와 소신과 정통성이 상실된 혼돈의 종교로서, 종파의 메뉴판이 복잡한 가운데 반목과 갈등이 끊이지 않디요. 기거는 그 안에서 타락과 부패의 문제가 심각허단 거이를 말해주는 거이 아니겠습메!

그때 어무이가 배를 소반에 담아 들어온다.
소반을 내려놓자마자 배 한 점을 푹 찍어 먹으며.

아부지 배를 배밭에 가설나무 따오는 거네. 와 이키 늦었네?

어무이 …… 빨랑 빨랑 다닐께여.

아부지 (명랑성을 되찾으며) 혼자 다 먹으면 미안하니까니 듣지만 말고 퍽퍽 드시라요. 오데까지 말했음? 음……기런 심각한 문제가 있는 와중에서 교회가 노약자나 장애인들을 도와주는 일은 단절과 소외에 대한 사회적 완충장치로써 그 역할은 매우 긍정적이라 봅네다. 기독교가 교회 중심이 아닌 예수중심이 돼야 하지 않겠슴? 맞는 말 아입네까?

목사님 호, 이거 말씀만 잘하시는 게 아니라 대단히 박학다식하십니다. 님에게 말 잘못했다간 큰 코 다치겠습니다.

아부지 흐…… 박씨라서 기런 긴데…… 무신 말씀을 기케 정확하게…….

전도사 쿡……(순간, 입을 가리고 웃는다)

아부지 (그런 전도사를 슬쩍 흘기며) 와, 웃네? 겸양이 지나쳐두 죄 아입메?

목사님 (덩달아) 허허허…… 유머감각까지……. 이거 가식이 몸 둘 바를 모르게 하는군요.

아부지 머, 작은 코는 상관없디만…… 코 큰 양키들은 날 멀리하는 편이요. 좌우당간 종교 없이는 살아두 돈 없이는 못 삽네다. 요자 없이 살아두 밥 없인 못 살구, 술 없이 살아두 물 없인 못 사는 것처럼……. 세상이치야 간단해야디 복잡해지면 거짓 끼는 거이 아입메.

목사님 호……(박수를 치며) 백 번 지당하신 말씀. 만약, 제가 목사가 아니고 신자도 아닌 보통 사람이라면 님의 말씀에 감동 감회되어 돈을 종교로 믿게 되었을지도 모르겠습니다. 오늘 이처럼 심방을 통해 하신 말씀 목회자로서 참고하겠습니다. 늘 신도들에게 설교하던 목사가 좋은 설교 듣고 가게 되니 정말로 고맙습니다. 언제 시간 내서 종교를 떠나 허심탄회한 말씀을 나누고 싶군요.

아부지 아니, 이제 시작인데 벌써 가시게?

전도사 아 예, 갈 길이 바쁜데, 말씀이 너무 좋으셔서 지금까지…….

아부지 하! 목사님, 비서관 전도사님 보라요. 막힌 말이 이제야 통하는 것 같슴메. 허심탄회한 시간, 기러디요. 좋습네다. 안녕히들 가시디요.

　　　　　모두 일어서고, 아부지랑 목사님은 악수도 한다.

아부지 (방 안에서) 멀리 안 나가갔습네다.

목사님 웬만하면 방 밖까지만 나오시지요. 허허…… 농담입니다.

　　　　　형식적인 인사를 하는 아부지. 잠깐 나갔다 들어오는 어무이.
　　　　　그 사이 아부진 자랑스레 담배를 빼물고 불을 붙인다.

아부지 어디 보라, 내 앞에서 목사가 쩔쩔매는 꼬라지를…….

어무이 말 참, 잘한당께여. 오지 말라 말렸어도 왔다간 게 잘된 것 같지 않라우.

아부지 거룩한 교회대장이 나의 이 위대한 말재간에 녹아나는 대단함을……. 고로 넌 이 순간부터 누굴 섬기는가 허는 순서부터 바꿔야 되는 기야, 알간? 누구가? 거룩한 예수가 먼저네, 이 위대한 남편이 먼저네? 누가 최고네? 말 안 해도 안 때릴 테니까 어디 말해보라.

어무이 그야, 당신 아닌겨……. 아, 남편은 하늘이란 말도 있잖여.

아부지 흠……. 말 안 해두 안 때린다고 할 때는 바로 말하누만. 꼴같잖게 오랜만에 말 같은 말하네. 길탐, 오로지 내 말만 듣고 살 끼야?

어무이 여자에겐 현실이 중요한 것이랑께여. 예, 예수님은 그 머시냐, 이상세계 아니당감.

아부지 흐흐……. 똑똑한 남편 따라 사니 박학다식의 맛을 본 기야. 이보라, 배워서 남 주니? 다 지꺼 되는 거다. 위대하고 자비로운 내는 배워서 배운 거 남 주기까지 하디 않음?

어무이 전 그런 당신하고 사는 것이 자랑스럽당께여.

아부지 웬일이네, 아첨 애교까정? 떼국년처럼 살랑거리는 것관 담 쌓지 않았네? 아까 잘 봤디, 앞으로 예수는 적당히 믿는 거이야! 알간? 글고 날 믿으라! 백 퍼센트 날 믿으믄 니 팔자 고치는 거이 시간 문제야. 알간?

어무이 잘 알았당께여.

아부지 고…… 듣기 싫은 전라도 사투리 언제까지 다 고칠 끼야?

어무이 속히, 고칠께여. 인자부터…….

아부지 (담뱃불을 끄며) 흠……. 배 두 개 얼마 주고 샀네? 고거이 낭비한 가치는 되누만.

서서히 암전, 귀에 익은 찬송가가 나직하게 흘러나온다.

제5장

마당과 방의 이원구조로 마당은 밝고 방은 어둡다.
마당엔 아부지와 아가씨가 운동을 하고 있고 방엔 어무이와 큰아들이 있다.
성기발랄과 의기소침이 극단적으로 대비되는 풍경이다.

아부지가 또 어무일 두들겨팼는지 어무인 방 안에 누워 끙끙 앓고 있다.

아부지는 평행봉을 하고 있고 아가씨는 그걸 구경한다.
몇 번을 더 하더니 힘에 부치는 듯. 허나 하나도 안 힘든 척 내려온다.

아부지 박통이 말했나? 체력은 국력이다. (팔뚝의 알통을 나오게 하면서) 체력은 이케 단단한 체격에서 나오구.

아가씨 꿩장히 힘이 드나봐요. 오머나, 이 땀 좀 봐.

아부지 (알통을 쥐어보며) 체력은 경제력도 되지.

아가씨 (다가가서 알통을 만져보며) 경제력, 돈 말인가여?

아부지 길터. 돈! 병 없어 건강하고 튼튼하면 병원 안 가, 약국 안 가, 돈 안 써. 바꿔 말하믄 돈 버는 거다 이거디. 벌구 안 쓰믄 부자 되는 거구, 안 벌구 안 쓰믄 거지 되다. 가난한 것두 죄디만,

다치구 아프구 병든 것두 경제적으루 보믄 경범죄야. 이 세상에 잘 먹구 잘사는 것보다 좋은 게 어딨는데. 못 먹구 못살다 비실비실 몹쓸 병에 걸려 눕고 돈도 못 벌게 돼보라. 그때부터 인생 비참해지는 거이다.

아가씨 사람들은 그래서 건강하게 살려고 운동을 하는가바여.

서서 얘기하다가 마루에 가서 앉는다.

아부지 거럼, 건강한 육체에 건강한 정신이 깃든다구 전국적으루 떠들디 않아?

아가씨 어느 책에서 본 것엔 좀 다르게 돼 있던데.

아부지 (담배 하날 빼물며) 기래? 메가 다른데?

아가씨 잠깐 배운 티 좀 내두 될까요? 혼내지 않을 거죠?

아부지 거럼, 무지 배웠으니 올매나 잘난 척하구 싶겠니. 잘난 건 경범죄가 아냐.

아가씨 그건 고대 로마시인 유베날리스Juvenalis가 그익 풍자시에 쓴 말인데요. 번역한 걸 생략 왜곡해 잘못 풀이한 거래요.

아부지 (담뱃불을 붙이며) 기래? 기럼, 진짠 뭔데?

아가씨 그건 원래 '오란둠 에스트 우트 시트 민스 사나 인 코르포레 사노(Orandum est ut sit mens sana in corpore sano)'라고, 라틴어 원어를 풀면 '건전한 육체에 건전한 정신까지 깃들면 바람직할 것이다' 래요.

아부지 흠, 기래. 넌, 어케 그리 아는 게 많니?

아가씨 유베날리스가 당시 신체단련 열풍을 빈정대며 공격을 퍼부었는데, 기름 발라 번질 번질한 로마 검투사들 근육에 대한 그 논평을 요즘말로 풀면 '몸만 가꾸지 말고 정신도 가꿔라! 이 깡다구들아' 며, 이런 거래요.

아부지 하핫, 깡다구? 하, 기것 참. 운동, 체육만 하는 애들 뒤통수치는 멋진 말이야. 엉.

아가씨 부끄럽사옵나이다.

아부지 엥, 웬 사극같이 부끄럽다니. 지나친 겸손두 경범죄야. (담뱃불을 끄며) 가만, 길믄 '체력은 국력이다'는 건? 말이…….

아가씨 체력이 국력이기보다는 '상상력이 국력'이라 해야 맞겠죠.

아부지 상상력이? 어더렇케?

아가씨 아인슈타인의 상상력으로 핵폭탄이 만들어졌으니까요. 우주탐험도 그렇구염. 인류문명의 발전은 상상력으로부터 나온 거래요.

아부지 기래?

아가씨 인간의 존재가치를 젤 아름답게 가꿔주는 예술적 상상력이 최고구요.

아부지 기럴 리가, 믿을 수 없는데. 기럼 돈이란 건?

아가씨 당연히 돈도 막강한 국력이지요. 허나, 그 배경엔 예술의 힘이…….

아부지 그 참, 예술이 힘이고 돈이라……. 도통 모를 소림메. 내 생각과는 영 판판인데. 돈보다 더 힘 있는 게 기거라.

아가씨 'The pen is mightier than the sword'란 말이 있어요.

아부지 그건 또 뭔데? 경범죄가 아니라니까 잘난 척을 아직도 하니?

아가씨 옴머, 기분 상하셨어요?

아부지 아니, 뭐 기딴 일 갖구. 대따 대범한 날 어케 보구.

아가씨 아참, 엄청 대범하시지. 글탐 다행이구여.

아부지 아까 그 꼬부랑말은 무슨 뜻이네?

아가씨 그건 '문필의 힘은 무력보다 더 강하다'는 뜻이거든요.

아부지 기래, 기건 오데서 들어본 것 같은데.

아가씨 바꿔 말하면 스포츠가 국력이 아니고 상상력과 예술이 국력이란 거죠.

아부지 그 참, 난 아직도 머가 먼지 아리까리해.

아가씨 지금은 이 나라가 이런 꼴이지만 앞으로 30년, 50년 지나면 엄청 달라진대요.

아부지 흠, 어더렇게?

아가씨 잘 모르겠지만 그건 울 나라보다 아주 잘사는 영국, 독일, 프랑스, 미국 등 선진국이란 나라들을 세세하게 뜯어보고 잘 생각해보면 알 수 있어요. 그 나라들은 스포츠만 잘하는 게 아니라 딴 것도 잘하는 게 아주 많대요. 지적 갈증을 풀어주는 정신의 양식에 관한 예술적 놀이들이……

> 아부지, 얘길 듣는 척하다가 수돗가에 가서 손을 씻는다.

아가씨 재미없어요?

아부지 아니, 기냥 나랑은 별 상관없는 얘긴 것 같아서리…….

아가씨 그래요. 그럼 딴 얘기하죠, 뭐.

아부지 얘기는 머, 별 재미도 없는데 그만하구 들어가 딴 거 하자.

아가씨 딴 거, 뭐?

아부지 그거어.

아가씨 또, 섹스?

아부지 왜, 싫어?

아가씨 기분 나빠지면 꼭 섹스하자고 하대요.

아부지 기분 나쁜 거 아니라니까. 싫어?

아가씨 싫다기보다는…….

> 조명, 아주 느리게 서서히 아웃.
> 아부지와 아가씨, 마임으로 말하다 무대 뒤편 방으로 사라진다.
> 그와 함께 맞은편 방 안의 조명이 밝아진다.

> 어스름한 골방. 허약하고 음울한 분위기.

어무이는 요를 깔고 옆으로 누워 있는데 온몸이 상처투성이로
특히 입 주변엔 퍼렇게 멍이 들어 있고 머리와 왼팔에는 붕댈 싸맸다.
그 옆엔 중학생 교복차림의 큰아들이 앉아 있다.

큰아들 많이 아파 엄마, 아직도?

어무이 밥도 안 먹었지? 넌 밥을 그리 못 먹어서 어찌 사니?

큰아들 됐어. 아까 빵 하나 사먹었어.

어무이 돈은 어서 나서? 참, 너만 보면 걱정이여.

큰아들 친구가 사줬어.

어무이 이 에민 네게 암껏도 해줄 수 없고 그저 맘만 안타깝고 답답허다. 너만 보면 구들장 꺼져
　　　　라 한숨만 나올 뿐이여. 지나온 과거만 생각날 뿐 앞날은 하루가 멀다 하고 그저 까매, 새까매.

큰아들 걱정하지 마, 엄마. 그런다고 걱정이 없어져?

어무이 도무지 희망이 있어야 살지. 옹? 이놈에 시상을⋯⋯.

큰아들 고만해요, 엄니. 하루이틀 사는 것도 아닌데⋯⋯.

어무이 이놈아, 시상에 우리처럼 사는 인간이 어디 있간디, 없을 거여. 시상에는 없을 것이다.

큰아들 진짜, 증말로 없을까?

어무이 에휴~ 너 낳고 살아온 15년은 시집살이가 아니고 식모살이도 못 되는겨. 가는 곳마다는
　　　　빚더미 천지구⋯⋯.

큰아들 지저분하게 하소연 고만하고, 15년간 힘들게 살아왔으니 이왕 견디는 김에 앞으로 몇 년
　　　　만 더 버텨봐, 엄마.

어무이 몇 년이라니?

큰아들 3년에서 5년 정도만.

어무이 그러면?

큰아들 내가 대가리 다 큰 그때도 아부지가 엄마 때리면 내 그냥 안 둔다.

어무이 그냥 안 두면?

큰아들 죽여버릴 거야.

어무이 애야, 아서라. 그 인간 승질 몰라서 그려? 살인난다 살인나.

큰아들 살인나기 전에 내가 먼저 죽여!

어무이 에휴, 이 팔자야⋯⋯ 아들아, 험한 생각일랑 하덜 말어. 시상에 선한 끝은 있어도 악한 끝
　　　　은 없는 법이다. 벌 받어.

큰아들 누가 그런 거 몰라?

어무이 벌써부터 그런 생각하면 못써!

큰아들 엄마, 엄마는 선해도 너무 선해. 너무 선하면 병신이야, 바보 천치구. 아부지가 1년이 넘
　　　　도록 코빼기도 안 뵈다 왜 이제 나타났는지 몰라?

어무이 아무리 눈치 없기로 내가 왜 그걸 모르겠냐.

큰아들 이젠 나보란 듯이 노골적으로 대놓고 젊은 여자 끼고 바람피우는 걸. 엄마를 이젠 더 이

상 여자로 안 본다 이거 아냐. 젊은 깔치니까 돈 아까운 줄 모르고 팡팡 쓰겠지. 졸라······.

어무이 에휴, 그너무 돈이 웬수다 웬수여.

큰아들 그니까 죽었다 생각하구 악착같이 몇 년만 더 버티자고. 내 크면 그동안 엄마에게 쌓인 응어리 싹 풀어줄 거니까. 돈이면 다 되는 세상인 줄 나도 알어. 돈으로 사람 죽이고 살리는 우스운 세상이니. 돈으로 그림도, 노래도, 글도, 예술도 살 수 있어. 권력도, 명예도, 심젼 대통령까지도 살 수 있잖아. 나무나 땅도, 산이나 섬도, 돈으로 안 되는 게 없는 물질만능 나도 알어. 하지만 세상에는 돈으로 살 수 없는 것도 분명히 있어. 엄마, 인간의 수명을 살 수 있어? 신용은? 건강은? 행복은? 찾아보면 많을걸. 난, 그걸 커서 아부지에게 보란 듯이 보여줄 거야.

어무이 에휴, 내 니 하나 믿고 산다, 다 클 때까지. 에휴, 그때 가면 좋은 시절, 시절이라고 할 것도 없지만 인생 다 산 건데.

큰아들 에휴 소리 좀 고만해. 지겨워질라고 그래.

어무이 그나저나 아부지 와서 1년 동안 생활비 빚 독촉이 해결되어 다행이다.

큰아들 왔지만 깔치 달고 왔잖아. 그래도 반가워 엄만? 앞집 옆집 뒷집 글고 시장통에도 가게 여럿에 빚이 있대메.

어무이 그래도 니 학비는 꼭 챙겨주잖아.

큰아들 엄마, 나 중학생 교복 입을 때 아부지가 한 말 생각 안 나? 국민학교부터 고등학교까지 내게 들어간 돈 하나 빠짐없이 다 적어놨으니 졸업하구 취직하면 그 들어간 원금에 이자까지 싸그리 갚으라고.

어무이 기억나지.

큰아들 왜에, 아가시절 자랄 때 들어간 돈은 안 따지지? 엄마 임신시켜 나 태어나기까지 '탄생비용'도 따지면 꽤 될 텐데 말야. 아부지 정자 엄마한테 몇 마리 들어왔나, 현미경 보고 세어보고 단가 따지고. 섹스할 때 영양분으로 땀 뺀 엑기스 칼로리 계산해넣고. 끼니마다 엄마 먹은 영양분 빼먹은 열 달 동안 식대도 계산해넣고······.

어무이 (쓴웃음을 짓는다)

큰아들 친구들에게 이런 얘기하면 대따 웃어. 하나안 웃는데.

어무이 친구끼리 벌써 그런 얘기도 하니?

큰아들 나 있지, 미안하지만 다 큰 다음 약올리면서 떼어먹을 거야. 아부지 특기가 재판 거는 거니까. 다 큰 다음 법정에서 만나면 참 볼만하겠다. 법, 그렇게 잘 안다는 인간이 의무교육이 먼지도 모르나봐.

어무이 그건 무식한 나도 아는데.

큰아들 한 친구는 그래. 내 장래에 당면한 심각한 가정문제이니 담임선생 만나서 상의해보라 걱정하던데. 걔, 약간 맛이 간 애거든.

어무이 맛이 가다니?

큰아들 왜, 정신에 기스 났는지 걱정되는 애 있잖아.

어무이 니들은 그걸 그렇게 말하니?

큰아들 난 그래서 아부지가 학비 챙겨주는 거 하나도 안 고마워. 나중에 다 갚아야 하는데, 왜 고마워? 돈 빌리는 거나 은행대출이나 아부지 돈이나 그게 그거 아냐?

어무이 죽을 때 싸갖고 갈 것도 아니면서.

큰아들 옛날엔 왕들이 잘 싸갖고 갔대. 근데 지금은 옛날도 아니고 왕도 아니잖아.

어무이 이 집에서만큼은 왕이잖아.

큰아들 혼자 왕이 왕인가? 웃겨 진짜. 아 참, 인생이 불쌍하다.

어무이 넌 인생 다 산 것처럼 말한다. 조그만 게 어떤 땐 징그러워.

큰아들 조그매도 머, 나올 건 다 나왔어. 살이랑 털이랑, 엄마도 알고 있잖아. 사는 환경 때문에 워낙 조숙하니. 그런 말 할 거면 딴 걱정해.

어무이 그래도 걱정이 되는데.

큰아들 그나저나 때리긴 왜 또 때린 거야?

어무이 그동안 어디서 머 하고 살았냐고 물어봤다고 때렸단다.

큰아들 그게 엄말 이 꼴로 만든 이유야?

어무이 1년 넘게 안 오고 소식도 없어 걱정되고 궁금해 물어본 건데. 같이 온 저 여잔 누구냐, 꼴에 마누라 폼 잡으며 꼬치꼬치 캐물었다고.

큰아들 진짜 마누라 폼 잡았다면 죽었겠네.

어무이 유식하고 잘나가는 자기가 무식하고 모자란 니딴 년에게 그런 시시껄렁한 것까지 일일이 보고해야 하냐고. 자기 없는 동안 위대한 남편 대하는 싸가지가 없어졌대나, 어쨌대나.

큰아들 대충 예상은 했는데, 뻔하군.

어무이 돈은 왜 그리 동네방네 돈벌레처럼 많이 빌려서 쪽팔려 못 돌아다니겠대나. 혹시, 빌린 돈으로 딴살림 차린 게 아니냐, 그래 빌린 게 그게 많냐…….

큰아들 돈에 관한 한 억지의심은 여전하군.

어무이 궁금해도 처음부터 암말 안 하고 있다 묻는 것만 대구하는 건데. 니년은 이 조동이 방정맞은 게 죄라고, 그래 입이 요 모양이란다.

큰아들 그게 맞았는데, (다가가 살펴보며) 이빨은 괜찮아?

어무이 음, 이상하게 이빨은 이상 없네.

큰아들 그 참, 상해야 정상 아닌가? 이상하네. 선천적으로 타고난 이네, 칼슘성분 막강한……. 참, 신비한 일이야. 엄마가 안 아프다니 외려 아부지 주먹이 더 아프겠는걸.

어무이 말이란 할 말 못 할 말이 있는데 말을 막 썼다고. 말도 말 같은 말, 말 같지 않은 말이 있는데 말 같지 않은 말로 낭비했단다. 전라도말 쓰는 주제에 터진 주뎅이라고 함부로…….

큰아들 침묵은 금이다. 돈도, 물도, 불도, 밥도, 거기다 이젠 말까지 낭비. 우리 집에선 적어도 있을 수 없는 단어잖아. 기가 막히네. 또…….

어무이 넌 요즘 아부지가 시키는 일 땜에 숙제할 틈도 없지?

큰아들 으응, 그거 미행? 숙제는 못 하는 게 아니라 안 하는 거야. 아부지가 그러는데 숙제 같은 거 안 해도 된대. 사실 나도 하기 싫고.

어무이 왜?

큰아들 아부지가 그러는데 숙제는 머리 나쁜 애들이나 하는 거래. 나처럼 머리 좋으면 안 해도 되고 그거 할 시간 있으면 딴 거 하는 게 낫대. 그거 안 해도 이담에 커서 먹구사는 데 아무 지장 없대.

어무이 그거 안 하면 선생님에게 혼나잖아.

큰아들 혼나지. 그때그때 혼나주면 돼. 마구 혼나주니까 선생도 지겨운지 이젠 별로 안 혼내.

어무이 내논 자식 됐구나.

큰아들 내가 머 선생 자식인가?

어무이 애한테 시킬 일이 따로 있지. 니 나이에 벌써 그런 일을 해야 하니?

큰아들 미행? 내 나이가 머 어때서. 내가 앤가? 난 그거 왠지 재밌던데. 남이 남 모르게 남이 사는 집 알아내는 거잖아. 남몰래, 스릴도 있고.

어무이 그러다 들키면 어떻게 한다냐…….

큰아들 무조건 토꼈랬어. 잡히면 무조건 오리발 내밀고. 뒤에 든든한 아부지가 있으니 아무 걱정 말랬어. 다 해결해준다고. 근데 내가 누구야, 쉽게 들키고 잡힐 것 같아? 하다보니 그것도 기술이 늘던데, 아부지가 짬짬이 가르쳐주는 것도 있고. 맨날 혼내면서 가르쳐주니까 그렇지, 괜찮아. 채권자로서 채무자에게 돈 받아내는 일이라 죄 될 것 하나 없대. 아부지 일을 도와주는 거니 가정경제상으로 자랑스럽게 생각해야 된다는데. 내 나이에 그런 일은 아무나 못 하는 거니 장한 생각도 하라고.

어무이 돈 받고 돈이 되면 머 하니, 우리에겐 그림의 떡인데.

큰아들 엄마, 작게 보지 말고 크게 봐. 아까 말했잖아. 좀더 버티자고, 날 믿으라고.

그때 밖에서 방문 여는 기척이 난다.
조명 약간 어두워지면서 오버랩 되며 마당은 점차 밝아진다.

어무이 (기어들어가는 소리로) 이제야 꿰질러 나오나 보다.

큰아들 (작게) 나, 나가 있을게. (방에서 나와 객석 앞자리에 앉는다)

무대 뒤편 방에서 아부지랑 아가씨가 나온다.

아부지 (크게 기지개를 켜며) 몸이 찌뿌둥하네.

아가씨 금방 코골며 씩씩거리고 자던데요. 피곤했나봐요.

아부지 기래, 와 기런 거야? (머리를 도리도리하며) 전엔 이런 일 없었는데.

아가씨 지난번에도 그랬잖아요. 병원 한번 가보세요.

아부지 병원? 기딴 소리 하딜 말라. 아까쯤에 한 말 쪽팔리게시리. (다시 한 번 팔뚝의 알통을 나오게 하면서) 괜티아나. (담배 하나 빼물고 불을 붙이며) 아무 일 없을 끼야.

아가씨 섹슨, 그게 머예요? 하는 둥 마는 둥, 5분도 안 돼.

아부지 (쪽팔리는지 딴 데 보고) 기럴 때도 있는거디 머. 발정기래 아니라 기럴 끼야.

아가씨 섹슬 혼자 해요? 같이 하는 거지.

아부지　히, 잘난 아가씨 삐졌네. 화났슴메? 길믄 안 되는데, 내래 사과하믄 되갔네?

아가씨　됐어요. 담배 하나 주세요.

아부지　담배? (하나 빼서 물려주고 불을 붙이며) 원래, 피우고 있었네?

아가씨　프랑스 있을 때 조금……

아부지　공부한다고 미국만 있던 게 아니구?

아가씨　유학가면 이 나라 저 나라 잘 돌아다녀요. 돈 많은데 머.

아부지　흠, 길티. 맞디, 돈이면 다 되는데.

아가씨　젊은 오빠는 딴 나라 간다면 어디 가고 싶으세요?

아부지　그야 무조건 미국이다.

아가씨　왜요?

아부지　무지 큰 나라잖아. 젤 잘살구, 젤 쎈 나라구. 돈만 있음 지상천국이라든대.

아가씨　진짜 엄청나게 거창하고 대단한 나라죠. 근데, 가보면 그렇지도 않아요. 낮엔 천국, 밤은 지옥.

아부지　기래?

아가씨　돈 많아도 유색인종은 깔봐요. 한국인도 유색이니. 참, 웃겨. 백색은 유색이 아닌가. 무색 인종으로 투명인간들 무색하게. 백인나라들은 거의 다 유색인종들 깔보는데 미국이 젤 심해요. 오죽했으면 현대로 거슬러오면서 맨 마지막까지 노예제도가 있었겠어요.

아부지　내래 미제, 미국이 최곤 줄 알았는데.

아가씨　그렇지도 않아요. 그건 6·25 이후 미국식민문화 입김에 가려서 그래요.

아부지　기래? 식민, 기것두 내래 첨 듣는 소림메.

아가씨　저두 자랄 때는 몰랐는데 미국 가서 보고 듣고 하니 알게 된 거예요. 6년간을.

아부지　백문이 불여일견이라 이거디? 긴데 기케 오래 있었네?

아가씨　학위 땜예요. 그 유명하다는 컬럼비아대학 의과대학. 존스 홉킨스 병원.

아부지　전공이 의학이네?

아가씨　병리학이죠. 그 잘난 임상병리학 박사. 그땐 그랬는데 지금은 후회하고 있어요.

아부지　왜?

아가씨　심리학이나 지구고고학을 하고 싶었는데 아부지 땜에 그 흔한……

아부지　흠, 난 기런 학문은 와 연구하는디 모르갔어.

아가씨　유비무환이라는 한자말 있죠?

아부지　길티, 기것두 박통이 한 말 아임메. 미리 대비하면 나중에 후환이 없다. 와?

아가씨　고집 피우지 말고 병원 가보라니까요.

아부지　또 그 소리네. 밑져야 본전. 아냐, 본전이 아니디. 아니, 박사 아가씨 말인데 빈말 하간? 긴데 고거이 와 기런디 느낌이 이상해.

아가씨　서울대병원에 제가 잘 아는 선배가 있으니 함 같이 가봐요. 섹스도 그렇고. 눈빛 혼탁한 것도 그렇고. 이상 없으면 다행이지만.

아부지　기래, 얼마 전부터 인삼이랑 꿀이랑 섞어서 먹구 있디 않아. 이상 없을 꺼야. 길티, 10년 동안 감기 한 번 안 걸렸는데.

아가씨 인삼, 꿀. 피부도 예전보다 까매진 것 같아요.

아부지 기거야, 햇빛 많이 쬐서 기런 거디. 거 있잖아, 갈색 근육질.

아가씨 먹는 얘기하니까 배가 고프네요. 나가 밥이나 먹죠. 제가 살게요.

아부지 기래, 이기 오래 살다보니까니 아가씨에게 얻어먹을 때도 있음메.

아부지와 아가씨, 대문이 있는 왼쪽으로 나간다.
객석 앞에 앉아 있던 큰아들 일어서더니 내레이션을 한다.

큰아들 우리 집에 난데없이 나타난 아부지의 그녀. 아부지하고는 뭔가 어울리지 않는 이 아가씨는 누구일까요? 복잡한 채권채무관계로 아부지는 전속법무사를 둬야 할 판이었는데, 이 아가씨는 그 법무사의 배다른 자식입니다. 어느 날 법무사와 상담 중에 마주친 아부지와 아가씨는 법무사의 소개로 알게 되었고, 그후로 자주 만나 어찌어찌 친해진 것입니다. 외국물 먹은 덕에 완전 오픈된 마인드를 갖고 있는 아가씨와 카사노바 흉내를 내며 바람기가 하늘을 찌르던 아부지는 잘도 만난 거죠. 그렇게 만난 지도 벌써 6개월이 넘어가는 사이랍니다. 이런 아부지는 여복이 많은 걸까요. 없는 걸까요?

서서히 암전.

 제6장

아부지의 방, 혼자 식사를 하고 있다.
밥맛이 없는지 반찬이 안 좋은지 인상을 쓰며 밥을 먹고 있는데
집에 들어오자마자 배가 고픈지 밥을 시켰나보다.
밥이랑 김치랑 콩나물무침으로 식사를 하는데, 어무이는 시간차를 두고
들락거리면서 부침개랑 돼지고깃국을 내오고 있다.

TV를 보고 있는데 70년대 초중반 뉴스가 나오고 있다.

아부지 저 새끼들은 와 머릴 기르고 다니는 거가? 대학생들 아냐? 돈이 없어 기러네, 깎기 싫어 기러네? 미친 새끼들. (밥 한 술 먹고 반찬을 집고) 다 큰 기집아들이 와 어린 기집아 치마를 입고 다니네. 발랑 까져개지구. 기래두 눈은 즐겁구만, 단속은 와 하구 지랄이야. 눈요기하도록 놔두디. 경찰 할 일이 기리키 없네, 이쁜 애들은 볼 만하디. 아무나 입고 다니믄 거저 길거리에서

홀랑 벗겨버려야 돼. 좌우당간 못생기고 못 빠진 기집아들은 못 다니게 해야…….

　　　　　　그사이, 어무이가 부침개를 쟁반에 들고 들어온다.

아부지 야, 이년아. 반찬이 와 이리 짜, 맵구.

어무이 상 차릴 때 맛보고 내논 건디요. 짜고 맵다능 게 무슨 말이신지. 언제나 간 하난 정확하게 맞추는디요.

아부지 너 요새 음식 이런 식으루 맨들어 멕여게지구 나 일찍 죽게 하려구 그러디?

어무이 하이고, 무슨 말씀을 고땁시 무섭게 하신다요. 고로콤 말씀 심허게 하시믄 전 참말로 폭 폭해부러요.

아부지 시끄러! 기럼 내 입맛이 바뀌었단 말야?

어무이 글씨, 그거야 저는 모르지만.

아부지 밖에서 묵으믄 맛있는디 어너렇게 집에서만 묵으믄 밉밋이 떨어지네.

어무이 식당음식이 짜고 맵고, 글코 그럴 틴디.

아부지 잘하는 덴 안 그래 이년아. 머, 알 리가 없지.

어무이 우쨌건, 전 맛내는 데는 이상이 없구만요. 옛날엔 맵고 짜서 맛시다고 하시구선.

아부지 맛시다고가 아니라 맛있다고야, 이년아. 국어를 배웠어야디.

어무이 그거나, 그 말이나.

아부지 조용 안 해! 잔말 말고 빨리 간 맞춰갖고 안 와?

어무이 (반찬그릇을 살피며) 어느 거시…….

아부지 밥만 빼고 다야, 이년아!

어무이 알았당께여. (허둥지둥 반찬그릇을 쟁반에 담아간다) 금방 해드릴께여.

아부지 하, 이년이 이거 또 반찬타박하게 만드네.

　　　　　　잠깐 사이, 다시 TV를 보면서 담배 한 대 피운다.

아부지 저거, 와 난리들이구 지랄이네. 중동 가면 떼돈 버는 기야? 기래봤자 월급쟁이 아니가. 월급 많이 뛰어봤자 황새 앞에서 개구리 팔딱거리는 거갔디, 떼돈은 무슨……. 거저, 뭐니뭐니 해도 장사가 최곤기야. 남 눈치 안 보구, 누가 뭐래는 인간 없구. 노력한 만큼 벌디 않아. 그나 저나 내 식성이 바뀌었나, 저년이 잘못할 리 없는데.

　　　　　　그때 어무이, 쟁반에 반찬그릇이랑 국이랑 들고 들어온다.

어무이 싱겁게 했으께 인자 먹을 만할 것이여.

아부지 이년아, 첨부터 기케 내났어야지. 한두 번이야, 지금?

어무이 앞으로 신경써서 잘 할 거시여.

아부지 맨날 앞으로, 앞으로 잘헌다 말로만 하디 말구 바디로 실천할 줄 알라!

어무이 알았당께여. (그러면서 이제 식사준비 다했다고 대기하듯 앉는다)

아부지 (눈을 흘기며) 서방을 숭배하는 맴이 좃도 없어. (TV를 보며) 부엌은 여자의 것이니까니 그 책임두 여자의 것 아임메. 고로 부엌에서 비롯된 모든 잘못은 여자의 잘못이구. 기러니까니 머 먹어서 잘못된 것은 몽땅 여자의 책임이디비. 길티 않아?

어무이 지, 지당한 말씀이지라우.

아부지 아쭈, 이젠 훌륭한 말씀을 알아들을 줄도 알구. 무식한 너니까니 아예 기대두 안 하디만 이 요리라카는 것두 기래. 도대체 멀 골라 묵어야 몸에 좋으면서 병에 안 걸리는디 쌩판 모르구 그저 무식하게 처먹기 땜새 덜커덕 병에 걸려 빌빌대는 기야. 영양학에 기초한 과학적 식단을 짠다는 말 들어본 적 없디?

어무이 야, 먹는 것에도 고로코롬 어려운 거시기가 있는지 몰랐서라. 아무거나 가리지 않고 막 먹으믄 영양이 잘 돼서 몸에 좋은 것 아니당가? 어른들이 음식을 골라 먹는 거슨 별로 안 좋다고 그러든디.

아부지 무식한 년. 넌, 기래서 무식의 중심이라는 기야. 아무거나 막 먹어두 상관없는 거라면 학문으로 영양학이란 게 와 있갔니?

어무이 먹고 나서 항문으로 나오는 거슬 학문……이라고라?

아부지 이년이, 서방님께서 위생적으루 식사 중이신데 비위생적인 하, 항문?

어무이 죄송하게 되었구마니요. 어케 말이 술술 나오다보니…….

아부지 이년아, 생각해서 말해야 할 거 아냐! 또 나오는 대로 막 말한 거지, 너.

어무이 잘못했시유. 말을 골라서 써야 쓰는 거신디.

아부지 어더렇게 말 시작한다 3분도 못 넘기구 대화가 중단되네. 어케 니년이랑 말하믄 말 대신 욕이 느네. 말을 말아야 돼, 이년이랑은. 조동이 잘못 놀려 전번처럼 또 묵사발 되고 싶니?

어무이 담부터는 안 그럴 테니께 용서해주세요.

아부지 맨날 용서, 용서. 그놈의 용서 지겹다, 이년아. 상 치워! 니년 땜에 밥맛 입맛 다 떨어졌디 않아. 어케 원상복구 할래?

어무이 (상 정리하고 치우면서) 과, 과일 좀 드실래요?

아부지 뭐, 있어?

어무이 배랑 복숭아랑.

아부지 배 갓구 와.

어무이 (부엌으로 가면서) 알았당께.

아부지 거참, 싱거운 병원음식 며칠 묵어서 기러나. 인삼이랑 꿀이랑 묵은 다음부터 몸이 이상해진 게 분명해. 궁금해 죽겠는데 진단결과를 왜 말 안 해주는 기야. 뭔가, 이상해. 숨기는 것 같구. 모레 결과 나온댔으니 가보믄 알겠지.

어무이 (배를 쟁반에 들고 들어오며) 뭘, 그렇게 중얼거리세여?

아부지 으흠, 알 필요 없어.

어무이 뭔, 고민이 있는 것 같은디.

아부지 글쎄, 몰라두 된데니까. 알려구 하지 마! 같은 말 안 하는 거 알면서 이년이…….

어무이 그 아가씨는 요새 같이 안 다니세여?

아부지 기것두 알 필요 없어. 와, 같은 여자로서 궁금하네? 걘 너하구는 본질적으루 틀린, 최고급 여성이야. 그니 나랑 수준이 맞지. 너런 년 수십 트럭 있어봐라, 그 여자랑 비교가 되나?

어무이 수준 없는 거시사 지두 알구는 있구마니요.

아부지 기럼, 기래야디.

어무이 며칠 전에 그 아가씨가 집에 찾아왔구마니요.

아부지 뭐이 어드래? 여길?

어무이 에, 기양 지나가다 잠깐 들렀다고 그럼서 이것저것 물어보데유.

아부지 뭘?

어무이 사는 형편은 어떠냐, 당신 병난 적 있냐, 식생활은 어떠냐, 편식 안 하냐.

아부지 기래서?

어무이 사는 건 그냥 그럭저럭 신다고. 당신 먹는 건 가리는 거 없이 잘 먹고 잘산다. 이저 병원 한 번 간 적 없구, 건강이 지나쳐서 걱정이다 그랬지우.

아부지 기래? 지금 한 말 기대루 했단 말이디?

어무이 글타니께여.

아부지 기담, 딴 얘긴?

어무이 이 집 말고 딴 집 또 있냐, 재산은 얼마나 되냐, 그러대유. 그래 돈에 대해서는 평소 당신이 저에게 시킨 대로 아는 것 하나 없다 그랬지우. 그 외엔 물어본 것이 없었시우.

아부지 진짜? 니가 물어본 것두 없구?

어무이 당신이 그 여자에겐 암껏두 물어보지 말라 했잖여. 그래 가만히 있었서라.

아부지 기럼, 기케 말 잘 들어야 내 새끼디. 흠, 요것 봐라. 나 모르게 따루 왔다갔다 이거디. 기게 언제야?

어무이 한 5일은 된 것 같은디유.

아부지 5일 전이믄 (시계 일자를 보며) 흠, 내래 거기에 있을 때군.

어무이 거기라니.

아부지 알 거 없어. (주섬주섬 일어서며) 거저, 넌 머 그리 궁금한 게 많니? (거울보고 미용 점검을 하고) 그 여자 또 오믄 멀 잘 아는 척하디 말라.

어무이 그러문요. 벌써 가시게요.

아부지 나올 거 없어.

　　　　　　서서히 암전. 맞은편으로 조명 오버랩 된다.

　　　　　　동네골목 거리공원 같은 그런 분위기 -
　　　　　　저녁 무렵, 전봇대 전등이 비추는 아래. 허름한 벤치도 있다.
　　　　　　아가씨와 큰아들이 만나고 있는 생경한 분위기다.

큰아들 또, 뭣 땜에 보자고 그런 거죠?

아가씨 그냥.

큰아들 그냥이라니…….

아가씨 너, 아부지 무지 미워하지. 나두 미워하구?

큰아들 내 아부지 내가 미워하건 말건.

아가씨 니까짓 게 뭔데 참견이냐고?

큰아들 잘 알면서 왜 물어? 둘이 잘 붙어다니던데, 그 인간 좋아해?

아가씨 아니.

큰아들 아닌데 왜 봐?

아가씨 아니라도 볼 수 있어. 꼭 좋아해야 만나는 거니?

큰아들 뭣 땜에?

아가씨 차차 알게 돼. 시간이 지나면…….

큰아들 별로 알고 싶지 않은데.

아가씨 속이 참 좁고 배타적이구나. 남자가 쫀쫀하게.

큰아들 못살고 못 먹어 속이 비었으니 좁고 쫀쫀한 건 당연한 거 아냐? 맨날 배때기 아프니 매사
　　 에 배타적인 것두 당연하구.

아가씨 알았다, 알았어. (벤치로 가 앉으며) 너, 나두 미워하지?

큰아들 (따라가 앉으며) 조금.

아가씨 어머, 무지 미워하는 줄 알았는데 조금?

큰아들 여자고, 잘 모르니까.

아가씨 여자는 봐주나보지?

큰아들 조금.

아가씨 (담배에 불 붙이고 연기를 내품으며) 너 밥만 먹으면 속이 그케 아프다며?

큰아들 누가 그래?

아가씨 좀 전에 니가 그랬잖아. 아는 수는 있지. 차라리 아픈 것보다 고픈 게 낫다구 밥을 아예
　　 안 먹는다며?

큰아들 남이야 배때기가 아프건 말건…….

아가씨 약도 안 먹는다며?

큰아들 안 먹는 게 아니라 못 먹는 거야. 약 살 돈도 없지만, 약사가 돌팔인지 먹어도 아픈 건 똑
　　 같애.

아가씨 딴 걱정 안 하고 한창 공부만 할 나인데, 니 처질 보면 참 안됐다. 어떡하니?

큰아들 값싼 동정 하지 마, 닭살 돋아.

아가씨 값싼? 호호. 그럼, 값비싼 동정해줄까?

큰아들 약올리지 마.

아가씨 얘, 무슨 남자애가 그케 떽떽거리니? 떼국놈도 아니면서. 대화가 안 되잖아. 난 니가 왠
　　 지 남 같지 않고, 그래 친해보려고 그러는데. 응? 넌 누나나 형도 없잖아. 날 누나로 보기엔 내

가…….

큰아들 내가 이러는 건 죄 없다봐. 날 이케 만든 환경이 죄지.

아가씨 알아, 알아. 알고 있으니 존심 접고 이케 너에게 접근하는 것 아니니.

큰아들 누나라 하기엔 넘…….

아가씨 늙었지?

큰아들 벌써부터 늙었다는 말 쓰면 노인네들에겐 모욕 아냐? 젊음 누리는 것도 모자라 그케 말 장난의 방종이나 부리면 못써!

아가씨 알았다 알았어. 말 잘못했다가 무지 혼나네.

큰아들 늙었다기보다, 여자로서 매력이 있는데 뭘.

아가씨 아쭈, 조그만 게 꼴에 벌써부터 보는 눈은 있어 가지구.

큰아들 머, 칭찬할 틈 없이 바로 자찬으로 이어지네. 그래. 나 조그맣다 어쩔래. 그래두 살이니 털이니 나올 건 다 나왔다 머.

아가씨 나오면 모 하니 써먹을 줄도 모를 텐데.

큰아들 이 여자가 진짜.

아가씨 나, 누나 삼을 거니? 나 득 될 것 하나 없다. 너 손해 볼 것 하나 없구.

큰아들 좋아! 까짓것. 못생겼다면 택도 없는 건데.

아가씨 원, 누나 심사기준이 그케 까다로워서 어디 아무나 해먹겠니?

큰아들 위대한 박씨 가문에 큰아들 누나잖아. 지상최대의 영광으로 삼아야지.

아가씨 조그만 게 말은 거창하게 할 줄 알아요.

큰아들 자꾸 조그맣다, 조그맣다 글면 조그만 거 확 키워버린다.

아가씨 호, 그러니까 여자로서 쫌 무섭네. 알았어, 안 그러면 될 거 아냐. 아직 완전히 여물진 않았을 테니 대따 무섭진 않고.

큰아들 야한 말 그만 하자. 몸이 이상해지려고 그래.

아가씨 말은 지가 먼저 꺼내놓고선.

큰아들 내가 누날 누나 삼으면 누난 뭐 할 건데?

아가씨 지금처럼 자주 만나는 거지. 친구처럼, 애인처럼. 너, 여자친구 없지?

큰아들 있으면 뭐해, 돈도 없는데. 여잔 돈 많이 들어가잖아.

아가씨 여잘 돈으로 사귀니?

큰아들 안 그런 것도 있는데. 사회적 풍토가 그렇잖아, 더럽게.

아가씨 내가 돈 들어가는 여자친구 대신 돈 들어오는 여자친구가 되어줄까?

큰아들 누나 시켜주면 돈도 주나? 돈 없으면 누나도 못 해먹겠네.

아가씨 돈에 대한 빈정이 아예 입에 붙었구나.

큰아들 내 탓인가, 집안 탓이지.

아가씨 너, 어디서 집 나간다는 말이 들리더라.

큰아들 누가 그래?

아가씨 아부지 몰래 집에 갔었지. 엄마가 걱정 많이 하고 있던데. 엄마에게 너희 집안얘기 다 들었어. 왼종일 걸리더라.

큰아들 엄마 입이 그게 싼가. 앞으로 비밀얘긴 못 하겠군.

아가씨 올마나 걱정되고 혼자 답답했으면 모르는 나한테까지 그런 말을 했겠니.

큰아들 하긴……머.

아가씨 집 나가면 먹고 잘 데는 있니?

큰아들 아무 데나. 친구 집이나 교회나 어디나.

아가씨 건성으로 말하지 말구.

큰아들 건성 아냐. 친구 집에 오래 눌러 있기도 그렇구, 이리저리 옮겨다녀야 돼.

아가씨 음, 나 있지, 아파트에 혼자 살거든. 빈 방도 많구. 어때 나?

큰아들 진짜, 혼자만 살아? 흠…….

아가씨 그 대목 좀 땡기지 않니? 빈대 붙어도 전혀 상관없는데.

큰아들 그래, 좋다! 잠깐 빈대 한번, 붙어보지.

아가씨 그럼 됐다. 먹구 자는 데는 해결됐구.

큰아들 내가 당면한 최대문제라 무지 고민했는데 넘 쉽게 해결이 됐네. 크흐…….

아가씨 그담, 공분 어케 하려구?

큰아들 당분간 접으려고. 여건 되면 고학인가 독학인가 하려고. 생활이 더 중요하잖아. 머, 옛날처럼 우유배달이랑 신문배달 해야지. 어영부영하다 대가리 녹슬어버릴까봐 걱정이야. 정신이 늙지 말아야 하는데. 사실 공부라는 건 평생 하는 거잖아. 지겹지 않게 할 수 있을지…….

아가씨 아직 젊은 때도 안 된 어린 것이 늙는 것부터 걱정이니? 공부란 하다 한 번 맥이 끊어지면 복구하기 무지 힘들어, 나처럼. 촌스럽게 우유, 신문배달, 그런 거 하지 말고 돈은 내가 대줄 테니까. 다니는 학교 옮겨서 계속 다녀. 고등학교는 나와야지.

큰아들 돈, 집, 밥. 넘 심하게 도와주는 거 아냐? 존나 부담스럽네.

아가씨 부담돼도 그 존심까지 상한 건 아니겠지? 그것 땜에 조심스러워 고민 많이 했는데.

큰아들 존심? 워낙 쎄서 쉽게 안 상해. 이게 나만의 뻔뻔스런 장점이지.

아가씨 그럴 땐 그냥 아부지를 쏙 빼닮았구나.

큰아들 아부지 얘기 자주 하지 마. 닮긴 닮았는데 좋은 것만 골라 닮았지. 난 아부지가 하고 있는 생각과 행동이랑 정반대로 해보면 어떨까, 생각해봤어.

아가씨 거꾸로 뒤집어 생각하기. 독창적 마인드의 하나지. 예를 들면 넌 로빈슨 크루소처럼 무인도에 혼자 살아도 잘살 것 같애.

큰아들 아부지도 그런 비슷한 얘기했어. 세상 어디다 떨궈놔도 반드시 집을 찾아올 거라구. 걱정이 안 된다구. 근데 습관처럼 늘 들어가 버릇했던 그 집, 영영 나오게 될 것 같애.

아가씨 부자지간 가출에 관한 아이러닌가?

큰아들 늘 생각하는 거지만 세상에서 젤 불쌍한 건 울 엄마야. 그런 환경에서 채이고 살면 악할 만도 한데 악한 걸 하나 찾아볼 수 없어. 그냥 무작정 죽어 살어. 선녀가 따로 없구 천사가 따로 없어.

아가씨 그거 다 너 때문에 그런 것 알고 있지?

큰아들 죽어 살면 죽은 거야. 죽은 인생. 대개 사람들은 뭔도 모르고 그렇게들 살지.

아가씨 청소년 철학자 났네. 죽어 살면 죽은…….

큰아들 죽은 인생 되고 싶지 않았어. 죽어 살면 안 되겠단 생각을 한 거야. 무작정 착한 것은 천하의 바보천치요, 어떤 땐 죄가 된다는 역설도 생각해봤어. 그런저런 생각에 마침표를 찍은 게 지금 누나 앞에 있는 나야.

아가씨 대충 짐작은 했지. 그래 널 보자고 한 거고.

큰아들 나도 누나가 만나자고 할 때 대충 짐작은 했어. 뭘 모르고 그러는 게 아닌 것 같다는 걸.

아가씨 눈치는 빨라가지구. 나도 만만치 않은데 나 못지않네.

큰아들 그럼 눈치가 둔하면 절대 감 잡을 수 없어. 눈칫밥 먹고산 게 몇 년인데. 그것도 그냥 눈칫밥인가. 일찍이 잠복과 미행과 탐문을 통해 순전 현장경험으로 다져진 노하운데. 소년형사 내지는 탐정 끄나풀로서 그 자질을 실험하며 그 기틀을 다져온 나같이 기특한 앤 이 나라에선 아마 나 하나밖에 없을걸.

아가씨 유태인가정에서도 그런 일 시키는 아부진 없을 거다.

큰아들 하여간, 아부진 빚진 놈 받아내는 데는 귀신이었어. 악랄하고 센 채권자로 순박하고 약한 채무자 비참하게 만드는 명수였지. 난 그 틈바구니 속에 앞장서서 방방 뜨는 행동대원이었고. 아부지 돈은 귀신도 못 떼먹는다는 무서운 전설을 시장바닥에 만들었지. 받을 거 싹 받아 이젠 그 개 같은 일도 없어졌지만. 누난 멋모르고 그 귀신과 연애를 했지? 누날 모르는 아부지처럼.

아가씨 잘 모르면서 그게 잘난 척하는 귀신은 첨 봐.

큰아들 아부진 사람을 악하게 만들어. 하루하루 살면서 적을 만들어가. 적이 많으면 살기 힘들어지는데도. 하루하루 친구 만들며 살아도 황혼 되면 쓸쓸한 건데.

아가씨 넌, 나일 나보다 더 먹었구나? 누나 쪽팔리게. 니가 오빠해라.

큰아들 살아 있는 날들은 날마다 축제라도 억울한 판인데. 사는 날들이 날마다 착각의 연속이야, 늘 비슷한 일상처럼. 건강, 금방 끝나는 줄 모르고 쪼글쪼글 병들면 땡인데 한참인 줄 알아. 인생 금방인 줄 모르고, 한참 남은 줄 알아.

아가씨 잘 모르지만, 인생공부라는 깊이가 상당한 것 같애. 동생 삼은 지 5분도 안 됐지만, 난 그런 니가 징그러우면서도 자랑스러워.

큰아들 세상 참 오래 살고 볼 일이야. 칭찬을 다 듣다니. 인생영업한 것도 아닌데, 이 나이에 벌써 후원자도 생기고.

아가씨 우리 친해지려구 하는 말 이제 다 했지, 아직 남았나? 말 많이 해서 배고프지 않니? 이쯤 끝내고 짜장면 먹으러 가자.

큰아들 딱 한 마디 남았어. 돈은 돌아야 돈이다. 돌아도 나쁘게 돌면 돈이 아니다. 좋게 돌아야 돈이다.

아가씨 이젠 시까지. 앙큼한 놈, 석 줄짜리 돈 시를…….

무대 뒤로 퇴장. 서서히 암전. 밝은 음악이 흐른다.

아까와는 사뭇 달라진 아부지의 몰골.
머리도 마구 흐트러지고 넥타이도 제멋대로 풀어헤친 상태다.
술상이 있는데 깡소주에 병나발을 불고 있다.

중대발표가 있어 식구들 다 모이라고 한 모양.
식구라고 해봤자 어무이랑 큰아들뿐이지만. 좀 지나니 들어온다.
나중에는 큰아들이 누나 삼은 아가씨도 들어온다.

어무이 오메, 이거시. 시방 대낮부터 먼 일이당가.

아부지 이제 다 끝이야, 끝났어. 내래 이제 죽은 기야, 죽은 거!

어무이 먼 일인진 모르것소만 진정허시고 차근히 말씀을 해보시더라고.

아부지 (어무일 보고) 이제 뭘 해야 하디? 멀 할 수 있디?

어무이 옴마, 참말로 답답혀 죽겄네. 이적까정 당신이 이러는 일은 없었는디.

아부지 (병나발을 불며) 에라이 쌍, 이판사판인데 먹구나 죽자!

큰아들 아부지, 대체 왜 그러세요?

아부지 내래 나름대루 내게 냉정하게 살았는데 뭐이 잘못된 거이가? 늙으믄 잘 먹구 잘살라구
안 먹구 안 입구 안 썼는데, 기게 죄야?

어무이 참, 내. 도대체 머가 잘못됐는디 그런다요?

아부지 (사이) 내래 죽을병 들었다.

어무이 병이라니요?

큰아들 무슨 병이……?

아부지 병이 아니라는데. 와, 병자가 붙네. 사기 아냐? 사기, 이건?

어무이 참말 고것은 또 먼 소리당가?

아부지 아이쿠! 내 팔자야. (닭똥 같은 눈물이 주르륵) (눈물을 훔치며) 세상 살다보니 내가 내 눈물구
경을 다하네. (다리, 무릎을 손으로 때리며) 아이구! 난 이제 다 살았다, 다 살았어.

어무이 아이구메, 생전 우는 모습을 못 봤는디.

큰아들 무슨 병인데 그러세요, 아부지?

아부지 너, 당뇨병이라구 들어봤냐?

큰아들 그게 무슨?

아부지 들어보라! (소주병을 들어보이며) 이눔의 술두, 담배두, 이것으로 끝이다. 정자감소에, 발기
부전에, 성기능장애루 기집질도 끝이구.

어무이 고거슨 또 먼 소리데유?

아부지 이년아, 이젠 밥두 저울에 달아서 먹어야 한대. 먹는 것, 마시는 것, 주사 맞는 것두 정확

하구 철저해야 하구. 죽을 날까지 약 먹어야 하구, 주사 맞아야 하구, 오데 다쳐두 안 되구. 평생 환자루 환자답게 살다가 환자루 죽어야 한대.

큰아들 그럼 이제부터 병원에서 살아야 하나부죠?

아부지 입원? 기런 건 아니구 좋게 말하믄 병두 아니래, 아직은. 니미, 씨버럴! 나쁘게 말하믄 불치병이구 죽을병인데 대체 먼 소린디, 이랬다 저랬다 모를 소리만 하니.

어무이 참나, 도대체 뭣 땜새 그게 되었대유?

아부지 내가 아니? 편식이라구? 아니, 있어서 좋아하는 거 골아먹는 게 머가 잘못이가? 없어 못 먹어 굶어죽는 새끼래 쎄구 쌨는데 기게 죄야? 기게 어케 죄야. 약물남용이라구? 아니, 건강하기 위해 먹는 약두 잘못이네.

어무이 잘 먹어도 병이 되는갑요. 그런 말은 첨 듣는디.

아부지 합병증이라구? 잘못하면 장님 될 수도……. 머, 팔다리 자르구 병신 될 수도……. 인생 이제 절반밖에 안 살았는데, 한창 나인데. 내래 넘 억울한 거이 아니가? 기런데두 머이 신념을 가디라구?

어무이 합병증이란 또 먼 병이당가?

큰아들 어떤 병 땜에 또 딴 병 생기는 거 아닌가요?

아부지 (담배를 피우며) 의사새끼들, 쉬운 말을 와 그리 어렵게 뺑뺑 돌려 말하네.

어무이 충격받아 어케 될까봐 그러는 거시겠지유.

　　　　　그때 아가씨가 헐레벌떡 들어온다.

아가씨 병원에서 한참 찾았어요. 가면 간다고 말하고 가시지.

아부지 무슨 어더런 말을……. 말이 나오네? 아까 같은 심정에, 내 입장 돼보라?

어무이 같이 있었던 갑이네.

아가씨 예, (백에서 봉지를 꺼내며) 약도 안 받고 가셨데요.

아부지 먹으나마나 기게 기건 거이, 머 먹는다구 병이 낫네? 머가 달라지는데?

아가씨 그래도 안 먹는 것보다는 나을 텐데요. (그제야 깡소주에 담배 피우는 걸 확인하고) 오마나, 이러심 큰일나는데.

아부지 큰일은 이미 났는데 뭐. 먼 큰일이 또 터지갔네? 그 많은 인간 중에 와, 하필 나야? 빌빌 싸는 인간들 수두룩한데.

아가씨 이제 그만 맘을 가라앉히고 현실을 받아들여야 해요.

아부지 아까 의사가 한 말하구 똑같은 말 하누만. 머이가 어케된 건지 대체……. 야, 이 어이없는 걸 어드렇게 한번에 감당하니?

아가씨 제가 있잖아요. 혼자 하지 마시고, 정성껏 돌봐드릴 테니.

아부지 날, 돌봐? 무슨 수로……. 세상 끝났는데, 점점 죽어가는데. 다, 필요 없어!

어무이 여보, 제가 있잖여. 전 당신 시키는 대로 헌신적으로 모실 거랑께.

아부지 헌신? 헌신짝처럼 버리지나 말라. 내래 경우에 맞디 않게 산 거이 머 어드메 있니? 있음 말해보라. 나처럼 경우에 밝게 산 인간 있음 나와 보라구래. 에라이쌍! (방바닥을 주먹으로 때리다 앞에 있는 소반을 뒤엎어버리고 다시 울며) 아이쿠메, 난 죽었다. 내래 이제 끝났어.

> 그 사이 어무이는 조심스레 다가가
> 엉망이 된 술상에 병과 잔, 그릇을 치우면서 닦아낸다.
> 잠시, 흐느낌 속에 침울함이 감도는 시간.

큰아들 (그 광경에 울먹이며) 아부지, 울지 마세여.

아가씨 (아부지에게 다가가 어깨를 감싸며) 자, 이제 그만! 고정하시고, 약한 모습 감추시고……. 천하를 호령하는 강인한, 대단하신 분이 이러면 세상사람들이 웃어요. (눈물 콧물도 닦아주며) 약 드셔야 하는데 술을 드시다니……. (약봉지를 들며 어무이에게) 어머님 (물 가져달라 눈짓을 한다) 부탁해요.

아부지 치워라! (약봉질 손으로 치며) 약 보니까 와, 약이 오르네. 전 같지 않게시리.

아가씨 (약봉질 집으며) 전엔 약을 밥 먹듯 했잖아요.

아부지 영양을 위해서 그랬디, 병두 막으려구. 근데 이거이 엉뚱하구, 어이없구.

아가씨 또, 또, 심각하게 생각하자면 한도 끝도 없어요. 언제까지 신세타령하면서 비관이나 하실 거예요? 제가 있잖아요, 성심껏 모실 테니. 절, 못 믿겠어요?

아부지 알아. 내래 넌 믿디. 머 당장 어케 되기야 하갔슴? 꼴까닥 숨넘어가기가?

아가씨 그럼요, 사람목숨이 얼마나 끈질긴 건데. 그냥, 예전보다 생활이 좀 불편해졌다 생각하세요. 심각하자면 한도 끝도 없어요. 천년만년 건강하게 사는 인간 있어요? 인생 절반 넘기면 하나둘 고장나고 망가지기 시작하잖아요.

아부지 기냥, 자연의 순리루 받아들이라 기 말이디?

아가씨 그러믄요. 그리 슬기로운 마음을 가져야, 게다가 보통사람이세요?

아부지 아니디, 내래 보통인간들 우습게 보는데.

아가씨 자존심 상하는 일이죠. 특별한 사람이 보통 사람처럼 슬퍼하고 비참해지면…….

아부지 만만한 인간까지 날 만만하게 보겠는데, 이 쌍! 아니, 내래 아까 왜 그랬디? 나답디 않게 시리. 일반적으루…….

아가씨 됐어요, 이제. 시치미 뚝 떼시고, 별일 없었던 것처럼. 매사에 정확하고 철저하니까 의사 말 잘 들으면 병도 나아질 거예요.

아부지 기거야 버릇이구 생활이니 별 어려울 것 없구.

아가씨 그렇죠? 거기다 돈 있잖아요. 생명을, 수명을 지탱시켜주는 돈. 돈 없어봐요. 병원도 못 가고. 그야말로 생사가 서럽고 비참해지잖아요.

아부지 기래, 길티. 내래, 와 그 돈 생각을 못 했네? (아가씰 보며) 내래 잘 모실 거디? (어무일 흘기며) 헌신짝 내버리디 않을 거가?

어무이 여부가 없지라. 아, 나가 당신 없이 어찌 시상에 존재한단 말이여. 내 몸은 당신 것인디. 시상에서 당신이 첫 번이고 하나님은 둘째랑께.

아부지 기럼, 기래야디. 허헛, 거참 어서 아부를 배웠네? 하나님이 갈켜줬네? 이거이 기분이 재빠르게 달라디누만. 몸도 가뿐한 것 같구.

아가씨 정말이세요? 이젠 됐다. 우리 분위기 바꿔요.

아부지 분위기? 좋디. 이보라 앞으론 그처럼 못 먹을 테니, 불고기파티 하자! 먹다죽은 놈은 가라도 좋다디 않아?

어무이 그래두 약은 먹구 먹어야. 무슨 일이라도 나면…….

아가씨 산통 깨지 마시고. 어머님, 괜찮아요. 제가 알아서 할께요. (아부질 보고) 글고, 가라는 일본식 영어이고 본바닥 말은 컬러예요.

아부지 넌, 머 그리 아는 게 많니?

어무이 지는 나갔다 올 테니 고기 사오게 돈 줘유.

아부지 (돈을 주며) 야들야들한 걸루 왕창 사오라! 돈 많다 다 쓰지 말구 잔돈 냉겨오구.

어무이 알았당께여. (아들 보고) 같이 가자, 들고 올 게 많을 것잉께. 이것저것 찬거리 사구 나믄 빌라 남는 것 없을 틴디.

어무이, 큰아들 퇴장한다.

아부지 병원 처방대루 하믄 진짜 병이 나아질까?

아가씨 당뇨병 판정 받고 40년이나 더 살다 죽은 환자도 있는데요, 뭐. 미국 있을 때 컬럼비아 의과대학, 존스 홉킨스 병원. 거기 있던 환자가요.

아부지 아 참, 아가씨는 임상병리학 박사님이디.

아가씨 37살 먹은 뚱뚱한 중년여성인데 77살에 사망했죠. 정상인이랑 외견상 별 차이 없는 생활을 하면서 정상인 같은 수명에…….

아부지 진짜? 나이는 나보다 머, 크게 보믄 비슷한 거디만.

아가씨 매일 혈당 체킹하고 투약주사가 고작이었는데. 병세가 호전되어 직장생활하게 된 결정적 역할은 철저한 식이요법이었죠.

아부지 77살. 식이요법. 기래, 의사가 병 같디 않은 병이다 기랬나?

아가씨 제가 전공의는 아니나 주치의 역할을 해드릴께요.

아부지 이거이 참, 확고하구 안전한 '인간치료제'가 생겼네, 고마워.

아가씨 고맙긴요. 다 제가 좋아서 하는 일인데요, 뭐.

아부지 내가 좋아? 내 어디가 좋은데?

아가씨 음, 뭐랄까. 돈에 대한 확고한 신념을 바탕으로 한 전문적 사고체계라 할까요. 돈을 섬기는 정도의 프로페셔널 정신이죠. 최고를 지향하는 챔피언 기질은 꿩 대신 닭이라도, 신 대신 왕이라도, 목표달성이 안 되더라도 최소한 차석에라도 가잖아요. 전 왕 같은 카리스마를 휘두르는 그 모습이 외려 안정감 있어 보여 좋아요.

아부지 흠, 그 나이에 진짜배기를 알아보다니. 안목이 대단해.

아가씨 세상에 이도저도 아닌 흔해터진 인간이 대부분이잖아요. 뭘 모르고 젊음을 무기 삼아 날

티나게 부리며 불안하게 날뛰는……. 저도 아직 젊지만 제 또래 남자들 보면 꽁지 빠진 망아지 같아 싫어요. 자기 자신에 철저할 줄 모르니 자길 사랑할 줄도 모르죠. 자길 자기가 사랑하지 않는데 누가 사랑해주겠어요. 그런 남자들에 눈이 삐어 사랑하고 버림받아 징징거리는 여잔, 같은 여자로서 경멸하죠.

아부지 흐흐. 역시, 이 땅에 드문 석학답게 놀라운 논리적 두뇌야. 돈에 대한 내 논리에 어설픈 인간은 이해두 못 하면서 싫어해. 그저 단순히 구두쇠, 수전노로, 자린고비루 몰아붙이지. 없는 것일수록……. 가난한 구두쇠 봤어? 거지 같은 수전노 봤냐구? 면상 앞에서는 근면이라믄서 뒤통수에다가는 구두쇠라 침 딱 뱉디! 사람 나구 돈 났디 돈 나구 사람 났냐는 말은 꼭 돈 없는 것들이 하데. 내래 이 말, 부자가 쓰는 것 한 번두 못 봤디. 태어날 때 보니까니 돈이 나보다 먼저 세상에 나와 있던데.

아가씨 있건 없건 의식수준의 차이라 봐요.

아부지 있을 땐 팡팡 쓰고 바다나믄 손 벌리구. 거지근성이디. 없는 것들이 쓸데없는 데 더 쓰구, 있는 것들은 외려 안 써.

아가씨 개발도상국의 전형적인 형국들이라. 돈이 있건 없건 상관 안 하는 유럽식 사고체계가 부러울 뿐이죠. 유럽에서 유일하게 유독 돈에 관해 독한 나라 '독일'을 봐요.

아부지 흠, 독일이 기래서 독일인가. 나라 이름 참…….

아가씨 근면, 절약, 검소, 이런 말들. 나라에서 어쩌고 안 해도 자동적으로 되고 있는 나라죠. 세계대전 두 번씩 저질러놓고도 경제기적 일으켜 잘사는 나라.

아부지 이 나란 툭하면 베품이 미덕, 소비가 미덕이래. 미더덕 먹을 것들. 왜, 베풀어! 어케 번 돈인데. 베푸는 돈들마다 소중하게 쓰이나?

아가씨 못사는 인간, 못사는 집, 못사는 나라에선 돈의 저열한 속성과 도둑놈 심보가 기승을 부리기 마련이랍니다.

아부지 나라에 졸부들이 거의 다라는 건 무지해두 무지 쉽게 돈 벌 수 있단 거디. 돈 버는 수단과 방법이란 게 원래, 원칙 없는 것 아닌가?

아가씨 거지처럼 벌어 정승처럼 쓰니 마니 하는 헛소리나 나돌고 있으니.

아부지 어쩌다 또 돈얘기가 흘러나왔디? 돈얘기 그만하자, 돌겠다.

아가씨 어쨌든, 벌어논 돈이라도 있으니 다행이에요. 이제 돈벌에 대해 예전같이 정력적으로 움직일 수 없으니 두뇌플레이에 의지해야 할 거예요. 있는 돈으로 굴리는 금융관리 또한 고단수 돈벌이가 되죠.

아부지 그 비싼 얘긴 다음에, 비싼 자리에서 비밀리에……. 어쨌든, 여사장감으로두 손색없어. 암, 돈이 또 돈을 벌지. 경제공부하구 박사 됐으믄 아마 재벌 됐을걸. 암튼 나, 앞으로 많이 도와줘야 돼. 내래 입 싹 닦는 놈 아니니까니.

아가씨 염려마세요. 그나저나 이제 의사도둑에게 적지 않은 돈 뜯기게 됐으니 어떡하죠?

아부지 머, 별 수 있갔네. 일단 나가는 것 최대한 줄이구. 들어올 것들 무지 신경 쓰면 되디. 거참, 돈얘기 계속 도네.

아가씨 이왕 나온 김에 돌게 놔두세요. 우리 둘만 있잖아요. 말이 돈 되는 방향으로 돌고 있는데.

아부지 기런가. 하긴 요즘 내는 돈 쉽게 버는 법에 대해 골똘하구 있다. 가만히 앉아서 돈 들어오
는 것만 계산하구 챙기는 기런 것들.

아가씨 많이 있잖아요. 다양한 메뉴의 부동산투기, 국가정책으로 뜨고 있는 증권.

아부지 증권? 고거이 좋다구들 하디만, 머 아는 게 없어서리. 사채고리 뜯는 것두 원금 떼일까봐
불안하구. 토끼는 놈이 한둘이어야디. 아들놈에게 미행시켜 집 알아내 집달리 데려다 차압딱
지 붙이구 이자복리 매겨 1원 남은 것까디 받아낸 것두 있디만, 신경이 너무 쓰여. 부동산 가압
류해서 공매처분할 집 몇 채 있디만, 그것두 관리하기가 장난 아니구. 헌 집 싸게 사서 새로 고
쳐 비싸게 팔아먹는 것도 이젠 힘들어. 이사 다니는 것두 지겹구. 이 동네에서만 한 20번쯤 돌
아다녔나. 목욕탕이나 여관이나 그런 것두 안전빵이라 땡기긴 하디만, 좀 쫀쫀하디?

아가씨 순 부동산 집장사네요. 어렵고 힘든 게 당연하죠. 주 수입원은 아직도 피복도매인가요?

아부지 그렇긴 하디만, 뒷다마 치고 들어와 팔아먹는 놈들이 많이 생겨서 별 재미없디. 벌 만큼
벌었구.

아가씨 부자들은 돈관리를 부동산, 증권, 채권 3 3 3으로……. 채권은 사채 말고 국가나 기업에
서 발행하는 공채나 공사채를 말하는 거구요. 나머지는 유동자금으로 현금, 이케 분산투자해
서 안전장치를 한대요.

아부지 내두 주변에서 얘긴 많이 듣디. 그 중 증권이 요새 젤 유망하다구?

아가씨 카크로치 디어리cockroach theory라고, '바퀴벌레효과'라는 말 들어봤어요?

아부지 아니, 전혀.

아가씨 경제전문용언데 '군집성에 의한 확대이익 가능성'이란 뜻이거든요. 요새 투자유망 업종
으로 부상하는 증권의 우량주를 두고 하는 말이에요. 펀드매니저나 애널리스트들이 콕 찍어
투자하는 종목들이 바로…….

아부지 첨 듣는 말들만 하네. 가만, 증권에 대해 전문가인 것 같은데. 고 비싼 얘긴 이 담에 하자
구. 고기 사러간 것들 올 시간 됐으니까니.

아가씨 그러죠, 뭐. 전문가는 아니고 전문가가 주변에 많을 뿐인데.

　　　　　음악과 함께 서서히 암전.
　　　　　아부지와 아가씨는 어둠 속으로 퇴장하면서
　　　　　큰아들이 무대 옆으로 등장한다.

큰아들 아부지와 아가씨가 나눌 비밀스런 비싼 얘기는 어떤 얘기가 오고가고 어떤 일을 할지 보
지 않아도 알 것입니다. 인간은 부가 축적되고 돈맛을 알게 되면 일 안 하고 놀고먹으려고 합
니다. 오르막길이 있으면 내리막길도 있는 게 인생 아니겠어요? 아부지는 복잡하고 어렵고 힘
든 부동산을 대거 정리한 뒤 그 돈의 절반을 증권에 투자하기에 이르고, 돈 놓고 돈 먹기란 꿀
맛을 보지요. 한탕주의에 물든 아부지는 돈의 대부분을 과감하게 증권에 투자하게 됩니다. 돈
이란 인간심리를 묘하게 충동질하며 약올리는 속성이 있죠. 한편, 어무이와 아들의 가정생활
은 어떤 형편일까요? 돈벌이로 밖으로만 돌던 아부지는 병을 얻었으니 집에 들어앉게 되었답

니다. 살림살이 사사건건 시시콜콜 참견하는 자린고비다운 풍경들…….

아까 음악이 다시 커지며 서서히 암전.

제8장

조명, 서서히 들어온다.
아부지의 방 그 자리. 큰아들과 마주한다.

아부지 니 상식은 맞고 내 상식이 틀린 거니? 어더렇게 한 달 내내 야근을 했는데 월급이 그 모양이가? 답변해보라. 기것도 전문직이람서. 디자인? 데자인 아니가? 전문직이믄 통상 보통직보담 더 받는 게 상식 아임메?

큰아들 헤, 그게 세상에 통하는 상식이죠. 전문직이지만 아직 정규직이 아니라 그래요. 회사에 새로 생기는 부서를 맡을 과정에 몸담고 있어서. 대학 나와야 해먹는 일인데, 못 나온 죄로……. 차별이 심한 분야고 대우가 그런 식이니 저도 불만입니다. 급여등급도 까다롭고요. 아직 배우는 입장이라…….

아부지 대학 나온 애들은 을마 받는데?

큰아들 제가 받는 것보단 무지 많아요. 한 배 반 정도.

아부지 대학물은 어디나 어김없이구만.

큰아들 수습사원이라 그렇지, 정사원 되면 보통직 월급보다 우습게 많은데요.

아부지 난 니가 받아오는 월급이 우스운데.

큰아들 대학 안 나왔으니 매일 야근하며 배우는 중이고, 그래 맨날 늦는 거고.

아부지 수습이든 정규든 야근하믄 수당은 나오는 것 아니가?

큰아들 야근수당은 정규직에만 적용된다는대요. 사실, 야근이라기보다 제가 공부하는 셈으로 자청해서 하는 거니까.

아부지 넌 회사를 위해 사니? 너를 위해 사니?

큰아들 둘 다요.

아부지 이런 미친 새끼. 남 좋은 일은 혼자 골라서 하고 자빠졌네.

큰아들 무슨 말씀을…….

아부지 이거이 뭐, 직장을 바꾸든지 해야지. 아무래도 안 되겠어. 내래 직접 찾아가……회사가 어디라고?

큰아들 아니, 아부지가 왜, 회사를……. 가서 뭐하게요?

아부지 도통 니 말이 믿기지 않아. 상식에 맞아야디.

큰아들 그냥 상식이 아니라 했잖아요. 뭐 잘못돼 잘리기라도 하면…….

아부지 뭐 잘못한 거이 없는데 와 잘리니?

큰아들 잘못한 것 없어도 잘려나가요. 잘못 뵈면. 그나마 실력 하나는 보통 아니라고 주목받는 입장에 있는데.

아부지 기래?

큰아들 그럼요. 일 잘못해도 잘리고, 지각 많아도 잘리고. 실력 없는 놈들이 실력 있는 놈 미운오리새끼로 이간질해서 자르고.

아부지 이런, 순 넝마 개불알 같은. 기러니 월급쟁이란 게 웃기는 기야.

큰아들 저 다니는 회산 그래도 건전한 편이래요.

아부지 이간질이 건전한 기가? 빙신이 기냥 순진해가지곤. 기러니 나처럼 장사해 돈버는 기야. 을매나 속편하나? 순 내 맘대로…….

큰아들 그동안 다니며 노력하고 애쓴 게 얼만데.

아부지 기냥 남내문시장에서 장사하라니까, 자식이. 가게 내주고 돈 댈테니.

큰아들 아부지, 저 하는 일 그냥 두고 보심 안 돼요? 조금만 있으면 진급하고 월급 무지 많이 갖다드릴 텐데.

아부지 조금? 무지?

큰아들 한 1년 정도만, 모른 듯이.

아부지 1년 정도. 이 새끼 한 천 년 사는 것처럼 말하네. 좋아, 그 대신 회사이름하구 전화번호 써줘.

큰아들 뭐하게요? 또…….

아부지 글쎄, 쓰라믄 써! 새꺄, 토달기는.

큰아들 왜, 욕은 하구 그래요.

아부지 이걸, 그냥!

> 서서히 암전, 서서히 조명 인 -
> 아부지는 그 사이 일시 퇴장한다.
> 큰아들은 양복상의를 곁에 적당히 벗어둔 상태.
> 일어나 양복상의를 팔에 걸친 상태로 퇴장 안 하고
> 객석 가까이 다가가 설명을 한다.

큰아들 어느 날 난데없이 아부지랑 전 이런 금전적 트러블이 있었죠. 그다지 유쾌한 기분이 아닌 뭔가 찝찝한 상태로. 아부지의 악착같은 성질을 아는 난, 만일을 위해 대비를 해놨습니다. 며칠 뒤, 또 난데없이 그 만의 하나의 일이 터졌습니다.

> 팔에 걸친 양복상의를 입고서 무대로 올라간다.
> 아버지가 의상이 바뀐 차림으로 등장한다.

(요 대목 전환과정에서 약간의 사이가 필요하니 활동적이며 긴장감 있는
잔잔한 음악이 있어야겠다)

큰아들 다녀왔습니다. (자기 방 쪽으로 가며)
아부지 야! 너, 이리와 봐.
큰아들 왜요?
아부지 이 새끼 너, 내게 속이는 거 있지?
큰아들 무슨 말씀을…….
아부지 날 속인 거야. 그리 오랫동안 속여먹어? 니 여자 생겼디?
큰아들 뭔 말이세요? 여자라니…….
아부지 너 갖다주는 월급이 수상했디. 기래 알아봤디. 기래 알아냈습메. 월급 많이 받드만. 3년
동안 그 돈 다 어디메 썼어? 어따 꼬불쳐놨니?
큰아들 참, 사람 당황스럽네.
아부지 내래 그리 우습게 보이니? 아주 갖고 놀았더군. 감히, 내 앞에서 돈 가지구 장난을 쳐?
큰아들 열 내지 말고 말로 해요, 차분하게.
아부지 말은 얼어죽을, 무슨. 새끼야, 너 오늘 나랑 날 잡자! 그 전에 속였으니까 일단 맞아야지.
이 개새끼야! (준비된 야구방망이를 집어든다) 니가 받은 돈이라니 니 돈이가? 이 도둑놈의 새끼야.

난폭하게 휘두르는 방망이.
큰아들 그걸 피하다 한두 대 맞게 된다.
(무술지도상 약속이 필요할 듯)

때리는 방망이를 움켜잡고 몸싸움을 벌이다 방망이를 뺏는 큰아들.
벽이나 바닥을 꽝꽝 때리며 위협을 한다.

큰아들 아, 씨발. 진짜, 왜 지랄인데?
아부지 씨팔? 지랄?
큰아들 그래 씨팔, 지랄이다. 새끼야.

이 소란에 부엌 쪽에서 어무이가 나오고
곧이어 아부지 방 쪽에서 아가씨가 나오는데 둘 다 깜짝 놀란다.

큰아들 음, 엄마 누나도 다 있었고마. 잘 됐네 마침. 엄마, 칼 갖고와. 칼쌈 좀 하게.
어무이 뭐, 뭐여? 너, 대체 왜 그러냐? (머뭇거린다)
큰아들 아, 빨랑! 장난 아냐, 지금.
아가씨 도련님, 이게 무슨.

큰아들 하, 도련님임? 아가씬 구경꾼만 하고 낄 생각은 마셔. (그 순간, 머뭇거리는 엄마를 제치고 잽싼 동작으로 부엌으로 달려가 식칼을 찾아 집어든다)

아부지 (엄마랑 아가씨 둘러보며) 야, 저 새끼 막가는 거 봐셔. 아가리 씨부리는 것 좀 봐! 미쳤다. 완전 미쳤다구. (아가씨 보고) 경찰, 빨랑 경찰에 전화해.

큰아들 미친 건 너야, 씨발놈아! 미치게 한 것두 너구. (아가씨 보고) 누나 빨랑 전화해. 우리집 오늘 경사났네. (칼을 아부지 앞에 툭 던지며) 둘 중 하나 죽자, 오늘 칼쌈하다! 자, 그걸루 씨부리는 이 아가리 쑤셔! 쑤셔봐.

아부지 (움찔 떨며) 뭐이?

큰아들 놀라는 척은……. 네게 받은 혈통 핏줄이 어디 가냐? 빨랑 덤벼봐. 말로만 겁쟁이새끼야. 안 덤비면 쳐들어간다. (예비동작으로 집 안의 집기들, 야구방망이로 때려부순다)

(거울, 창문유리 등 부술게 충분히 있어야겠다)

큰아들 (마구 부수다가 아부지에게 다가가 대갈통을 치기 직전) 아유, 이걸~ 이게 니 피 빨아먹고 자란 착한 내 모습이다. 나, 니 아들 같냐? 씨발놈. (아부지 면상에 가래침을 뱉는다)

아부지 야. 마, 말로 하자.

큰아들 말로 하자는데 말 막고, 말을 무시해! 새끼, 비굴하게 말로 하자? 좋아, 무슨 말로 대화를 나눌까?

아부지 갖다주는 월급에 세 배가 네 월급이던데?

큰아들 그럼, 고급인력에 고급직업인데. 많이 놀랐겠네? 내게 예술적 감각, 예민한 감성, 예리한 손재주, 유전적으로 심어준 건 고마워. 졸라 드문 특유의 혈통값으로.

아부지 월급 다 갖다주고 용돈 달라믄 줄 텐데, 왜?

큰아들 용돈? 잘도 주겠다. 금고 같은 니 호주머니가 쉽게 열릴까? 씹쌕! 아직도 위선으로 용쓰네. 그니 대화가 안 되지.

아부지 진짜다. 넌 돈 벌어오는 인물이니까.

큰아들 유치짬뽕하고는. 돈 벌어오믄 용돈 있구, 못 벌믄 없구.

아부지 돈 못 버는데 와 용돈을 지 맘대로 쓰니?

큰아들 거기서 니 모순이 심각한 거야. 꼭 필요한 곳에 못 쓰는 오류. 식구는 거지 같은데, 너한테는 별 필요없는 데다 아낌없이 쓰잖아.

아부지 난 버는 데서 식구에게 쓸 만큼 썼다고 본다.

큰아들 돈의 가치랑 인간의 가치에 대해 뭘 알어? 인간가치가 돈가치에 생매장 당해서 화내는 걸 알어? 나 없어짐과 동시에 용돈 빼고 주는 월급까지 사라지잖아. 그냥 모른 척하고 몇 년 있으면 니 수중에 들어가는 그 돈이 얼말까? 작은 앞돈 챙기다 큰 뒷돈 날리는 빙신.

아부지 사라지다니……그게 무슨……어디로…….

큰아들 여기 엄마는 돈에 대해 들먹일 귀중한 견본이지. 넌 부잔데 엄마는 왜 거지꼴이냐? 무식하니까? 넌 유식하고? 그래, 월급 뺀 돈에서 엄마용돈 맘대로 다 썼다.

아부지 엄마용돈? (엄마를 보며) 사실이가?

큰아들 그래, 엄마 보는 눈초리가 사나워지네. 그럼, 나도 사나워진다. 앞으로 엄마 욕하거나 때리믄 너, 나한테 죽는다. 지금까지 학대한 걸 생각하면 지금 당장 때려죽이고 싶지만.

아부지 앞으로 예전처럼 때리는 일은 없을 거다. 말로 하지.

큰아들 진짜, 장담해? 믿어줄까?

아부지 때리면 냅다 집 나가버리니 불편한 내가 불편해. 힘들어지고.

큰아들 설득력이 쬐끔은 있네. 너, 나 중학생 교복 입을 때 크면 학비 싹 갚으라고 한 말 생각나니?

아부지 농담한 걸 갖고 멀 그러네.

큰아들 어린 가슴에 조목조목 구체적으로 살벌하게 못 박아놓는 게 농담이야?

아부지 장난친 걸 갖고…….

큰아들 너, 나 어릴 때부터 지금까지 용돈 1원이나 줘봤니? 국민학교 소풍, 중고등학교 소풍, 수학여행 한 번 보내줬나?

아부지 그런 건 달라고 해야 주는 거 아냐?

큰아들 찢어진 아가리라고. 그냥, 팍! (야구방망이로 대가릴 날리려다 대가리만 콩콩 찍으며) 첨부터 니가 한 짓거리 (객석 가리키며) 저기 사람들 다 알고 있잖아. 그래, 너랑 사는 건 여기까지란 얘기다. 돈 때문에 연기하는 것도 지겹구. 연기는 예술에서나 하는 건데.

아부지 연기……예술이라니?

큰아들 대체 뭔 소린지 마구 헷갈리지?

아부지 (어이없는 표정)

큰아들 왜, 말이 없어? 상황 땡 친 거야? 나 간다, 니 집에서. 경찰은 왜 안 와? (무대에서 객석 쪽으로 걸어가며) 가는 거 기념해야지. 동네 소문내고 갈게. 내가 돈벌레의 애벌레쯤 되니? 이 돈버러지야! (객석 둘러보며) 여기, 동네사람들 너보고 뭐라 할까? (관객 토킹을 자유로이 유도하며) 저기 관객님, 저 아저씨 어케 생각하세요? 당황스럽게 말이 없으시네. (맞은편으로) 네! 저 사람 어때요? (머뭇거리면) 괜찮아여. 저 배우, 실은 맘씨 고와여. 저두 순둥이구염. 어디까지나 연극이니까…….

아부지 (내면연기. 거의 울먹이며) 야, 동네 창피하게 들어와라.

큰아들 창피해? 나, 나가는데 가출기념은 하고 가야줘. 열 존나 받으면 쓰러질지 모르는 달짝지근한 병까지 들었는데. 머, 워낙 독종이니 정신력으로 잘 버틸 거야. 너랑 거릴 둔 건 겁쟁이 니가 맘대로 욕할 기획 주는 거야. 받은 건 내질러야지, 건강을 위해. 분통 참다가 있는 지병에 암까지 걸려봐! 신세 좆 같잖아.

아부지 세상에, 저런 개쉬끼를…….

큰아들 그래, 개의 새끼다. 개가 인간처럼 노니? 개처럼 놀지. 약올려 미치게 만들고, 그러다 순간 골로 가고, 돈 왕창 깨고, 손해 왕창 입히고 떠나가려는, 한 앙갚음 하려는 맘에……. (객석에 준비된 돌무더기를 무대로 던진다. 쟁, 꽝하는 음향효과!) 놀 땐 개망나니처럼 때려부숴가며 잔치 벌이는 거야. 삶에 작은 충격을 던져주고 교훈을 심어주려는 이 자식의 선물이란다.

그때, 무대 뒤에서 경찰 둘이 나온다.

경찰 A 무슨 일이십니까?

큰아들 일종의 드라만데 중간이라 잘 모를걸. 늦게 오셨네. 영장 없이 체포하지 말고. 가정사 트 러블이죠. 난 폭행 피해자고.

경찰 B 신고하신 분이 여기 이분인가요?

큰아들 제 아빕니다. 전 그 아들이구요.

경찰 A 이런 일이 자주 있나요?

큰아들 가정에선 일상사 생활이고, 집 밖으로 진출되긴 이번이 첨입니다. 내 생애 27년 만에 첨 이자 마지막이지요.

아부지 (감정조절 했는지 막 울며) 순경아저씨들. 저 깡패 같은 새끼가, 아까 나에게 무지 심하게 욕 하구, 모욕 주고, 세상에⋯⋯어찌 이런⋯⋯ 흑흑, 꺼이꺼이⋯⋯ 얼마나 분하면 이리도 울겠습 니까. 저놈 일단 잡아서 묶어주세요!

경찰 B 저기 아저씨, 그런 거 갖고 사람 함부로 잡을 수 없습니다. 여기 이분 말로는 폭행 피해 자라는데요. 때렸나요?

큰아들 (방망이랑 상처를 보여주며) 잘못했으면 좀전에 맞아죽을 뻔했습니다. 여기 이걸로. 여긴, 부 러진 것 같은데⋯⋯.

아부지 저 새끼가 날⋯⋯ (눈물을 뚝뚝 흘리며) 그래도 큰놈이라 잘 키웠는데.

큰아들 잘~은 아니지, 잘 키우면 이런 꼴 보이겠냐?

아부지 저런, 저⋯⋯저게 자식인가요?

큰아들 가르침 하나 줄께. 더 이상 엄마에게 악마되지 마라. 내가 불량한 꼴통으로 망가지지 않 은 것만도 무지 고마운 줄 알고.

아부지 자식이란 새끼 하는 말 좀 보세요.

큰아들 자식, 자식 하지 마 새꺄. 내가 니 자식이냐? 나 엄마 자식이야. 엄마 패는 널 볼 때 콱 죽 이고 싶었지만, 천성이 엄마자식이라 착해나서. 니가 난 반토막짜리 자식에게 맞아죽는 기분 좆 같겠지?

아부지 저런, 저⋯⋯어찌 저런 새끼가 있지.

큰아들 우리 엄만 얼어 미이라 됐네. 엄마, 요 대목에서 한마디 해야지.

어무이 아들아, 어쩌려고⋯⋯나중 생각을 해야지.

큰아들 그게 좀 빨리 온 것뿐이야, 걱정 마.

아부지 (울다 난데없이 동네사람들 보고) 무슨 구경들 났어? 빨랑 안 꺼져!

큰아들 (관객 보고) 여러분, 꺼지지 마세요. 재밌는데. (경찰들 보고) 아저씨 쌈구경 재밌죠?

아부지 저, 저⋯⋯천하에 죽일 놈을⋯⋯.

큰아들 동네사람들 (경찰들 보고) 순경아저씨. 진짜 잡아다가 혼낼 범인은 저 인간이랍니다. 배우 자상습상해죄로. 너, 콩나물대가리 세면서 엄마 때린 거 생각나니?

아부지 내가 언제?

큰아들 엄마 양팔 벌려 벽에다 개줄로 묶어놓고 왕철사 꼬챙이로 때린 거⋯⋯.

아부지 저 새끼가 이젠 거짓말도 하네요.

큰아들 오리발 내밀어도 연극시작 때 본 증인들이 저기 많아. 잘못하면 어케 되는지 나 보고 잘 보라면서. 잘 보고 잘 기억해서 16년이 흘렀어도 그게 너무 생생히 생각나. 열한 살 먹은 꼬마 새끼에게 그게 보여줄 가정교육이냐. 이 미친 새끼야! 그래, 너 따라 나도 미친 거야, 이 한심한 인간아. 나 미쳤다고 아까 경찰 불렀잖아. 미친 놈이 경찰을 불러. (경찰 보고) 이거 허위신고죄 적용되지 않나요? 니가 내게 주입한 주체사상은 주체를 못 할 정도로 꽉 차 있어. 이 인간아. 야! 아부지노릇 그만 좀 해라. 이젠 아주 지겹다.

아부지 그래도 결국 이 애비 아들로 남을걸.

큰아들 기념식이라 여러 사람들 모였으니 딱 하나 부탁할게. 엄마에게 잘해줘. 돈도 잘 주고. 만약 또 맞았다는 소리가 이 자객에게 들어오면 그땐 널 찾아가 반드시 죽인다.

아부지 자객?

큰아들 응, 그러니 그때까지 알아서 함부로 죽지 마. 널 죽여버릴 살기를 16년 동안 잠재우며 살았으니까. 내 인내심도 대단해. 커서 돈 벌 때까지 그 세월을 참아냈으니. 참, 넌 명도 길어. 뭐, 그리 오래 사니. 나, 다 컸을 때 죽길 바랐는데. 그래도 오래 살아야지? 목숨 관리하며 몸조심 많이 해.

아부지 내 걱정마라. 오래 살 테니까.

큰아들 (경찰에게) 아저씨, 문제 있음 (명함을 주며) 연락주세요. 글구 별 범죄 아니니 이만 가세요, 바쁠 텐데. 남 가정사 지나치게 훔쳐보는 것도 실례잖아요? 쪽도 팔리는데.

경찰 B 알겠습니다. 별 문제 없길 바랍니다. (경찰 A와 함께 퇴장한다.)

아부지 왜, 가니. 가믄 안 되는데.

큰아들 (퇴장하며) 이쯤해서 너에게서 뜬다. 불쌍한 새끼.

아부지 어디로 가니?

큰아들 알 것 없어! 자식농사 완전 망쳤다고는 안 봐. 이 자식이, 그래, 빵점은 아니라 살려두고 가는 거다.

큰아들 객석 뒤로 퇴장. 무대 서서히 암전 –
(잔잔히 깔리는 음악이 있었음 좋겠다)

완전암전 아닌 10퍼센트 흐릿한 푸른 조명에서
병원침대와 누워 있는 아버지, 그리고 여러 대소도구들이 세팅된다.
그 과정을 배경 삼아 앞에서 설명하는 큰아들.

큰아들 집 나간 뒤 아부지는 엄마를 또 혼냈답니다. 날 엄마가 쫓아낸 거나 다름없다며. 내가 사는 델 엄마는 꼭 알고 있을 거라고 괴롭혔다나요. 영원히 나간 게 아니니 돈 떨어지면 언젠가는 들어올 거라 믿었대요. 허나, 아부지는 큰아들을 그후로 영원히 못 봅니다. 엄만 외출 핑계대고 큰아들 가끔 만나는 소일거리가 생겼죠. 돈의 방정식과 삶의 방법론을 약간만 풀었어도 그럭저럭 웬만한 가족으로 살았을 텐데 참 안타까운 일입니다. 돈이면 다 되는 세상에서 자식 하나 없이 환갑에 잔치도 못 치렀죠. (무대를 가리키며) 10년 넘는 세월이 무상하게 흐른 어느 날……

큰아들 퇴장하자 무대배경에 자막이 뜬다.
그와 함께 붉은 조명이 돌고 구급차 사이렌소리가 들린다.

자막 1 '아버지가 다쳐 병원에 갔대'
자막 2 '아버지가 크게 다쳐 심각한가봐. 빨리 가봐라, 애'
자막 3 '중대용산병원 응급실이래'

밝아지는 조명, 하얀 병실침대에 죽어 있는 아부지.
바람에 펄럭이며 무대전체로 만 원짜리 지폐들이 휘날린다.
(그걸 게걸스레 주워가는 행인들. 횡재 기쁨 군상들)

그걸 무대 한 켠 한 줄기 조명 아래 서서 구경하는 큰아들
잠시 후, 등장하며 구경하는 엄마랑 아가씨 ─

큰아들 엄마, 아부지 돈이 바람났네. 아깝다, 그치?
어무이 평생을 저거 바라보며 살았는데.
큰아들 헤에. 엄마가 먼저 죽었으면 너무 억울해 돈귀신 됐겠네.
어무이 죽는 거시 어디 지 맘대로 되는 일이여.
큰아들 그토록 죽으려 들던 인간인데 알아서 죽어가네. 손이 부끄럽게.
아가씨 이해가 안 돼. 통장이랑 카드를 몽땅 갖고 다니다니.
어무이 옛날엔 방 어디다 숨겨놓고 다녔는디. 나갈 때마다 그게 맴을 불안하게 했던 거여. 몽땅 없어질까봐. 품에 지니는 게 더 불안하다 그랬더니, 내가 누굴 믿니? 널 믿니? 믿을 건 자기밖에 없다면서. 움직이는 몸을 철통금고로 삼은 거시제.

얘길 하는 사이 돈 줍는 군상들.
조용히 서서히 물러가면 유족들 얘기하며
서서히 아부지 침대로 다가간다.

큰아들 철통도 벼랑에서 떨어지면 뽀샤지는데.
어무이 자긴, 하늘이 지켜준다고. 길바닥에 떨어져 죽을 줄 알았나? 젤로 먼저 달려간 내도 한참 됐으니 그사이 119사람들이랑 병원사람들이 솔찮이 빼갔을 거구먼.
아가씨 전쟁터에서 시체의 시계나 금붙이 빼가듯……
어무이 아부지가 아부지 돈 줍는 저들, 저 꼴들 보고 뭐라 할 거나?

큰아들, 가운을 걷어 아버지 얼굴을 쳐다보며

큰아들 헤고, 운명이라니. 때론 아주 웃겨요. 소지품 남은 것에서 알아봤는데, 예상한 데서 절반도 못 돼. 어찌 하냐, 엄마야. 이미 지나가 사라진 버슨데.

어무이 행복할 만큼 적당히 남겼는데. 난 그래도 축복이라 생각혀.

큰아들 그렇지?

아가씨 어쩜, 유서 한 줄 유언 한 마디 없이······.

큰아들 그거 있어도 그만, 없어도 그만이야. 싸우는 건 마찬가지지.

어무이 죽은 사람 돈 갖고 싸우는 꼴 없으니 이도 은총인겨.

큰아들 (아부지 오른손을 잡으며) 하늘이 아부질 보니 생의 마침표는 이쯤에서 찍어야겠다 판단을 내린 거야. (손을 슬며시 빼고 가운을 덮는다)

아가씨 죽음을 볼 때마다 떠오르는 이 말. 법당에서 고상하게 돈 갖고 상습적으로 쓰는 말 있잖아.

큰아들 흠, 공 담아서 공 끌고 가는 리어카?

어무이 무슨 말들을 하고 있는 건지.

큰아들 궁금하지? 엄마, 최희준 노래 있잖아. 인생은 나그네길······.

어무이 맨몸으로 왔다 맨몸으로 떠나는?

큰아들 그래 그거.

　　　　　나갈 채비를 하고 슬슬 나간다.

어무이 돈 땜에 해버린 한평생 종살이 이제사 끝났으니······.

큰아들 엄마, 이제부터 행복해야지? 암울했던 그 긴긴 불행의 시간들, 남은 생으로 복구하면 돼. 행복하게······.

어무이 대체 몇 년 만이여. 에쿠, 이눔에 자식아.

큰아들 엄마, 또 울려고 그런다. 아부지 죽는 날 웃기로 약속했잖아.

　　　　　나가다 멈칫 서며

아가씨 근데, 오늘이 만우절 아니니? 4월 1일.

큰아들 하~~ 그러네. 장례식에 오게 하려면. 아고야, 이거 무지 애먹겠는데. 이 인간은 죽는 날 날짜까지 받아서 엿 먹이고 가요. 진짜, 훌륭한 아부지다!

　　　　　퇴장 서서히. 완전히 암전 -
　　　　　(김수철의 노래 '잊어버려요'가 결말을 장식♪)

〈끝〉